रूपान्तर

[उपन्यास]

रूपान्तर

राधाकृष्ण

राधाकृष्ण प्रकाशन

ISBN : 978-81-8361-556-3

रूपान्तर

पहला संस्करण : 1988
पहला राधाकृष्ण संस्करण : 2012
This book is printed on **Print on Demand** Technology : 2024

मूल्य : ₹595

प्रकाशक
राधाकृष्ण प्रकाशन प्राइवेट लिमिटेड
जी-17, जगतपुरी, दिल्ली-110 051

शाखाएँ : अशोक राजपथ, साइंस कॉलेज के सामने, पटना-800 006
पहली मंजिल, दरबारी बिल्डिंग, महात्मा गांधी मार्ग, प्रयागराज-211 001
1, अनमोल सोराबजी संतुक लेन, धोबी तलाव, मरीन लाइंस, मुम्बई-400 002
वेबसाइट : www.radhakrishnaprakashan.com
ई-मेल : info@radhakrishnaprakashan.com

RUPANTAR
Novel by Radhakrishna

रूपान्तर

एक ओर–

- उदयाचल से लेकर अस्ताचल तक की भूमि को अपने प्रबल पराक्रम से पददलित करनेवाला चक्रवर्ती सम्राट मान्धाता की दारुण वेदना–अब किस पर विजय??
- सूर्योदय से लेकर सूर्यास्त तक निरन्तर यज्ञानुष्ठान में निरत रहनेवाले याज्ञिक मान्धाता की दारुण वेदना–अब कौन-सा अभियान???
- उषाकाल से लेकर सन्ध्या तक अनवरत दानधर्म में संलग्न रहनेवाले दानवीर मान्धाता की विकल वेदना–अब क्या????
- विजय! विजय! विजय!...पिता मान्धाता के मन की तीव्र क्लांति!...विजय! विजय! विजय! विजय! पुत्र अम्बरीष के मन की उमंग। क्या मेरा पुत्र ही मुझे परास्त कर देगा!–पिता की पराजय!!!

दूसरी ओर–

- भूमा के सुख की खोज में भूमि को तृणवत् समझने वाले तपस्वी सौभरि का आन्तरिक भय! काम के इस अंकुर का मूलोच्छेद कैसे हो???
- तपश्चर्या और साधना में शरीर को तृणवत् उपेक्षित करने वाले ध्यान-योगी सौभरि का मानसिक द्वन्द्व-शरीर रसहीन क्यों नहीं हो पाता???
- अयमात्मा ब्रह्म' की उपलब्धि के शिखर से उतर कर 'सर्व खलुइदंब्रह्म' की उपत्यका में निर्भय विचरण करनेवाले ऋषि सौभरि का संशय–क्या आत्मोपलब्धि लोकोपलब्धि से भिन्न है???
- अन्त में ध्यान-योगी संन्यासी का कर्म-योगी गृहस्थ में परिवर्तन! यह रूपान्तर सौभरि का पतन है या उत्थान???

न त्वहं कामये राज्यं न स्वर्ग नापुनर्भवम्।
कामये दुःखतप्तानां प्राणिनामार्त्तिनाशनम्॥

"न तो मैं राज्य चाहता हूँ, न स्वर्ग की इच्छा करता हूँ। मैं मोक्ष भी नहीं चाहता। मेरी यही कामना है कि दुःख से तपे हुए प्राणियों की पीड़ा का नाश करूँ।"

आमुख

जीवन में क्या श्रेय है और क्या प्रेय, अथवा दृष्टि-भेद के अनुसार श्रेयस्कर ही प्रेयस्कर है अथवा प्रेयस्कर ही श्रेयस्कर–यह समस्या हमें निरन्तर उलझाती रही है। इसे सुलझाने में हम सोच-समझकर हारते रहे हैं और हार-हारकर भी सोचते रहे हैं, और अन्त में ऐसा लगता है कि जीवन को अविच्छिन्न प्रवाह-रूप में न देखने के कारण ही हार-जीत का यह द्वन्द्व हमें घेरे हुए है।

और फिर, दृष्टि-भेद से शरीर को यदि हमने प्रेय माना, तो आत्मा को श्रेय। प्रेय को छोड़ो, श्रेय की कामना करो; शरीर द्रष्टव्य नहीं है, विजिज्ञासितव्य नहीं है, निदिध्यासितव्य नहीं है, 'आत्मा वा अरे द्रष्टव्यः विजिज्ञासितव्यः निर्दिध्यासितव्य'– ऐसा स्वर हमें बार-बार सुनाई देता आ रहा है, किन्तु अचित् में क्या चित् नहीं है? अथवा क्या यह सत्य नहीं है कि जीवन का सारा रहस्य उसके चिदचित्वैशिष्ट्य में ही निहित है?

'अन्ध तमः प्रविशंति ये अविद्यामुपासते'–ऐसी वाणी उन तत्त्वद्रष्ट मनीषियों की है, जिन्होंने सम्भूति और असम्भूति के रहस्यों को समझ लिया था। उनकी दृष्टि में स्त्री, पुत्र, धन, मान, कीर्त्ति, अधिकार आदि का भोग अविद्या है। किन्तु क्या यह सच नहीं है कि हमारे होने की स्थिति, हमारे 'भाव' में ही प्रवृत्तियाँ रमी हुई हैं? चाहे हमारे भाव आविर्भाव हों या तिरोभाव, हम चारों ओर से वृत्तियों से आवृत्त रहते हैं। चारों ओर से हमें घेरनेवाला ही तो परिवार है। परिवार से आवृत्त, वृत्तियों से संवृत्त यही तो हमारा भाव है। फिर इसमें निवृत्ति-प्रवृत्ति का प्रश्न क्या वृत्तियों के स्वभाव का व्यतिरेक नहीं है?

देह को तपाकर एक ने निर्जन वन में तपस्या की–इन्द्रियों के स्वधर्म का तिरस्कार करके सिद्धि पानी चाही; किन्तु इन्द्र की प्रेरणा से आई हुई अप्सरा, अपने नाम को सार्थक करती हुई तपस्वी को रस-धारा में बहा ले गई। इन्द्रियों से स्वधर्म के तिरस्कार का यही पुरस्कार हमें सदा से मिलता आया है। और उधर, दूसरे ने राजभवन के मणि-दीपों की स्निग्ध छाया में ही इन्द्रियों का स्वधर्म धारण करते हुए इसी देह में 'विदेह' की संज्ञा पा ली। जीवन-काव्य में यह विरोधाभास है या प्रतीप?

द्यावापृथिवी में आनन्द और मंगल की तरंगों के आन्दोलन के स्पर्श से उच्छ्वसति मधु-सूक्त के द्रष्टाओं की वाणी कहती है–

मधुनक्तमुतोषसो मधुमत्पार्थिवं रजः मधु द्यौरस्तु नः पिता।
मधुमान्नो वनस्पतिः मधुमां अस्तु सूर्यः माध्वीर्गावोभवन्तु नः॥

यह रात्रि हमारे लिए मधुर हो, यह उषा हमारे लिए मंगलमय हो। यह पृथ्वी की धूलि हमारे लिए मधुर गुण से युक्त हो, यह सूर्य हमारे लिए पिता-तुल्य मंगलमय हो। वनस्पतियाँ हमारे लिए मधुर-रस-युक्त हों, हमारी ये गाएँ और हमारी ये इन्द्रियाँ हमें मधुर दुग्ध एवं मधुर रसों का सुख प्रद अनुभव प्रदान करनेवाली हों।

यह है भूमि की प्रशस्ति में भावातिरेक की वाणी!

और उधर, ज्ञान-विज्ञान की चरम-सीमा पर पहुँचे हुए नारद को सुख का रहस्य समझाते हुए ब्रह्म-विद्या के पारंगत ऋषि सनत्कुमार कहते हैं–

यो वै भूमां तत्सुखं नाल्पे सुखमस्ति।
यत्र तान्यत्पश्यति नान्यच्छृणोति नान्यत् विजानाति स भूमा।
यत्रांयत्पश्यति अन्यच्छृणोत्यन्यत् विजानाति तल्दपम्।
यो वे भूमा तदमृतं यदल्पं तन्मर्त्यम्।

भूमा ही सुख है, अल्प में सुख नहीं है। जहाँ कुछ और नहीं देखता, कुछ और सुनता है एवं कुछ और नहीं जानता–वह भूमा है; जहाँ कुछ और देखता है, कुछ और सुनता है एवं कुछ और जानता है–वह अल्प है। जो भूमा है, वही अमृत है; जो अल्प है, वही मर्त्य है।

यह है भूमा की प्रशस्ति में ज्ञानोन्मेष की वाणी।

भूमा या भूमि, दोनों में कौन श्रेय है और कौन प्रेय? 'रूपान्तर' के सौभरि ऋषि ज्ञान के सर्वोच्च शिखर पर पहुँचकर भी मन्दाकिनी की तरह उपत्यका में उतर आए। 'नान्यत्पश्यति' वाली भूमा-दृष्टि उन्हें प्राप्त थी, 'नान्यच्छृणोति' वाली भूमाश्रुति उन्हें उपलब्ध थी और 'नान्यत्यत् विजानाति' वाली भूमा-मति पर उनका, अधिकार था; किन्तु फिर भी वे भूमि की अल्पता में स्वेच्छया उतर आए। किन्तु क्या यह उनका पतन है? यह रूपान्तर उनका पतन नहीं, श्रेय की उनकी आसक्ति भी नहीं–उनका आत्यन्तिक उत्थान है, श्रेय का विलक्षण सुखानुभव है, क्योंकि उनकी दृष्टि में भूमा और भूमि में केवल नाम का अन्तर है, श्रेय और प्रेय में केवल रूप का पार्थक्य है। अतः ध्यान-योगी संन्यासी सौभरि का कर्म-योगी गृहस्थ सौभरि के रूप में यह परिवर्तन योग-भ्रष्टता का निदर्शन नहीं, 'योगः कर्मसु कौशलम्' का प्रतीक है। अव्यक्त की उपासना क्या व्यक्त की आराधना में निहित नहीं है?

–राधाकृष्ण

देवोत्थान एकादशी, 2009
राँची

जहाँ से सूर्योदय होता है और जहाँ सूर्यास्त होता है–उदयाचल से लेकर अस्ताचल तक की भूमि वीरवर मान्धाता के शौर्य का साक्षी देती थी। संसार ने चकित-विस्मित नयनों से उस विजयी वीर का प्रबल पराक्रम देखा था। देखा था कि किस भाँति वह रण-रसिक सूरमा विद्युद्गति से असिसंचालन के द्वारा रक्त से लथपथ शत्रुओं को हतबुद्धि कर देता था। रणभूमि में गिरते हुए शवों के स्तूप पर स्तूप बनते जाते थे। निर्जीव, लोहूलुहान उन भयावने स्तूपों पर शवों के ही अनेकानेक सेतु भी बन जाते थे। उन सेतुओं के बीच से निकलकर बरसाती नाले के समान लोहू की धारा वेग से बहती रहती थी। लोहू की वह धारा ही विजित राजाओं–सम्राटों की स्वाधीनता को बहाती हुई मान्धाता के चरणों के समीप पहुँचा देती थी। उन सुगठित चरणों पर छत्र और मुकुट लोटते थे। मान्धाता की मधान्ध सेना शत्रुओं के कटे हुए मस्तक से कन्दुक क्रीड़ा करके प्रसन्न होती थी। गौरवपूर्ण वीर मान्धाता जब अपनी रक्तवर्ण आँखें उठाकर सेना की ओर इंगित करता, तो माताओं के एक-से-एक लाड़ले निकल आते थे। युद्ध के वे दिन निकल चुके थे। मान्धाता जब चक्रवर्ती सम्राट था उसने जिन कोटों का ध्वंस किया था, उन पर अब दुर्भाग्य की कालिमा पड़ी हुई थी। वहाँ की अँधेरी कोठरियों में दिन के समय चमगादड़ पंख फटफटाते थे और रात के समय शृंगाल जब वहाँ एक स्वर से चीत्कार करते थे, तो लगता था मानो वह महल अपने पुराने दिनों की याद करके कलेजा फाड़ कर रो रहा हो। रात की चाँदनी उन महलों के ऊपर कफन की तरह पड़ती थी और सबेरे का शीतल पवन भी ठंडी साँसें भरता हुआ उन धवस्त महलों के सामने से निकलता था। दोपहरी की तीव्र प्रकाश में भी टूटे हुए वे प्रासाद अतीत की याद में अवाक्-उद्भ्रान्त बने हुए-से दिखते थे। वे कोट और नगरियाँ मान्धाता की वीरता और क्रूरता की कहानियाँ थीं। वह विजय के पास नहीं दौड़ता था विजय स्वयं उसके पास दौड़ती चली आती थी। जहाँ उसकी

सेना ने अपने स्कन्धावार बनाए थे, वहाँ अब जंगल के साँप बिल बनाकर रहते थे। जिन सरोवरों को उसकी अक्षौहिणी सेना ने अपनी कौतुक-क्रीड़ा से गंदला कर दिया था, वहाँ अब लाल और नील कमल खिलते थे तथा वन के पशु आकर पानी पिया करते थे। जब कोई चरवाहा उधर से गायों को चराता हुआ निकलता था, तो वह अपने किशोर साथियों को यह स्थान दिखाता था, जहाँ मान्धाता का स्कन्धावार था। वह उस स्थान को बतलाता था, जहाँ राजाओं के मस्तक पृथ्वी पर गिरे थे। महल के पिछले भाग की ओर आकर वह संकेत करता था कि रानियाँ त्रस्त व्यस्त अपने मणि-रत्नों को ले इसी गुप्त मार्ग से भाग रही थीं। फिर भी वह किले के किसी टूटे भाग के पास पहुँचकर कहता था कि बस, यहीं सबसे अधिक मार-काट हुई थी। आज भी धरती खोदकर देख लो, इन वनस्पतियों के नीचे की भूमि लोहू से लाल है इसीलिए यहाँ के फूलों में सबसे अधिक लाली होती है।

असि-साधना के द्वारा समस्त भूमि को जीतकर मान्धाता चक्रवर्ती सम्राट बना था। जिस प्रकार रससिद्ध कवि अपनी आवश्यकता के अनुकूल रसों के अवतारण करके श्रोता के हृदय पर अपना प्रभाव अक्षुण्ण रखता है, उसी प्रकार वीरता और क्रूरता की कहानियाँ शेष करके मान्धाता ने नियम और धर्म बनाने वालों पर अपनी दृष्टि डाली। भूमि जीतने के बाद उसने ब्राह्मणों को जीता। उसने इतना अधिक दान दिया कि निर्धन ब्राह्मण नारियाँ भी नीलमजटित स्वर्ण के अलंकार पहनने लगीं। कौपीन और माला धारण करने वाले अति दरिद्र विप्र भी अब चीनांशुक के उत्तरीय ओढ़कर चलते थे। उनकी कंठध्वनि में अब गर्व और आत्मनिर्भरता परिलक्षित होती थी। उनकी आँखों के नीचे पड़ी हुई चिन्ता-धनुष की छाया अब चन्दन चर्चित ललाट की दीप्ति में विलीन हो चुकी थी। वे अब विनय नहीं करते थे, आदेश देते थे। वेद-पाठ अथवा परमार्थ-चर्चा की अपेक्षा वे अब पाली हुई धनुओं की ओर ही अधिक ध्यान रखने लगे थे। शरद् ॠतु में खिले कुमुद की भाँति ब्राह्मण-सुन्दरियों के मुँह खिले रहते थे। और वहाँ से हरसिंगार की तरह हँसी झरती थी। ये ब्राह्मण अब मुक्तकंठ से मान्धाता के गुण गाते थे। उसकी प्रशंसा में मधुर से भी मुग्धतर ऐसे श्लोकों की रचना करते थे, जिनकी शब्द-रचना जब स्वर का सहारा लेकर वायुमंडल पर उतरती थी, तो लगता था जैसे वीणा की मन्द झंकार उठ रही हो, जैसे फलों पर भ्रमरावलियाँ गुँजार कर रही हों। उन श्लोकों में मान्धाता की प्रशंसा की रंगीनी भरी हुई होती थी। विद्वानमंडली में मानो मान्धाता की प्रशंसा करने की होड़-सी लग गई। सूर्य की किरणों के समान कोई एक आश्चर्यजनक और प्रशंसापूर्ण विचार को छन्दों में बाँधकर प्रत्येक विद्वान् सबसे आगे बढ़ जाने की चेष्टा करने लगा। यहाँ तक कहा जाने लगा कि मान्धाता देवता है। आदिपुरुष के अंशावतार हैं। कवि-ब्राह्मणों की स्वर लहरी राजमहल की चित्रित दीवारों से टकराती हुई अन्तःपुर में जाकर ध्वनित होने लगी।

रनिवास की रानियाँ चमत्कृत हुईं। उन्होंने सारंगी जैसी अपनी आवाज में उन गीतों को गुनगुनाया। बड़ा ही मधुर मालूम हुआ। मान्धाता वीर हैं, शत्रुदमन हैं, भगवान् के अंशावातर हैं; यह सबसे अधिक मधुर मालूम हुआ। अन्तःपुर से निकलकर श्लोक नगर की सुन्दरियों के स्वरों को चूमते रहे, नागरिकों के मस्तक को आक्रांत करते रहे। गली-गली वे गीत गूँजे। नगर की सीमा को पार करके खेतों की हरियाली में भी वे श्लोक हवा में तरंगित होने लगे। ग्रामीण युवा-युवतियों ने उन श्लोकों का सादर स्वागत किया। महल की बात झोपड़ियों में पहुँची। चारों दिशाओं ने सुन लिया कि मान्धाता भगवान् के अंशावतार हैं। गाँव के किनारे अश्वत्थ वृक्ष की छाया में अलसाकर लेटी हुई थकी-माँदी युवतियाँ जब उन श्लोकों को गुनगुना उठती थीं तब उन्हें रंचमात्र भी यह संशय नहीं होता था कि मान्धाता ईश्वरीय अवतार नहीं हैं। युवक जब अपने दृढ़ कंठ से मान्धाता की विजय की कहानियों के अतिरंजित गीत गाते थे, तो उनके मन में भी यही भाव उठता था कि मान्धाता के ईश्वरीय अवतार होने में किसी प्रकार का सन्देह नहीं है। मान्धाता उनकी पहुँच से जितनी दूर थे उतना ही अधिक उनके हृदय पर श्रद्धा भक्ति का गाढ़ा रंग था। गाँव के घरों से लेकर शून्य सरोवर तक और निर्जन वन-पर्वतों से लेकर इठलाती-बहती सरिता तक, सबने मान्धाता के ईश्वरीय अवतार होने की कहानी सुन ली।

ईश्वर के अवतार होने के बाद उसे स्थायी भी बनाना पड़ता है। मान्धाता ने अपने आपको अलौकिक कर्मों की ओर प्रेरित किया। तब ऋत्विक् आए, होता आए, उद्गाता आए और यज्ञ का प्रबन्ध होने लगा, यज्ञ की चर्चा चलने लगी। बड़े-बड़े ऋषियों-मुनियों की मंडली बैठकर बड़ी गम्भीरता के साथ यज्ञ की विधि, यज्ञ की सामग्री और मंत्रों की चर्चा करती थी। महीनों चर्चा चलती रही, महीनों सामग्रियाँ एकत्र होती रहीं, महीनों तर्क-वितर्क होते रहे। उसके बाद मान्धाता ने नरमेध यज्ञ किया, गोमेध यज्ञ किया, अश्वमेध यज्ञ किया, राजसूय यज्ञ किया। सभी प्रकार के सभी यज्ञों को उसने सम्पन्न कर दिया। शरद्-वसन्त के समय भी नगर में सावन और भादों का अँधेरा रहने लगा। मध्याह्न के सूर्य की तीव्र किरणें भी यज्ञ के धुएँ को वेध कर धरती का मुँह नहीं देख सकती थीं। सभी आश्चर्य से अवाक् हो उठे। मान्धाता ने एक ही जन्म में सभी यज्ञों को कर सकना सम्भव कर दिया। आज तक किसी ने भी ऐसा नहीं किया था। परमात्मा का अंश पाए बिना क्या ऐसा सम्भव है?

मान्धाता रणभूमि में जितना क्रोधान्ध रह चुका था, ब्राह्मण और साधुओं के सम्मुख वह उतना ही नम्र रहता था। यज्ञ समाप्त होने के बाद मान्धता ने राज्य-कार्य के लिए छुट्टी चाही। ऋत्विक्, ब्राह्मण, होता, सबने मान्धाता को आशीर्वाद दिए। एक महान् मंडप में विदाई का उत्सव हो रहा था। वहाँ फलों के वन्दनवार सजाए गए

थे। भाँति-भाँति की रंगीन पताकाएँ फहराती हुई यज्ञों की समाप्ति की सूचना दे रही थीं। बाजे बज रहे थे। सहसा शंख की तीव्र, महागम्भीर ध्वनि हवा के हृदय में भी छेद बनाने लगी। बाजे बन्द हो गए। सभा-मंडप में सन्नाटा छा गया। ध्वनि प्रतिध्वनियों से टकराता हुआ शंख का स्वर सुदूर कानन के पास जाकर विलुप्त हो गया! सम्राट मान्धाता ने अपनी दृष्टि सामने की ओर उठाई। आगे ऋषि-मुनियों की भीड़ थी। पीछे सामन्त और नागरिकों ने स्थान पाया था। एक ओर रंग-बिरंग के वस्त्रों से सुसज्जित और सलज्ज मुस्कान की दीप्ति से उद्‌भासित चन्द्रमुखी स्त्रियाँ थीं। बन्दिजनों ने गाना शुरू किया।

"ब्रह्मा ने अपने चारों मुखों से चार वेद बनाए थे। मान्धाता ने अपनी दो ही भुजाओं के बल से उन्हें सार्थक किया। पृथ्वी की चारों दिशाएँ इस बात की साक्षी दे रही हैं।"

"आज मधु और कैटभ नहीं दीखते; किन्तु एक ही विलक्षिणी माया सबको मोहित करके असुरों के समान वेद की ऋचाओं को चुराए चली जाती थी। मान्धाता ने उसे परास्त करके समस्त सुकुमारी ऋचाओं का उद्धार किया। इन यज्ञों में उठनेवाले गन्धमय धूम ही इसके साक्षी है। धुएँ के इन क्षीरसागर में मान्धाता ने वेदों को लाकर ऋत्विक् को सौंपा।"

"शचीरानी इन्द्र से कह रही थीं कि तुमने भी ऐसा यज्ञ नहीं किया। तारे इस कथन को सुन रहे थे और चन्द्रमा हँस रहा था।"

"पूरब की ओर अब अँगड़ाइयाँ लेता हुआ सूर्य उठा, तो वह भी मान्धाता के यज्ञ को देखकर लज्जा से लाल हो उठा। उसने तीनों लोकों और चौदहों भुवनों का भ्रमण किया था, पर मान्धाता के समान यज्ञ करते हुए किसी को नहीं देखा था।"

"ऋत्विक्, होता, उद्‌गाता, ऋषि तथा ब्राह्मणों को चाँदनी रोज थका-माँदा तथा यज्ञों का स्वप्न देखता हुआ देख गई है। सवेरे डाहुक चिड़िया ने आकर उन्हें उठाया है कि उठो ब्राह्मणों! तुम्हें मान्धाता का यज्ञ पूरा करना है।"

"विधाता ने तीन चौमासे और छह ही ऋतुओं का निर्माण किया है, किन्तु मान्धाता ने अपने नाना यज्ञों के द्वारा धर्म की इतनी अधिक ऋतुओं का निर्माण किया कि विधाता भी आश्चर्यचकित होकर विष्णु भगवान् के पास पहुँचे। पर, विष्णु भी उन्हें क्या जबाब देते? वे तो मान्धाता के यज्ञ का अपूर्व सोमरस पीकर निद्रित थे।

"तीनों लोकों, चौदहों भुवनों में मान्धाता धन्य हैं...चक्रवर्ती सम्राट मान्धाता!"

बन्दिजनों की वाणी समस्त श्रोताओं के हृदयों में तरंगित हो रही थी। लगता था जैसे सुन्दर छन्दों की चाँदनी रात हो और समस्त संसार में श्लोकों का अमृत झर रहा हो। पवन मतवाला हो गया है और सरोवर की लहरें स्तब्ध हो गई हैं। जागृति को किसी ने सपनों के स्वर्ग में पहुँचा दिया है और स्वप्न यथार्थ हो रहा है। प्रतिमा

के समान वहाँ पुरुष खड़े थे। चंचल बालाओं की भौंहें स्थिर हो गई थीं और वे अपनी नीली पुतलियों में ही समस्त चेतना को एकाग्र चित्रलिखित-सी खड़ी थीं। बन्दिजनों का गीत समाप्त होने पर भी ऐसा लग रहा था मानो आम्रवन के वृक्ष वृक्ष से टकराती गीत की ध्वनि चली आ रही है और अलस हृदयों में सो रही है। तन्द्रा की उस अवस्था में सहसा जागृति के समान आचार्य कड़क उठे। उनकी मेघ-गम्भीर वाणी हृदय के क्षितिज में चारों ओर से घिरकर भरने लगी। आचार्य कह रहे थे, " 'हे' मान्धाता तुम धन्य हो। तुमने यज्ञ पुरुष की सम्पूर्ण आराधना की है। देवता भी यज्ञ करनेवाले का सम्मान करते हैं। स्वर्ग में भी यज्ञ करनेवाले की प्रसिद्धि होती है। यज्ञ करने वाला इन्द्र, कुबेर और वरुण से भी अधिक भाग्यवान है। यज्ञ करने वाले को परमात्मा अपने-आप में मिला लेते हैं!..."

लोगों ने देखा दीप्त गौरवपूर्ण ऋषि हैं। पिंगल जटाजूट। तेज से दीप्त बदनमंडल पर भस्म इस प्रकार मालूम पड़ता है जैसे चाँदनी रात में कमलदल पर पराग पड़े हुए हों। आचार्य कह रहे थे, "...मान्धाता, तुम धन्य हो। जब से सृष्टि हुई तब से इतना अधिक यज्ञ किसी ने नहीं किया था। जिन लोगों ने इन्द्र का दुर्लभ पद पाया है, उन्होंने भी इतना संख्या में यज्ञ नहीं रचाए थे। यज्ञ ही राजाओं के धर्म-पालन की कसौटी है। यज्ञ और दान के द्वारा ही यह परमात्मा को प्राप्त करता है और यज्ञ तथा दान के लिए ही वह प्रजा पर शासन करता है। मान्धाता, संसार का सबसे बड़ा कार्य तुम्हारे द्वारा ही सम्पन्न हुआ। देवताओं के देवता विष्णु भी ब्राह्मण और ऋषियों की श्रद्धा करते हैं, यह मत भूलना। ब्रह्मा और रुद्र के लिए भी ब्राह्मण और ऋषि पूज्य हैं, यह तुम्हें सर्वदा स्मरण रहे... ।"

आचार्य की वाणी दीप्त हो उठी। उनके शब्द प्रतिध्वनित होते हुए पवन में गूँजने लगे। ऋषि कह रहे थे, ..."वेद और ब्राह्मण, देवता और अग्नि, इनकी मर्यादाएँ तुम्हारे हाथ में हैं। तुम राजाओं के राजा—राजराजेश्वर हो। इनकी प्रतिष्ठा करो, परमात्मा तुम्हारी प्रतिष्ठा करेंगे।..."

चारों ओर से "साधु-साधु" की ध्वनि उठने लगी। राजराजेश्वर मान्धाता का मस्तक झुक गया। वे ऋषि के सामने खड़े थे, बाईं ओर उनकी अर्द्धांगिनी महारानी इन्दुमती शोभायमान हो रही थी। लगता था जैसे गन्धराज के प्रौढ़ पेड़ के पास चमेली की खिली हुई लता फूलों के भार से सलजा हो चुकी थी। राजा ने घुटने तक पीली धोती पहन रखी थी। कमर में सोने की पेटी चमक रही थी। दोनों बाहुओं में रत्नजटित भुजबन्द उद्भासित हो रहे थे। माथे का मुकुट चमचमा रहा था। मान्धाता ने हाथ जोड़े। सादर प्रणाम करके कहा, "मैंने सभी प्रकार इन्द्रियों से अगोचर उस यज्ञपुरुष की आराधना की है। मैं मानता हूँ कि यज्ञ-सामग्री, मंत्र, यजमान, ऋत्विक् आदि उसी यज्ञपुरुष के रूप हैं। मैं उनसे केवल हृदय की शान्ति चाहता हूँ।"

मान्धाता की वाणी गम्भीर थी। हृदय से निकलनेवाली ध्वनि ने हृदयों को हिला दिया। लोगों ने एक दूसरे की ओर अर्थपूर्ण दृष्टि डाली। यह कदाचित् विनय है; मान्धाता का हृदय शान्त है। इन्होंने इतने अधिक यज्ञ किए हैं जितने सृष्टि की रचना के बाद से आज तक किसी के द्वारा सम्भव नहीं हो पाया। हाँ, यह मान्धाता की विनम्रता है। विनय ही महापुरुषों का आभूषण कहा जाता है।

आचार्य की भृकुटियाँ किंचित् हिलकर स्थिर हो गईं। उनके होठों पर मुस्कान की रेखा खिंच गई। उन्होंने शान्त भाव से मान्धाता की ओर देखा और गम्भीर भाव से कहा, "राजराजेश्वर आज तुम जिस सीमा पर खड़े हो, वह धर्म का अन्तिम छोर है। आज तक कोई भी उस स्थान तक नहीं पहुँच सका था। तुमने असम्भव को सम्भव कर दिखलाया। जब तुम्हारे मन में उस यज्ञपुरुष पर इतना विश्वास है तब फिर तुम्हारे हृदय को शान्ति क्यों नहीं मिलेगी? अवश्य मिलेगी राजन्, अवश्य मिलेगी।"

मान्धाता की आँख धरती की ओर झुक गई।

और चारों ओर से जयजयकार की ध्वनि निकलकर अतंरिक्ष में विलीन हो रही थी।

2

सन्ध्या आई और आकाश के क्षेत्र में प्रकाश के मोती बिखेरकर चली गई। काला कम्बल ओढ़े अन्धकार आया और मानो कसी मंत्रबल से सारे जगत् को अचेतन बना दिया। फिर भी महारानी इन्दुमती के नयनों में नींद नहीं थी। वह प्रतिप्राण महाराज मान्धाता के आगमन के लिए जगी बैठी थी। माणिक के चौमुख दीप कक्ष में अपनी स्निग्ध आभा बिखेर रहे थे। महारानी ने वातायन का द्वार खोलकर देखा, मानो अन्धकार के महाकाव्य में सूक्तियों के तारे चमक रहे थे। झींगुर का स्वर निस्तब्धता को और भी अधिक गूढ़ बना रहा था। आज भी महाराज ने देर की। महारानी का ब्रह्ममुहूर्त के समान मुखमंडल भादों के प्रभात के समान भारी और गम्भीर हो आया। उन्होंने अपने सिर से माणिमय मुकुट उतारकर रख दिया। सेविकाओं को शयन करने की छुट्टी दे दी। वह बैठी ही रही। आज महाराज उसे दुःखों की अवधि के समान बड़ी दूर पर मालूम हो रहे थे। वह चिन्तातुरा अपने बारे में सोच रही थी और अपने मान्धाता के विषय में सोचती थी। कहीं भी कूल-किनारा दिखलाई नहीं देता था। क्या आज भी अतृप्ति की सीमा बनी हुई है? क्या चुपचाप अपने सुखों में लीन हो जाने का समय अब भी नहीं आया?

उसे वे दिन याद आने लगे, जब उसने मान्धाता का वरण किया था। मदोन्मत्त हाथ की सूँढ़ में लिपटे हुए कमल के समान वह मान्धाता के प्रबल प्रेम में लिपटी हुई शोभायमान हो रही थी। पर उसे तत्काल ही मालूम हो गया कि उसका मान्धाता पिटारियों में रखा जानेवाला रत्न नहीं, वह तो विजय-अभियान में सबसे ऊपर उठकर चलती हुई विजय-पताका है। अश्वमेध के घोड़े के समान वह देश-देशान्तर को विजय करने के लिए निकल पड़ा। चारों ओर मान्धाता के प्रबल पराक्रम का आतंक छाने लगा। महारानी इन्दुमती सोच भी नहीं सकी कि वह इस बात पर आह्लाद मनावे या गम्भीर चिन्तातुर बैठी कुछ सोचती रहे। फिर भी उसे आशा थी कि महाराज जब लौटेंगे, तब वह संसार को विजय करने वाले महापुरुष के हृदय पर विजय प्राप्त करेगी।...

...इन्द्रधनुष के समान वे रंगीन दिन आते-आते रह गए। मान्धाता समस्त संसार के स्वामी होकर आए। फिर भी वह अपने स्वामी को अपने मन के अनुरूप नहीं पा सकी। महाराज क्षुब्ध रहने लगे। बात-बात पर भड़क उठते थे। उन्हें क्रोध था। वे क्रोधान्ध होकर कहते थे कि विधाता ने उनके जीतने के लिए इतना छोटा-सा संसार क्यों बनाया? बड़ा-सा विश्व बनाया होता। तब कुछ दिन युद्ध का आनन्द आता, तब जीवन की हमारी शक्तियाँ प्रकट होतीं। इतनी छोटी पृथ्वी को जीतकर हमने किया ही क्या? सोते-सोते नींद में बड़बड़ा उठते थे, क्या चाँद और सूरज, ग्रह और नक्षत्रों पर युद्ध–अभियान सम्भव है? कभी वे रात-रात भर जागते, कभी महीनों उद्भ्रान्त–अनमने बने रहते थे। इन्दुमती ने अपने पति के समान दुःखी व्यक्ति नहीं देखा था। सारे संसार को जीतनेवाला अपने आपसे कितना परास्त था?...

...धर्म! धर्म!!...महारानी इन्दुमती रोज रटने लगी। धर्म शान्तिदायक वस्तु थी। धर्म की अराधना से जीवन में मृत्यु के पश्चात् सुख पाने की आशा थी। मृत्यु के उपरान्त भी धर्म से सुख और शान्ति का क्रम चलता रहता। रानी धर्म-धर्म रटने लगी। तब महाराज मान्धाता ने भी धर्म की ओर दृक्पात किया। इन्दुमती हर्ष से पुलकित हुई। वह अन्धड़ और उपलवृष्टि में अपनी पति को ठीक-ठीक नहीं पा सकती थी। अब धर्म की सघन छाँह में शान्ति के साथ उन्हें अपने मन के अनुसार ग्रहण कर सकेगी। तब इन्दुमती धन्य होगी।...

पर यह स्वप्न केवल स्वप्न ही रह गया। मान्धाता असन्तुष्ट के असन्तुष्ट ही रहे। वे कहते थे कि ये धर्म-याचक बहुत ही थोड़े में तृप्त हो जाते हैं। ये लेना चाहते हैं, मगर इन्हें लेना भी नहीं आता और लेकर भी ये धर्म की प्रवृत्तियों को आगे नहीं बढ़ाते। भोग और लालसाओं में आकंठ डूब जाते हैं। दरिद्रता के समय इनके मन में भगवान् के प्रति जो कुछ भी सच्ची भक्ति रहती है, ये धन पाते ही उसे छोड़ मोह-माया में लिप्त हो जाते हैं। क्या इससे मुझे शान्ति मिल सकती है? इनके चंचल

मन से निकल हुए कातर और भयभीत आशीर्वाद क्या मरे मन को शान्ति दे सकते हैं। वे तो दरिद्रता के कारण विरक्त और वानप्रस्थी होने की कामना करते थे और मैंने उन्हें दान देकर माया में फँसा दिया। उनका आशीर्वाद भी घबराया हुआ-सा होता है। जो स्वयं अशान्त है, वह हमें क्या शान्ति दे सकता है? मान्धाता की चिन्ता अशष हो गई।...

महारानी इन्दुमती के मन में एक-एक करके बातें उठ रही थीं। महाराज के आगमन के चिन्ता में अधीर मन महाराज के मन के पास ही भटक रहा था।...तब महारानी इन्दुमती को याद आया, तब महाराज ईश्वर के अंशावतार कहे जाने लगे। राज-प्रासाद से लेकर गली-गली में गीतों के ज्वार-भाटे आने लगे। महाराज मान्धाता की वे अवतार की बातें जूही की सुगन्धि की भाँति इधर से उधर उड़ने लगीं।... मान्धाता ने कहा था ''देखती हो इन्दुमती?''

...और महारानी चौंक उठी थी। यह तो आनन्द का स्वर नहीं है। इससे भी महाराज को प्रसन्नता नहीं मिली। इनता ऊँचा पद पा जाने के बाद ये क्या चाहते हैं?...मान्धाता ने कहा था, ''यदि मैं कुबेर का धन लूट लूँ और इन धर्म-याचकों के सामने उस धन के सहस्रांश का सहस्रांश भी बिखेर दूँ, तो ये कल ही कहने लगें कि अबकी विष्णु पर चढ़ाई करके उनकी लक्ष्मी को भी लूट लो; क्योंकि वे जानते हैं कि विष्णु और कुबेर ने उन्हें कुछ भी नहीं दिया और मैं उन्हें दे सकता हूँ। इतनी सी बात है।

इन्दुमती ने पूछा था, ''आप क्या चाहते हैं?''

महाराज की वाणी गम्भीर हो गई थी। वे बोले थे, ''मैं बहुत ही छोटी-सी चीज चाहता हूँ इन्दुमती; मैं 'शान्ति' चाहता हूँ। जब तक मुझे यह चीज न मिलेगी मुझे चैन न होगा।...शान्ति!...''

और महाराज मान्धाता के हृदय से दबी हुई गहरी मर्मभेदी साँस निकल पड़ी थी।...

...तब यज्ञ। यज्ञ से बढ़कर महान् धर्म जगत् में दूसरा नहीं। यज्ञ के द्वारा आदमी स्वर्ग के देवताओं की प्रशंसा अर्जित करता है। सौ यज्ञ करके मनुष्य इन्द्र का दुर्लभ पद प्राप्त कर लेता है। वह देवताओं का भी सम्राट होता है। यज्ञ के द्वारा जो स्वर्ग का राज्य भी प्राप्त कर सकता हो, समस्त देवता भी जिसकी अधीनता स्वीकार करते हों, उसे दुर्लभ क्या है?...तब मान्धाता ने सैकड़ों यज्ञ किए। इतनी दक्षिणा दी, जितनी किसी ने भी नहीं दी थी। सो आज यज्ञ-याग भी शेष हो गए। क्या अब भी सूर्यवंशी मान्धाता के मन में सन्तोष का सूर्य उदित नहीं हुआ?

...और यदि ऐसा ही है तो अब क्या होगा? मान्धाता अपने को छोड़ और किसी ओर ध्यान ही नहीं देते। पुत्र बड़े हुए, कन्याओं का स्वयंवर करना होगा। हाँ

चिन्ता-जाल से उन्हें निकालने का एक यही उपाय है। मान्धाता की वेदना इन्दुमती के मन में केवड़े के फूल की भाँति गड़ रही थी, जिसकी सुगन्धि के समान ही मान्धाता उसके प्रिय थे।

इसी समय धीर भाव से मान्धाता ने उस कक्ष में प्रवेश किया। आश्चर्य चकित होकर बोले, "तुम अभी तक जाग रही हो, इन्दुमती? चलो शयनकक्ष में चलें।"

इन्दुमती ने देखा, वही बात थी। चिन्ता के मेघ मुखमंडल पर पड़े हुए थे। लगता था जैसे दूर, बहुत दूर, किसी मनोलोक में मान्धाता भ्रमण कर रहे हों। मन में जैसे कोई चातक आर्त्तनाद कर रही हो और उसके स्वरों की छाया महाराज के मुख पर पड़ रही हो। जैसे किसी उद्यान के सभी फूल तोड़ लिए गए हों और वह हतप्रभ हो रहा हो। और, इन्दुमती भी उसी प्रकार हतप्रभ हो उठी। आसमान में मेघ उमड़ आए हों, मयूर नाचने की तैयारी कर रहा हो, कि सहसा सूर्य ने निकल कर सारी उमंगों को नष्ट कर दिया। पुनः वह पुरानी चिन्ता सामने आ गई। यों सोचने को इन्दुमती बहुत कुछ सोच गई थी, लेकिन फिर भी उसे अनुमान था कि मान्धाता इतने अधिक यज्ञ करके कुछ भी तो अवश्य सन्तुष्ट होंगे। उस रही-सही आशा पर भी तुषारपात हो गया। स्वामी के साथ शयनकक्ष में चली गई।

विशाल शयनकक्ष है। दीवार पर कलाविदों के बनाए हुए भित्तिचित्र चमक रहे हैं। सोने की दीवट पर रखा हुआ दीपकर जल रहा है। दो विशाल पलंग है। समुद्र के फेन की भाँति मोटी और दूध के फेन की भाँति श्वेत शय्या है। मान्धाता शय्या पर बैठ गए और इन्दुमती का हाथ पकड़ कर उसे भी बैठाना चाहा।

इन्दुमती लज्जित-सी बोली, "इस झूठी अभ्यर्थना से क्या होगा?"

मान्धाता चौंक कर बोले, "तुम प्रसन्न नहीं हो क्या? सब कुछ तो तुम्हारी इच्छा से ही हो रहा है?"

इन्दुमती ने उनकी ओर देखकर धीरे से हँस दिया। मूँग के अधरों के बीच में मोती की मुस्कान झर गई। बोली, "जबतक महाराज प्रसन्न नहीं होंगे तबतक मैं कैसे प्रसन्न रह सकती हूँ? आपने मनुष्यों पर शासन किया, अब इन्द्र होकर देवताओं पर भी राज्य करेंगे। फिर भी जब आपको प्रसन्नता नहीं, तो मैं तो आपकी छाया हूँ।"

आशय मान्धाता ने समझ लिया। महारानी कहना चाहती है कि कब तक तुम चिन्तित रहोगे और प्रेम की डोर में बाँधकर मुझे भी इस चिन्ता में खींचते रहोगे? परन्तु मान्धाता के पास उपाय नहीं था। बोले, "महारानी मेरी चिन्ताएँ मेरी अपनी हैं। उसके लिए तुम क्यों चिन्तित होती हो? अपनी सन्तान की ओर देखो।"

"महाराज, वे आपकी सन्तान हैं। मैं तो केवल उनकी माता हूँ।"

"गृह-कार्यों की ओर ध्यान दो।"

"जब जंगल में आग लगी हुई होती है, तो चिड़िया तिनका चुन-चुनकर घोंसला

बनाने की ओर ध्यान नहीं देती।''

''तुम्हारे मन का झुकाव क्या किसी ओर नहीं?''

''महाराज, मेरे केवल आप हैं। आपकी ओर ही मेरा झुकाव है।''

मान्धाता कुछ देर चुप रहे फिर विरक्त स्वर में बोले, ''आज यज्ञ योग भी शेष हो गए। तुम्हारी उत्कट अभिलाषाएँ पूरी हुईं। मैंने सोचा था कि आज तुम प्रसन्न होगी।''

''मैंने भी समझा था कि आज आप प्रसन्न होंगे। आपके द्वारा ऐसा महान् कार्य सम्पादित हुआ है, जैसा आजतक संसार में सम्भव नहीं हुआ था। आपके समान ऊँचा पद पाकर कौन गौरवाविन्त नहीं होगा। फिर भी आप सुखी नहीं हैं।''

मान्धाता ने कहा, ''शान्ति नहीं है, इसीलिए सुख नहीं है। बाल्यकाल में जब सिंहों के आखेट के लिए जाया करता था, तो सोचता था कि राज्यों को जीतने में कितना अधिक सुख मिलता होगा! जब राज्यों को जीतने लगा, तो मन में असन्तोष हुआ कि चक्रवर्ती राज्य की स्थापना की, फिर भी मुझे सुख नहीं मिला। मैंने ब्राह्मणों और याचकों को इतनी सम्पदा दान कर दी, जितनी रुद्र ने भी नहीं की होगी। तब मैं सुखी नहीं हुआ। यज्ञ संसार का सबसे बड़ा धर्म-कार्य है मैने इतने अधिक यज्ञ किए, जितने एक तो क्या, पाँच इन्द्र भी नहीं कर सकते। फिर भी मेरे मन को सुख नहीं है। मैं यह भी नहीं जानता कि मन क्या चाहता है, क्या करने से सुख मिलेगा। सिर्फ इतना ही समझ में आता है कि शान्ति मिलने से ही मन को सुख होगा।''

ये बातें इन्दुमती के लिए नई नहीं हैं। प्रतिदिन प्रातःकाल वह जिस प्रकार सूर्योदय को देखती थी, उसी प्रकार वह इन बातों को सुना करती थी। पहले सोचती थी कि यज्ञों को समाप्त करके स्वामी अवश्य सन्तुष्ट हुए होंगे। किन्तु आज अपराह्न के समय अपने आचार्य के सम्मुख मान्धाता की जो वाणी सुनी तो वह सहम गई। उस ध्वनि में उनके मन की वेदनाएँ बज रही थीं। दूसरा कोई समझे या न समझे, इन्दुमती तो उन्हें सदा से समझती आई है। वह उन्हें अवश्य समझती है। मगर इनका समाधान कैसे होगा? इनकी पीड़ा का पता ही नहीं चलता। ऐश्वर्यों को प्राप्त करके भी दरिद्र बने हुए हैं, समस्त सुखों को सामने रखकर भी महान दुःख से कातर हैं। इन्दुमती क्या कर सकती है? बात बदलकर बोली, ''यदि आप मेरी ओर दृष्टि न डाल सकते हों, तो न सही। अपनी सन्तानों की ओर देखने से तो आपको अवश्य सन्तोष प्राप्त होगा।''

मान्धाता ने कहा, ''अपनी सन्तान को देखकर तो मैं और भी कातर हो उठता हूँ। वे हमारे पुत्र हैं, इसलिए वे मुझसे भी अधिक अभागे हैं। उनका भविष्य तो और भी अन्धकारमय है। मैंने सारी पृथ्वी को जीतकर शौर्य का कुछ प्रदर्शन भी किया,

लेकिन मेरे लड़कों के लिए कौन-सी भूमि बची हुई है जिसे जीतकर वे अपना पराक्रम दिखला सकेंगे। मैंने सभी प्रकार के यज्ञ शेष कर दिए, वे अब क्या करेंगें?''

इन्दुमती ने प्रश्न किया, ''क्या इनके लिए कोई काम नहीं?''

''राजा के लड़कों के लिए दिग्विजय और यज्ञ से बढ़कर और कौन-सा काम हो सकता है?'' राजराजेश्वर मान्धाता ने विकल होकर कहा, ''और तुम कहोगी हमारी पुत्रियाँ? वे तो और भी अभागिनी हैं। प्रत्येक व्यक्ति अपने से श्रेष्ठ घर में अपनी लड़कियों का विवाह करना चाहता है, लेकिन आज संसार में मुझसे बढ़कर कौन ऐसा श्रेष्ठ है, जिसके घर में अपनी पुत्रियों के स्वयंवर को निमन्त्रण भेजूँ?'' मान्धाता शय्या पर लेट गए। रात्रि अधिक बीत गई थी। बातचीत में थकावट-सी भी मालूम हो रही थी। हृदय की गाँठ इन्दुमती के सामने खुल जाने पर कुछ हल्का-सा भी लग रहा था। करवट बदलते हुए कहने लगे, ''धन! ऐश्वर्य!...कोई कहाँ से हमारे समान धन प्राप्त कर सकेगा?...हमारे ये पुत्र, ये क्या करेंगे?...हमारी कन्याएँ किसे वरण करेंगी?...''

अपनी शय्या पर लेटती हुई इन्दुमती भी बोली, ''सो जाएँ महाराज! चिन्ता एक वस्तु है कि इसे जितना बढ़ाया जाए वह उतनी ही बढ़ती जाएगी।''

मान्धाता चुप रहे। कोई जवाब नहीं दिया। चिन्ता की छाया अब भी उनके मुखमंडल पर पड़ी हुई थी। इन्दुमती भी चुपचाप सोने का उपक्रम करने लगी। चारों ओर सन्नाटा था। कहीं कोई शब्द नहीं। चर्तुदिक चुप्पी। मालूम होता था कि जैसे रात की निस्तब्धता भी गम्भीर निद्रा में सो रही हो। पर इन्दुमती की आँखों में नींद नहीं थी। मान्धाता की चिन्ता इन्दुमती के मन में काँटे की तरह चुभ रही थी। करवट बदलने से क्या मन का काँटा दूर होता है?

3

छहों, ऋतुओं के समान मान्धाता की छह कन्याएँ थीं। एक दूसरे के पीछे लगी रहती। क्रीड़ा, विनोद, चपलता सबको प्रिय थी। छहों लड़कियाँ सभी कलाओं से पारंगत हो चुकी थीं। यौवन उनके वदनमंडल पर अँगड़ाइयाँ ले रहा था। आज प्रातः वे राजोद्यान में निकल गई थीं। भाँति-भाँति का रसालाप हो रहा था और वे प्रसन्न दिखलाई देती थीं।

बड़ी लड़की थी कुन्तला। रसालाप में वह विशेष चतुर थी। काव्य कला की ओर उसकी रुचि अन्य सहोदराओं की अपेक्षा अधिक थी। उसने सबको पुकार कर कहा, ''आओ भाई, एक श्लोक सुनावें।''

"सुनाओ!"–मँझली मुक्तला ने कहा।

सँझली शोभा, चौथी इला, पाँचवीं नमिता और छठी अर्पिता, सब उसे घेरकर खड़ी हो गई।

तब कुन्तला ने एक श्लोक सुनाया, जिसका कोई अर्थ नहीं था। उस श्लोक में मात्राएँ थीं ही नहीं।

इला ने कहा, "यह पागल का प्रलाप है।"

कुन्तला बोली, "नहीं-नहीं, इसमें किसी रसिक का रसालाप है। मात्रा मिलाकर देखो, तब तो पता लगे।"

शोभा विस्मित-सी बोली "मात्रा तो तुमने बिठलाई ही नहीं।

कुन्तला ने कहा, "वही तो बिठाने की चीज है। अपनी ओर से मात्रा बिठाकर देखो, तब इसका रस मिलेगा।"

नमिता ने टाल दिया, "तुम्हारे गले की माला में कितने मोती हैं? इतने बड़े चार चरणों के श्लोक के सभी अक्षर थोड़े ही याद रहेंगे।"

इला हँस पड़ी। बोली, "दो चरणों के मनुष्यों का छोटा-छोटा नाम तो याद आता ही नहीं। चार चरणों के श्लोक को भला कौन समूचा स्मरण कर सकेगा?"

शोभा ने कहा, "स्मरण रखने की बात और है। बहुत-से ऐसे व्यक्ति हैं, जिन्हें वेद की समस्त ऋचाएँ कंठस्थ हैं।"

तब तक अर्पिता उधर तड़ाग से एक कमल का पत्ता निकालकर लेती आई। कुन्तला को देती हुई बोली, "यह नहीं जी, तुम इस पर पूरा श्लोक ही लिखो। तब कदाचित् हम मात्रा बिठा सकेंगे।"

केतकी के पत्ते की नोक से कुन्तला ने पूरा श्लोक लिखा। तब सभी बहनें कमल के उस पत्ते को घेरकर बैठ गई और मात्रा पर मात्राएँ बिठा कर उस श्लोक के वास्तविक रूप का उद्धार करने का प्रयत्न करने लगीं। उधर कुन्तला के मन में वह श्लोक उछल रहा था। जितनी देर हो रही थी, वह उतना ही व्यग्र होती जाती थी। बहनों की गति मात्रा बिठाने में जितनी ही मन्द थी, वह श्लोक की सच्चा रूप सुनाने को उतनी ही आतुर हो रही थी। मात्रविहीन श्लोक जितना रहस्यमय था, मात्रा सहित वह उससे भी अधिक रसमय था। कुन्तला बोल उठी, "तुम सब नहीं सुना सकोगी। मैं पूरा श्लोक ही सुना देती हूँ।"

शोभा ने गम्भीरतापूर्वक कहा, "चुप भी रहो, पहले मुझे अपनी ओर से मात्रा बिठा लेने दो, तब इसका सच्चा रूप बतलाना।"

नमिता बेचारी तब से चेष्टा कर रही थी। मात्राएँ बिठा-बिठाकर हार जाती थी; पर अर्थ का पता नहीं चलता था। झुँझलाकर बोल उठी, "इससे तो अच्छा यही था कि हम-सब संगीत ही की चर्चा करतीं। हम-लोगों में अर्पिता अच्छा गा सकती है।

वह गाती, हमलोग वीणा और मुरज बजातीं।''

सहसा अर्पिता आँखें नीचे करके धीरे से फुसफुसा उठी, ''पिताजी!'' वार्तालाप सहसा बन्द हो गया और सबकी सकपकाई हुई दृष्टि मान्धाता की ओर जाने लगी। वे दूर थे।

राजराजेश्वर मान्धाता ने गवाक्ष खोला, तो उन्हें उद्यान में बैठी हुई राजकन्याएँ दिखलाई पड़ीं। सम्राट ने देखा कि सभी कन्याएँ तो विवाह के योग्य हो चुकी हैं। इनका स्वयंवर शीघ्र ही होना चाहिए। यदि शीघ्र ही मैं स्वयंवर का निमंत्रण नहीं भेजूँ, तो पिता के कर्त्तव्य में त्रुटि होगी। किन्तु, कहाँ निमंत्रण भेजूँ? किसे बताऊँ? संसार भर में मेरी पुत्रियों के साथ सम्बन्ध स्थापित करने के लायक कौन है?...और उन्होंने वातायन बन्द कर दिया।

थोड़ी देर के बाद अपने राजकीय उपकक्ष में पहुँचकर मान्धाता ने आज्ञा दी, ''प्रधान-मंत्री को बुलाओ।''

मान्धाता मुट्ठी के ऊपर चिबुक रखकर चिन्ता में लीन हो गए। थोड़ी देर बाद ''राजराजेश्वर'' शब्द सुनाई दिया, तो मान्धाता ने चौंककर उस ओर देखा। देखा प्रधान मंत्री है। एक अपूर्व विस्मय उनके मुखमंडल पर झलक रहा है। कदाचित् सोच रहे हों कि फिर से यज्ञ-याग का बखेड़ा उठाना पड़ेगा। अथवा सोच रहे हों कि मुझसे कोई अशान्त अपराध हो गया हो। विस्मय के पीछे चुपके से आतंक अपनी छाया डाल रहा था।

मान्धाता ने पूछा, ''आज अपने निजी विषय में तुमसे परामर्श लेना चाहता हूँ। तुम्हारी दृष्टि मेरे पुत्रों के ऊपर अवश्य होगी। सबसे पहले मैं पुरुकुत्स के विषय में जानना चाहूँगा।''

मंत्री के मन का बोझ हल्का हो उठा। विस्मय का भाव भी मिट गया। आश्वस्त होकर बोले, ''राजन्, पुरुकुत्स आज आखेट को गए है।''

मान्धाता तीव्र स्वर में बोले, ''यह नहीं मंत्री; मैं पुरुकुत्स-सम्बन्धी उन सभी तथ्यों को जानना चाहता हूँ, जिसका तुमने संग्रह किया है।''

मान्धाता के कंठस्वर की तीव्रता ने फिर महामंत्री को विस्मय में डाल दिया। अषाढ़ के काले-कजरारे बादल जब आकाश में आते हैं तो बार-बार बिजलियाँ कौंधती हैं। आज राजराजेश्वर का भी यही हाल है। पता नहीं वज्र कहाँ गिरेगा? मंत्री का सन्देह पुरुकुत्स की ओर गया। पर, अनजान अपराध के विषय में उन्होंने मन-ही-मन तर्क-विर्तक करते हुए कहा, ''पुरुकुत्स वेदों के ज्ञाता हैं, शास्त्रों में पारंगत हैं, किन्तु इनकी प्रवृत्ति कला की ओर विशेष है। मुरज और वंशी बजाने में वे निपुण हैं। स्वयं सुन्दर कलापूर्ण चित्रों का संग्रह किया है। सुन्दरियों के प्रति उनकी विशेष रुचि दिखलाई देती है। मन-ही-मन स्वयंवरों में भी जाना चाहते हैं, किन्तु आपसे कुछ नहीं

कहते। कदाचित् आपके भय से नहीं जाते।''

मान्धाता ने गम्भीर भाव से कहा, ''उसने कभी मुझसे इस बात की आज्ञा नहीं माँगी।''

प्रधान मंत्री बोले, ''वे श्रीमान् का बहुत सम्मान करते हैं। संकोचवश आपसे नहीं कह पाते।''

मान्धाता ने कहा, ''ठीक है आब पुरुकुत्स के विषय में और कुछ जानने की उत्सुकता नहीं रह गई है। अम्बरीष के विषय में बतलाओ।''

प्रधानमंत्री ने कहा, ''वे राजनीति में निपुण हैं। शस्त्र चलाने में उनके समान कोई नहीं है। वे आपके समान ही असि-संचालन कर सकते हैं। श्रीमान् अम्बरीष महत्त्वाकांक्षी हैं। वे दिग्विजय की अभिलाषा रखते हैं।''

मान्धाता के एकाएक अट्टहास से प्रधान मंत्री के चेहरे पर हास का कोई भाव नहीं आया। उन्होंने गम्भीर भाव से कहा, ''किन्तु, युद्ध और विजय की अभिलाषा अम्बरीष के हृदय में पूर्ण रूप से है। साथ ही-साथ वे महत्त्वाकांक्षी भी हैं। वे नहीं चाहते कि पिता के नाम पर मेरा नाम चले; बल्कि वे अपने पराक्रम और राजनीति के भीतर से अपना महत्त्व घोषित करना चाहते हैं।''

मान्धाता की मुस्कान रोके नहीं रुकती थी। मंत्री की गम्भीरता भी उन्हें अम्बरीष की मूर्खता के समीप ही परिलक्षित होती थी। बोले, ''कहाँ है कोई स्वतंत्र राजा, जिसे वह परास्त करेगा? यदि ऐसा कोई भी राजा बचा हुआ होता, तो मैं उसे कबका परास्त कर चुका होता।''

मंत्री ने उसी गम्भीरता से कहा, ''यदि कोई भी शासक न हो, तो शासन का काम कैसे चलेगा?''

''संसार का शासन मेरे द्वारा संचालित होता है।'' दर्प से मान्धाता ने उत्तर दिया। उनकी आँखें तेज से दिप रही थीं।

''तो अम्बरीष भी आप को ही परास्त करेगा।'' प्रधान मंत्री ने जैसे वज्र गिरा दिया।

और वज्राहत मान्धाता की आँखों में सहसा आश्चर्य भर गया। कंठस्वर लड़खड़ा आया। विकृत स्वर में बोले, ''वह मुझे...मुझे परास्त करेगा!'' प्रधान मंत्री ने नम्र होकर कहा, ''हाँ, राजराजेश्वर।''

पर मान्धाता का पुराना विश्वास क्रमशः लौट रहा था। बोले, ''किन्तु उसके पास सैन्य कहाँ?''

''केवल श्रीमान् को परास्त करने के लिए किसी विशाल सैन्य-बल की आवश्यकता नहीं। उसके पास अपने शास्त्र और शस्त्र दोनों हैं। आवश्यकता के अनुसार वह उनका प्रयोग करेगा।'' मंत्री ने शस्त्र शब्द के द्वारा केवल राजनीत के

कौशल की ओर इंगित किया था।

"फिर ऐसा कब होगा?"—मान्धाता हतप्रभ हो रहे थे। अपने भीतर वे अपने को सीमित और छोटा पा रहे थे। उनके आश्चर्य का अन्त नहीं था।

प्रधान मंत्री ने कहा, "अभी तक अम्बरीष की लालसाएँ उस सीमा तक नहीं पहुँची हैं, किन्तु यदि श्रीमान् की मृत्यु अथवा वानप्रस्थ में भी अम्बरीष की आशा से भी अधिक विलम्ब हो, तो यह सम्भव हो जाएगा।"

मान्धाता को विश्वास नहीं होता था, फिर भी उन्हें शंका थी। बोले, "क्या सचमुच यह सम्भव है?"

मंत्री ने संक्षेप में कहा, "मनुष्य के द्वारा सब कुछ सम्भव है।"

मान्धाता चुप हो रहे। प्रधानमंत्री ने अबकी एक ऐसी दिशा की आरे संकेत किया था, जिस ओर उन्होंने कभी दृष्टि डाली ही नहीं थी। वे मानो अवाक् होकर उस दिशा की ओर देखने लगे। अन्धकार! घोर अन्धकार! चिन्ता और असफलता का यह नवीन अन्धकार था। मान्धाता ने हँसने की चेष्टा की, पर सफल नहीं हो सके। कुछ देर बाद बोले, "प्रधानमंत्री, तुम्हारी दूरदर्शिता के लिए मैं तुम्हें धन्यवाद देता हूँ। अम्बरीष की प्रत्येक गतिविधि पर अब सतर्क दृष्टि होनी चाहिए।"

"सो रहा करती है कृपानिधान!" प्रधान मंत्री ने कहा, "यह मैंने केवल सम्भाव्य बातों की कल्पना की थी।"

मान्धाता ने पूछा, "और मेरा तीसरा पुत्र। क्या मुचकुन्द की मनोवृत्ति भी वैसी ही है?

"नहीं राजन!" प्रधान मंत्री ने उत्तर दिया, "राजकुमार मुचकुन्द पवित्र मनोवृत्तियों को रखनेवाले हैं। वे वेद तथा शास्त्रों का अध्ययन करते हैं। ऋषि-मुनियों से ही वे अधिक सम्पर्क रखते हैं। बहुधा एकान्त में ही चिन्तन किया करते हैं।"

मान्धाता का मन शंका से भर उठा। बोले, "क्या वह भी हमारे समान यज्ञ रचाना चाहते हैं? क्या वह भी मेरे समान अनगिनत यज्ञ करके मुझे नीचा दिखलाने का विचार करता है?"

प्रधान मंत्री ने कहा, "नहीं राजन्, जहाँ तक मुझे विदित है, वे यज्ञ करना नहीं चाहते।"

"तब?" मान्धाता ने तड़पते हुए स्वर में पूछा, "तब वह क्या चाहता है? क्या यज्ञ से भी बढ़कर कोई भी धर्म कार्य है?

"मैं नहीं जानता महाराज! एकान्तवासी और मौन जनों की प्रवृत्तियाँ को जान सकना कठिन है।" प्रधान मंत्री ने कहा, "राजकुमार मुचकुन्द की इन प्रवृत्तियों के विषय में मुझे कोई पता नहीं चलता है। वे एकान्तवासी और गम्भीर व्यक्ति हैं। प्रत्येक व्यक्ति से वे ज्ञानचर्चा भी नहीं करते; केवल अधिकारी व्यक्तियों से ही वे

विषय पर वार्तालाप किया करते हैं।''

मान्धाता ने आज्ञा दी, ''मुचकुन्द को बुलाओ!''

मंत्रणा के उस राजकीय उपकक्ष में एक समय में केवल एक ही व्यक्ति राजराजेश्वर से वार्तालाप कर सकता था। यही नियम था। प्रधान मंत्री वहाँ से हट गए। मान्धाता के इन प्रश्नों के भीतर से वह उनके किसी भी मनःस्थिति का पता नहीं पा रहे थे। वहाँ से जाने के बाद उनका मन क्षुब्ध लहरों में पड़ी पाल की नौका के समान भटकने लगा।

राजकुमार मुचकुन्द आए। गम्भीर प्रकृति का सुन्दर नवयुवक। पीत यज्ञोपवीत, पीत परिधान, पीत उत्तरीय। सिर पर सोने का मुकुट शोभा पा रहा था। मुखमंडल पर अपूर्व दीप्ति है, आँखों में अनिवर्चनीय भाव। देखकर हृदय शान्त हो जाता है। भक्तिभाव से मान्धाता को प्रणाम करके खड़े हो गए।

मान्धाता ने पूछा–"मैं जानना चाहता हूँ कि आजकल तुम क्या कर रहे हो?''

मुचकुन्द ने मान्धाता की ओर दृष्टि डाली। उस ओर उपेक्षा का-सा भाव था। मानो मान्धाता जान रहे हैं कि वह क्या कर रहा है; किन्तु उसके मुँह से ही उसकी बात सुनना पसन्द करेंगे। सुनने के पहले ही यंत्रवत उत्तर दिया, ''मैं सांसारिक प्रवृत्तियों से ऊबा हुआ हूँ। मैं तात्त्विक दृष्टि से जानना चाहता हूँ कि संसार क्या है, जन्म और मृत्यु क्या है, यह किसका खेल है? ऐसा खेल खेलनेवाला कौन है और क्यों वह इस प्रकार खेल खेलता है? मेरी इच्छा होती है कि मैं उस अनजान को जान सकता, उसे पा सकता।'' मान्धाता ने उसकी ओर व्यंग्य और उपहास की एक दृष्टि डाली। उस दृष्टि से ही मान्धाता ने मानो दर्शा दिया कि तुम छोटे मुँह बड़ी बात कर रहे हो। फिर धीरे से मुस्कुरा कर पूछा, ''क्या तुमने यज्ञों को छोड़ कर किसी ऐसे गुप्त मार्ग का अनुसन्धान किया है, जिसके द्वारा परमात्मा के पास पहुँच होती है, अथवा स्वर्ग का राज्य प्राप्त होता है?''

''हाँ पिताजी उससे भी पहले स्वर्ग से भी विस्तीर्ण अपने मनोराज्य पर अपना आधिपत्य जमाना होता है। हृदय पर विजय प्राप्त करना विश्व की विजय से भी कठिन कार्य है।''

मान्धाता ने गम्भीर स्वर में कहा, ''बस, जाओ मैं तुमसे केवल इतना ही जानना चाहता था।''

मुचकुन्द उसी प्रकार विनयपूर्वक माथा झुकाकर चले गए। मान्धाता उद्विग्न हो उठे थे। उद्‌भ्रान्त के समान सोच रहे थे कि पुरुकुत्स प्रेयसी चाहता है, पर क्या इन्दुमती के समान नारी उसे इस संसार में कहीं मिल सकती है? अम्बरीष दिग्विजय चाहता है, परन्तु उस अभागे के लिए संसार में राई बराबर भी भूमि नहीं बची हुई है। मुचकुन्द ने परमात्मा की ओर ध्यान लगाया है, किन्तु वह कदापि हमारे समान

यज्ञ नहीं कर सकता। सब खिलवाड़ कर रहे हैं। इनका क्या होगा? और हमारी कन्याएँ? अपनी उन अपूर्व कन्याओं के स्वयंवर का निमंत्रण किसके यहाँ भेजूँ? मेरे समान संसार में कौन है? मान्धाता की अपनी सारी महानताएँ ही अपने लिए विकट भार हो गईं। उन्हें कहीं भी विस्तार का कूल नहीं दिखलाई देता था।

4

जिस प्रकार एक दिन अज्ञान के अन्धकार से निकलकर गायत्री-मंत्र का उदय हुआ था, उसी प्रकार उस दिन रात्रि के अन्धकार से उषा का अरुणोदय हो रहा था। नदी के तीर पर खड़े योगीराज सौभरि उस ओर मंत्रमुग्ध दृष्टि से देख रहे थे। एक ओर प्रभात की किरणें फूट रही थीं, दूसरी ओर ऋषि के नेत्रों से आँसू फूट रहे थे। सहसा उनका शरीर काँपा और उन्होंने चिल्लाकर कहा, "हे प्रभो, मैं निर्बल हूँ; मुझे ऐसी कठोर, परीक्षा में न डालो!"

उन्होंने माथा झुकाया और उस महिमामय जगन्नियन्ता प्रभु को प्रणाम किया, जो अगोचर रूप से सभी स्थानों में विराजमान रहते हैं; जो सब जानते हैं, सब समझते हैं, पर जिन्हें जान सकना कठिन है।

घोर वनस्थली में सीधी बहती हुई सरिता वहाँ जरा इठला गई थी। उस स्थान पर थोड़ी-सी भूमि निकल आई थी। वहाँ दूबों की हरियाली थी और केतकी के फूल खिले थे। वहीं पर सौभरि ऋषि की पवित्र कुटिया थी। संसार से विरक्त सौभरि ऋषि वहीं पर योगाभ्यास के द्वारा अपने चित्त की समस्त वृत्तियों को परमात्मा में युक्त करते रहते थे। कहीं वे आते-जाते नहीं थे। तपस्या करते हुए उन्हें वहाँ अनेक वर्ष बीत गए थे किन्तु उन्हें किसी ने कहीं आते-जाते नहीं देखा था। कंद-मूल खाकर वे अपना निर्वाह करते थे अथवा केवल जल के आधार पर ही वे साधना प्रदीप को प्रकाशित रखते थे। वर्ष-पर-वर्ष और युग-पर-युग बीत रहे थे। जिसने उन्हें देखा था सभी यही कहते थे कि हमने उन्हें इसी रूप में देखा है। ऐसे ही वृद्ध और ऐसे ही शान्त!

सौभरि ऋषि ने तपस्या के द्वारा काल को जीत लिया था। भूत, भविष्यत्, वर्त्तमान सब कुछ उनके सामने केवल एक ही रूप रखता था। फिर भी उनके जटा-जूट बर्फ के समान हो चुके थे। शरीर में झुरियाँ पड़ गई थीं। उभरी हुई धमनियाँ द्रष्टा को अच्छी नहीं मालूम होती थीं। सौभरि ऋषि वृद्ध हो गए थे।

उनके पास योग का बल था। योग की समस्त सिद्धियाँ उन्हें प्राप्त थीं। उन्होंने प्रचण्ड तपस्या की थी तथा परमात्मा की अचल भक्ति पाई थी। सौभरि ऋषि ने

प्राणायाम के द्वारा अपनी जागृति को जीता था, प्रत्याहार से स्वप्नावस्था पर विजय प्राप्त की थी, धारण से सुषुप्तावस्था को अपने अधीन किया था, ध्यान से मूर्च्छावस्था को वश में किया था तथा समाधि से मृत्यु को भी जीत लिया था। उनकी दृष्टि अन्तर्निहित शुद्ध स्वरूप में स्थित हो गई थी। अपनी प्रकृति को अपने जीवन के साथ एकाग्र करके वे परमतत्त्व का चिन्तन करते थे। आज उनको भी क्या हो गया?

पूर्व दिशा में लाल कमल के समान उषा खिल रही थी और सूर्योदय की सुनहली किरणों ने जैसे ही जल की लहरों का चुम्बन किया कि सौभरि ऋषि काँप कर चिल्ला उठे, "हे प्रभो, मैं निर्बल हूँ, मुझे ऐसी कठोर परीक्षा में न डालो!"

उनकी तीव्र ध्वनि से त्रस्त होकर सारस का जोड़ा पंख फटफटाता हुआ पूर्व दिशा की लाली में उड़ चला। किनारे बैठे हुए मेढक छप-छप करके जल में उछल गए। सौभरि ऋषि की वाणी दूर-दूर तक ध्वनित होने लगी; एकान्त पर्वत और शिलाओं से टकराने लगी, चारों ओर से प्रतिध्वनियों की प्रतिध्वनियाँ आकर फिर ऋषि के कानों में गूँज गईं, "हे प्रभो, मैं निर्बल हूँ, मुझे ऐसी कठोर परीक्षा में न डालो!"

वे व्यस्त होकर अपनी कुटिया की ओर इस प्रकार भाग रहे थे मानो अपने-आप से ही भाग रहे हों। कुटीर का द्वार बन्द कर दिया और पद्मासन में बैठ गए। धीरे से बोल उठे, "परमात्मा मुझे शान्ति दो?" फिर धीरे-धीरे अपने श्वासों पर नियंत्रण करते हुए उन्होंने समाधि लगा ली। उनके चेहरे से अपूर्व दीप्ति फूट निकली, कुटिया के उस छायामय वातावरण में एक प्रकार का अनिवर्चनीय उजाला हो गया। उस उजाले में कोई भी देख सकता था कि सौभरि ऋषि का आसन धरती से ऊपर उठकर अधर में लटका हुआ है।

थोड़ी देर बाद उनके शिष्य नाभाग ने आकर देखा कि योगिराज समाधि में लीन हैं। उसने धीरे से कुटीर का द्वार बन्द कर दिया और कुछ दूर जाकर वह शाल वृक्ष के नीचे, खुली हुई धूप में बैठकर, तालपत्र पर लिखी हुई प्रार्थनाओं को पढ़ता हुआ, उच्च स्वर में गाने लगा।

नाभाग के मन में अपने गुरु के प्रति अखंड भक्ति थी। गुरु को वह ईश्वरतुल्य मानकर उनकी श्रद्धा करता था; किन्तु जब स्वयं उसके गुरु ही परमात्मा के सम्बन्ध में अपने ज्ञान की अल्पज्ञता की चर्चा करते थे, तो वह आश्चर्य में लीन होकर ऊब-डूब करने लगता था। उस शून्य में सन्देह के मेघ आते थे। नाभाग कहता था कि यह गुरुदेव की नम्रता है। यदि मुझे ऐसा ही योगबल प्राप्त हो जाए तो, मैं नारद और भारद्वाज आदि ऋषियों के समान अपना आसन बना लूँ। वह सौभरि ऋषि के चरणों में बैठकर वर्षों से योग की दीक्षा ले रहा था। नाभाग के मन में अपूर्व उत्कंठा थी कि किस प्रकार मैं भी अपने गुरु के समान समस्त सिद्धियाँ प्राप्त करके मृत्यु

को जीत लूँ।

यदि नाभाग से सौभरि ऋषि के पूर्व-परिचय की जिज्ञासा की जाती तो वह भी इसका उत्तर नहीं दे सकता था। उनकी अवस्था कई सौ वर्षों की भी हो सकती है। अथवा केवल सौ वर्ष की भी मानी जा सकती है। योगिराज की चेतना ने भूत, भविष्यत्, वर्तमान को अपने अधीन कर लिया था। योगिराज के सम्मुख समस्त समय एकाकार था। किन्तु, यदि विभाजन करके स्वयं सौभरि ऋषि से ही उनके बीते हुए जीवन की कथा पूछी जाती, तो वे भी एक संक्षिप्त सा उत्तर देकर उसे टाल देते। उनके पिता भी एक ऋषि थे। सौभरि के बाल्यकाल में ही एक महान् योगिराज के शिष्यत्व में उन्हें समर्पित करके वे देह-त्याग के निमित्त हिमालय में तपस्या करने के लिए चले गए। बाल्यकाल से ही इन्हें तपस्या की शिक्षा मिली और ये विरक्त रहे। भक्ति और पूजन के सिवा इन्होंने कुछ भी नहीं जाना।

किन्तु आज सवेरे उन्होंने एक सारस की जोड़ी देखी। देखा कि वह जोड़ी प्रेम से शरीर से शरीर सटाए चंचु से चंचु रगड़ रही है। तब सहसा ऋषि के मन में एक ऐसी भावना आई, जो उन्हें नहीं आनी चाहिए थी। वे घबड़ा गए। तपस्वी के मन में कामिनी का ध्यान? उनकी आँखों में आँसू बरस गए। उनका शरीर काँपा और उन्होंने चिल्लाकर कहा, "हे प्रभो, मैं निर्बल हूँ, मुझे ऐसी कठोर परीक्षा में न डालो!"

दूसरे दिन सन्ध्या-काल के समय ऋषि की समाधि खुली। सौभरि का मन कुछ-कुछ शान्त हो गया था। उन्हें अपने-ऊपर हँसी मालूम होने लगी। मालूम होने लगा कि अपने-आपको जीतना कठिन है। नारद ऋषि ने कामदेव को पराजित कर दिया था; किन्तु उन्हें भी एक बार कामिनी के मोह में व्याकुल होना पड़ा था। तब भगवान् ने उनका रूप बन्दर-सा बनाकर उन्हें बचा लिया।

ऋषि ने विचार किया कि यह स्थान ध्यान और तपस्या के उपयुक्त नहीं है। यदि इसी प्रकार मेरा हृदय विचलित होता गया, तो योग से भ्रष्ट हो जाने में कोई आश्चर्य नहीं। उन्होंने नाभाग को पुकारकर कहा, "वत्स नाभाग, कल ब्रह्ममूहूर्त से भी पहले मैं तपस्या करने के लिए इस स्थान का त्याग करूँगा।"

नाभाग सन्न! उसे इसकी सम्भावना नहीं थी। आश्चर्य से अभिभूत होकर बोला, "गुरुदेव, ऐसा क्यों?"

"हाँ वत्स, मुझे इस स्थान का परित्याग करना ही पड़ेगा।"

"किन्तु क्यों?" नाभाग ने अपने प्रश्न को दुहरा दिया।

"यहाँ मेरी तपस्या में विघ्न पड़ रहे हैं!"

"विघ्न!" विघ्न नाभाग की कल्पना से भी परे था।

"हाँ नाभाग; विघ्न। मैं अब कदापि इस स्थान पर नहीं रह सकता।"

"और मेरे लिए क्या आज्ञा होती है?" नाभाग ने अपने बारे में प्रश्न किया।

उसे आशा थी कि गुरुदेव उसे अपने साथ ही लेते जाएँगे। वह अपने को गुरुदेव के लिए अत्यन्त उपयोगी समझने लगा था।

सौभरि ऋषि ने उत्तर दिया, ''तुम अपनी इच्छा के अनुसार स्वतंत्र हो। चाहो तो यहीं रहकर साधना कर सकते हो या चाहो तो अन्यत्र जाकर कहीं रह सकते हो। यदि किसी दूसरे स्थान में जाने का तुम्हारा विचार हो तो मेर विचार से तुम पिप्पलाद ऋषि के आश्रम में जाकर रहो। वहाँ तुम्हें ज्ञान सीखने में अधिक सुविधा होगी।''

तो गुरुदेव ने उसे भी छोड़कर जाने का विचार कर लिया है? नाभाग का हृदय करुणा से कातर हो उठा। विनय के स्वर में उसने प्रार्थना की ''गुरुदेव, मैं भी आपके साथ जाना चाहता हूँ। जहाँ आप जाएँगे, वहीं मैं भी जाऊँगा; आप जहाँ रहेंगे, मैं भी वहीं रहूँगा। मुझसे क्या अपराध हुआ है, गुरुदेव!''

सौभरि ऋषि ने उसकी कातरता को लक्ष्य करके कहा, ''प्रिय नाभाग, परमात्मा की ऐसी ही इच्छा होती है कि अभी हम-तुम अलग रहें।''

अश्रु-जल से गद्‌गद् स्वर में नाभाग ने पूछा, ''गुरुदेव क्या मुझसे सेवा में कोई त्रुटि हुई है? क्या मैंने आपकी किसी आज्ञा की अवहेलना की है? क्या मैं आपकी शिक्षा के अनुकूल साधना में मन नहीं लगाता? फिर अपवित्र वस्तु की भाँति आप मेरा परित्याग क्यों कर रहे हैं?''

नाभाग की आँखों से निकले हुए अश्रु-जल नीचे लुढ़क गए थे और गालों पर फिसल रहे थे।

नाभाग के हृदय की आर्द्रता सौभरि से अगोचर नहीं थी। उन्होंने कहा, ''तुमने संसार छोड़ा; किन्तु तुमसे माया न छूटी। माया का परित्याग करो। हृदय की समस्त संवेदनाओं में समता का भाव भरो। योगिजन के लिए मिलन क्या और विच्छेद क्या! योगी के सम्मुख सुख-दुःख सभी समान हैं। यह विपर्यय छोड़ो। तुम्हें प्रत्येक वस्तु की स्थूलता को छोड़कर उसकी सूक्ष्मता को देखना होगा। तब तुम मिलन और विच्छेद में, सब जगह, सब समय उसी चिन्मय ब्रह्म को देखोगे।''

नाभाग आवाक् होकर अपने गुरु की ओर देखने लगा। उनकी वाणी उसे आकाशवाणी के समान सुनाई पड़ी। मानो इस जगत् से ऊपर, इस अन्तरिक्ष से भी ऊपर, महाकाश से भी ऊर्ध्व उठकर सौभरि ऋषि उससे कह रहे हैं, ''तुमने संसार छोड़ा; किन्तु तुमसे माया न छूटी। योगिराज के लिए मिलन क्या और विच्छेद क्या!'' यह बात नहीं थी कि नाभाग इन बातों से अपरिचित था। किन्तु कहाँ से आकर कौन-सी माया कब कैसे जकड़ लेती है, इसका पता नहीं चलता। गुरु की वाणी से उसके ज्ञान के नेत्र खुल गए। सचमुच यह तो शरीरों का मिलन है। हुआ तो क्या और न हुआ तो क्या।

तब नाभाग ने गद्‌गद् होकर कहा, ''गुरुदेव, किन्तु मैं आपके इन उपदेशों से

वंचित रह जाऊँगा। यहाँ आपको क्या कष्ट है?''

''नाभाग, यहाँ तपस्या में विघ्न हुआ। मेरे चित्त में ऐसा विकार उत्पन्न हुआ जो कभी नहीं होना चाहिए था।''

पश्चात्ताप के कारण योगिराज का मस्तक आप-से-आप नत हो गया। बोले– "मुझे इस स्थान का परित्याग करना ही पड़ेगा नाभाग!''

''किन्तु गुरुदेव से मेरी विनीत प्रार्थना है कि इस दास का परित्याग न करें। ऋषि सौभरि ने स्मित हास के साथ अपनी स्नेहपूर्ण दृष्टि से नाभाग की ओर देखा। बोले, ''तुमने फिर वही बात उठाई। अच्छा यदि तुम्हारी इच्छा है, तो जब मैं तुम्हारी आवश्यकता देखूँगा, तब तुम्हें अपने योगबल से बुला लूँगा।''

डूबते को तिनके का सहारा मिला। नाभाग का मुखमंडल उत्फुल्ल हो उठा, ''गुरुदेव ने तिनके के समान मेरा परित्याग नहीं किया है। उनकी कृपा बनी हुई है। यदि मेरी आवश्यकता देखेंगे, तो अपने योगबल से बुला लेंगे। इससे बढ़कर मेरा सौभाग्य और क्या हो सकता है?'' उसका हृदय सेमल की रूई की भाँति हल्का हो उठा।

योगिराज सौभरि ने कहा, ''साधना-सम्बन्धी बहुत सा ज्ञान मैं तुम्हें दे चुका हूँ। साधना-समाधि के द्वारा जब तुम ज्योतिर्मय विशोका की स्थिति में पहुँचोगे, तब मैं तुमसे अवश्य मिलूँगा। यों यदि परमात्मा की इच्छा हुई, तो बीच में ही योगबल से तुम्हें बुला सकता हूँ।''

नाभाग चुप ही रहा। मन में असन्तोष की लहरें भी उठा रही थीं। अभी मुझे विशोका–स्थिति में पहुँचने में अपार विलम्ब है। तब गुरुदेव से भेंट होगी।

संसार पर रात्रि का अन्धकार उमड़ा हुआ था। बाल्यकाल की सुखद स्मृतियों की भाँति आकाश में तारे चमक रहे थे। नाभाग के हृदय में भी उसी भाँति दुःख का अन्धकार था और वहाँ गुरु के ज्ञानोपदेश तारों की भाँति झलमला रहे थे।

सौभरि ऋषि पद्मासन लगाकर बैठे थे। इसी प्रकार उन्हें नींद आ गई। वे इसी प्रकार सोया करते थे। नाभाग बड़ी रात तक जागता रहा। उसे अपने गुरु पर अपार आश्चर्य हो रहा था। जहाँ तक चन्द्रमा की शीतल चन्द्रिका जगत् को शीतलता पहुँचा सकती है और जहाँ तक सूर्य की उज्ज्वल किरणें पहुँच सकती हैं, वहाँ तक हमारे गुरुदेव की गति है। वे समस्त विद्याओं के जानकार हैं। समस्त सिद्धियाँ उनकी आज्ञा की बाट जोहती हैं। फिर भी उनकी तपस्या में विघ्न पड़ सकता है, फिर भी वे इस एकान्त स्थान को छोड़ घोर एकान्त में तपस्या के लिए जा सकते हैं। हरि की महिमा अनन्त है!...

धीरे-धीरे नाभाग को भी नींद आ गई।

ब्रह्ममुहूर्त्त की आभा में उसने उठकर देखा, गुरुदेव चले गए थे।

5

जैसे मन के भीतर मन की ध्वनि आती हो, फिर मानो ध्वनियाँ प्रति-ध्वनियाँ एक साथ ही मिलकर भेरी की भाँति बजने लगती हों, ''अम्बरीष! अम्बरीष!! अम्बरीष!!! महाराज मान्धाता सोच रहे थे कि इतनी स्पर्द्धा? यह अम्बरीष मुझपर विजय प्राप्त करेगा? मुझे नीचा दिखलाएगा? यह छोटा सा अम्बरीष!...जिसके मुँह में किसी समय तक दाँत भी नहीं था...जिसकी बोली भी तुतलाती हुई निकली थी...जो एक पग भी चलकर लड़खड़ा जाता था...वही अम्बरीष मुझपर विजय प्राप्त करेगा? अपने युग के सर्वश्रेष्ठ वीर चक्रवर्ती मान्धाता को परास्त कर देगा?...मान्धाता के मन में आता था कि यह कितनी बड़ी प्रवंचना है? बार-बार इच्छा होती थी कि वे ठठाकर अट्टाहास कर उठें। परन्तु हँसने से पूर्व ही जैसे कोई उनका मुँह बन्द कर देता है, जैसे हृदय को कोई भीगे हुए वस्त्र के समान निचोड़ने लगता।...अम्बरीष! वह अम्बरीष!!... मान्धाता की कल्पना के सम्मुख अम्बरीष मानो किसी दुःखद प्रश्न की भाँति, दुःस्वप्न की भाँति, विकृत पहेली की भाँति सर्पिल गति से चलता हुआ दिखलाई देता। मन और प्राण के ऊपर भार-सा पड़ा हुआ प्रतीत होता। वे खीझ जाते। उनकी भृकुटियाँ हिलने लगतीं। नेत्रों की पुतलियाँ ऊपर उठकर मानो अपनी उलझती हुई भृकुटियों को देखने का प्रयास-सी करने लगतीं। वे अनमने हो जाते। अपनी सुधि भी उन्हें नहीं रहती। ऐसा लगता, मानो वे इस जगत् में नहीं हों। किसी ऐसे संसार में जा पहुँचे हों, जहाँ केवल अम्बरीष-ही-अम्बरीष रहा करते हैं। भिन्न-भिन्न भाव-भंगिमाओं के साथ अनेकानेक अम्बरीष उन्हें चिढ़ाने का प्रयत्न करते। महाराज मान्धाता की मुट्ठियाँ कस जातीं। ग्रीवा तथा ललाट की शिराएँ फूलने लगतीं। श्वास-प्रश्वास की क्रिया में वेग-सा आ जाता। वह मुझे निर्बल समझता है, तभी तो मुझपर विजय प्राप्त करने की आकांक्षा रखता है।''

''नाथ!''...

तब सरोष मान्धाता देखते कि इन्दुमती उनकी ओर करुण, कातर छल-छल नेत्रों से देख रही हैं। मान्धाता के मन में विरक्ति भर जाती। सब व्यर्थ है। यह प्रश्न व्यर्थ है और यह अबोध इन्दुमती भी मानो व्यर्थ ही है। निष्प्रयोजन ही वह मान्धाता से प्रश्न करती है, कातर होती है, फिर भी कुछ जान नहीं पाती। प्रयोजन? अम्बरीष! मान्धाता को हाथ लगता कि अम्बरीष...रक्त से सरिता बहती जा रही है...कटे-कटे हाथ-पैर, नेत्र-जिह्वा तिरते जा रहे हैं...और वह?...वह तो अम्बरीष का मस्तक है... मान्धाता का समस्त शरीर सिहर उठता, उनके रोम-रोम खड़े हो जाते...नहीं-नहीं, ऐसा नहीं होगा, कदापि नहीं होगा। अम्बरीष मेरा ही अंश है। अम्बरीष मेरा है। उसके प्रति...? नः!'' मान्धाता विचलित हो उठते और उन्हें अपने आपका भी भान नहीं

होता। उनकी चेष्टाएँ विकृत होने लगतीं।

"नाथ, आप कुछ सोचते हैं, फिर भी नहीं कहते?" इन्दुमती ने कहा।

"सारी बातें तुमसे कहने के योग्य नहीं होतीं महारानी!"—मान्धाता ने दृढ़कंठ से उत्तर दिया और यह छोटा-सा वाक्य महारानी के नवनीत-कोमल हृदय पर वज्र की भाँति गिरा और सर्प के विष के समान शिरा-शिरा में तैर गया। इन्दुमती ने अपना मस्तक झुका लिया। उन्हें लगा कि जैसे उनके गले के भीतर कुछ अटक गया हो। वह कौन-सी बात है, जिसे महारज मुझसे भी प्रकट नहीं करना चाहते? वह कौन-सी कथा है, जो महाराज को मेरे सम्मुख भी खुलने नहीं देती? कौन सी वह ग्रन्थि है जो सर्वदा अपने भीतर ही बाँधकर इन्हें रखती है? इन्दुमती को लगता कि उनका वह पूर्व-परिचित प्राणेश्वर जाने कहाँ उनका छिपा है, कर्पूर-गुटिका के समान उड़ गया है, और उनके स्थान पर एक अपिरिचित पुरुष आ गया है, जिसे वह तनिक भी नहीं जानती। यह तो वह मान्धाता नहीं जो प्रगल्भ होकर अपनी विश्व-विजय की कहानियाँ सुनाया करता था। यह वह मान्धाता भी नहीं है, जो कातर होकर अपने हृदय की अशान्ति को व्यक्त करता था। यह मान्धाता तो कुछ भी नहीं कहता। अपने हृदय की भावना का आभास तक नहीं देता। जिसके साथ वह अपना जीवन व्यतीत करने आई थी, वही आज उसके लिए कितना अपरिचित था!

महाराज मान्धाता गम्भीर निद्रा ले रहे थे; परन्तु महारानी इन्दुमती के नेत्रों में नींद कहाँ? उन्हें अपना निजत्व अथर्ववेद के मंत्रों की भाँति नितान्त निगूढ़ अथवा एकान्त व्यर्थ प्रतीत होता था। वह अपने को ऐसी समिधा के समान पा रही थी, जो पावक की लपटों में पड़कर, जाने कबके जल चुकी हो और उसके स्थान पर केवल भस्म-ही भस्म बच रहा हो। समस्त रात्रि उसके हृदय में कुश के काँटे चुभते रहे, समस्त रात्रि उसे निद्रा नहीं आई।

ऊपर आकाश में एक चन्द्रमा मानो खिलखिला कर हँस रहा था और नीचे धरती पर मानो एक चाँद कातर होकर रो रहा था। चमकते नक्षत्र भी मुँद गए, पर इन्दुमती के नेत्र झिप न सके।

प्रातःकाल जब मान्धाता उठ बैठे तो इन्दुमती ने कहा, "आज्ञा हो, तो अम्बरीष को बुला भेजूँ...?

"अम्बरीष?...नहीं" मान्धाता ने सरोष प्रश्न किया, "तुमसे किसने अम्बरीष को बुलाने के लिए कहा है?"

महाराज मान्धाता अपनी व्याकुलता और रोष को भी छिपाने में असमर्थ हो गए थे। उनके नेत्रों की दृष्टि महारानी इन्दुमती की ओर तीक्ष्ण हो गई थी। उनकी

भृकुटियाँ इस प्रकार चमकने लगीं थीं कि मानो कोई धनुष पर प्रत्यंचा चढ़ा रहा हो।

इन्दुमती ने कहा, ''रात्रि के समय आपने कई बार अम्बरीष का स्मरण किया था।''

''अम्बरीष?...स्मरण?'' मान्धाता ने मानो अपनी प्रकृति में लौटते हुए कहा, ''नहीं महारानी, यह सम्भवतः स्वप्न की बात थी।''

मान्धाता के शब्द में जितना हल्कापन था, उनके चेहरे पर गम्भीरता का उतना ही भारीपन भरा था। वे इस प्रसंग को अब अधिक छेड़ना नहीं चाहते थे। अम्बरीष के नाम से ही उन्हें चिढ़ थी। अम्बरीष का नाम मानो विष से बुझा वाण था, जो सीधे उनके हृदय में जाकर चुभता था।...अम्बरीष?...अम्बरीष का स्मरण फिर उमड़ आया।

मान्धाता फिर अम्बरीष की कल्पना में खो गए।

इन्दुमती ने कहा, ''मैंने विचार किया कि अम्बरीष से कोई प्रयोजन आपका अवश्य होगा, अन्यथा प्रति रात्रि को आप उसका नाम न लेते।''

''क्यों? क्या मैं प्रति रात्रि निद्रा के समय उसका नाम लेता हूँ!...अच्छा-अच्छा, मुझे अम्बरीष से कोई प्रयोजन नहीं। प्रयोजन होते ही मैं उसे सूचना भेज दूँगा। तुम्हें इस विषय में चिन्ता करने की कोई आवश्यकता नहीं। मैं अपना कर्त्तव्य जानता हूँ। मुझे किसी विषय में स्मरण दिलाने की आवश्यकता नहीं।''

और महाराज मान्धाता तत्काल ही अपने शयनकक्ष से बाहर हो गए सुवर्ण-मंडित पादुका की खट्-खट् ध्वनि क्षीण होती हुई पीछे लौटने लगी और क्रमशः विलुप्त हो गई। महारानी इन्दुमती ऐसी हो गई थी मानो किसी फूल पर तुषार पड़ गए हों। उसकी कल्पना में विलम्ब तक जाते हुए मान्धाता की खट्-खट् ध्वनि आती रह गई। ऐसा लगा मानो सम्पूर्ण जीवन एक साथ रहकर भी मान्धाता इनके पास से आज चले गए।

मान्धाता अपने राजकीय उपकक्ष में बैठे थे कि महामंत्री ने सूचना भेजी कि वे साक्षात् करना चाहते हैं। कार्य अत्यन्त आवश्यक है।

"बुला लाओ!"—मान्धाता ने कहा।

जब प्रधान मंत्री ने उस उपकक्ष में प्रवेश किया, तो देखा कि महाराज मान्धाता मलिन बने बैठे हैं दृष्टि जैसे खो गई है। मुखमंडल पर खेलने वाला हास विलुप्त है। एक बार तो वे असमंजस में पड़ गए कि महाराज से निवदेन करें अथवा किसी दूसरे अवसर की प्रतीक्षा करें। परन्तु कर्त्तव्य सदा कर्त्तव्य है। वह कठोर भी है, कोमल भी है सुखद भी है दुःखद भी। अवसर की प्रतीक्षा करने का अब अवसर नहीं था।

''राजराजेश्वर!—महामंत्री ने सम्बोधन किया।

''सुन रहा हूँ।'' महाराज मान्धाता ने अपने स्वर को कोमल बनाने की चेष्टा

की, विरक्ति को अनुरक्ति में परिवर्तित करने का प्रयास किया। महामंत्री ने कहा, ''राज्य की सीमाओं की ओर से जो समाचार मिल रहे हैं, उनमें दस्युओं के अत्यन्त उपद्रव का वृत्तान्त रहता है। श्रीमान् अब यदि इसकी रोक नहीं की गई तो परिणाम भयंकर होगा।''

मान्धाता ने व्यग्र होकर कहा, ''महामंत्री, मैं राज्य में सुख–शान्ति चाहता हूँ। दस्युओं का दमन करना ही होगा।''

महामंत्री ने कहा, ''सीमा की ओर सैनिक भेज दिए जाएँ। हाँ, सैनिक कुशल हों। ये दस्यु बड़े ही दुर्दांत होते हैं। एकाकए आ जाते हैं और लूट-पाट तथा भयानक रक्तपात करके चल देते हैं।''

महाराज मान्धाता ने कहा, ''सीमा पर सैनिक बार-बार भेजे जा रहे हैं। फिर भी दस्युओं का उपद्रव कम नहीं होता। इस बार उनके दमन के लिए मैं स्वयं जाना चाहता हूँ।''

मान्धाता की बात सुनकर मंत्री को आश्चर्य हुआ। राज्यों पर अभियान सम्भव है, पर मान्धाता से दस्युओं का उपद्रव शान्त नहीं हो सकता। उन्होंने कहा, ''श्रीमान्, आपका जाना व्यर्थ ही होगा। आप इन दस्युओं को शान्त कर सकने में अक्षम सिद्ध होंगे।''

मान्धाता की भृकुटियाँ संकुचित होने लगीं। उन्होंने तीव्र स्वर में कहा ''दस्यु-दल के लिए मैं अक्षम सिद्ध होऊँगा–कैसे? मैं कीड़े-मकोड़े की भाँति उन दस्युओं को मसल दूँगा।''

''आप उन्हें नहीं मसल सकते।'' मंत्री महोदय ने धीर भाव से कहा, ''वे नियम के अनुसार युद्ध करते नहीं। बलवान को देखते ही भाग निकलते हैं और निर्बलों पर टूट पड़ते हैं। आपकी सेना जाएगी, तो क्या उस सैन्य-दल को देखकर वे उसके सम्मुख आएँगे? वे जंगलों में जाकर छिप जाएँगे। फिर जब आप उधर से लौट आएँगे, तब वे पुनः लूट-पाट तथा रक्तपात का कार्य आरम्भ कर देंगे। इसके लिए ऐसा योग्य सेनानायक चाहिए, जो कुशलतापूर्वक अपना कार्य कर सके। श्रीमान् के योग्य यह कार्य नहीं।''

मान्धाता ने प्रश्न किया, ''फिर कौन ऐसा व्यक्ति है, जो इस कार्य को कुशलतापूर्वक कर सकता है?''

महामंत्री के नेत्र प्रसन्नता से फैल गए उन्होंने उल्लास के साथ कहा, ''अम्बरीष! श्रीमान् के पास वही एक व्यक्ति ऐसा है, जो इस कार्य को सफलतापूर्वक सम्पंन कर सकता है।'

और अम्बरीष का नाम सुनते ही मान्धाता के नेत्र रक्तिम हो उठे। उन्होंने अपने क्रोध को रोककर पूछा, ''क्या अम्बरीष के अतिरिक्त कोई अन्य व्यक्ति नहीं मिल

सकता? मैं नहीं चाहता कि अम्बरीष किसी भी कुटिल कार्य में सफलता प्राप्त कर सके। ऐसा होने से उसका साहस बढ़ जाएगा।''

''राजन्, काँटे से ही कंटक को निकाल डालिए।'' महामंत्री ने अपनी बुद्धिमानी प्रदर्शित करते हुए कहा, ''इसी में आपका तथा राज्य का कल्याण है। मेरा विश्वास है कि अम्बरीष इस कार्य को कर सकेगा।''

मान्धाता ने कहा, ''इस विषय पर विचार करके मैं कल ही कुछ कहना चाहता हूँ।''

महामंत्री ने कहा, ''जहाँ तक विचार करने का प्रश्न है, मैंने भली-भाँति इस विषय पर विचार कर लिया है। श्रीमान् अपना बहुमूल्य समय इस सम्बन्ध में नष्ट न करें। यदि सफलता प्राप्त करने के बाद अम्बरीष का भाव कुछ परिवर्तित होगा, तो उन्हें पुनः इस ओर लौटने का अवसर ही नहीं मिलेगा।''

मान्धाता ने आश्चर्य से अवाक् होकर पूछा, ''यह किस प्रकार?'' मन-ही-मन वे घबड़ा रहे थे।

महामंत्री ने स्मित हास के साथ कहा, ''श्रीमान् वे उसी ओर के शासक नियुक्त कर दिए जाएँगे। सीमा के राज्यों की सुव्यवस्था और शान्ति सभी भाँति आवश्यक है।''

मंत्री की युक्तियुक्त बात सुनकर मान्धाता के ओठों पर बहुत दिनों के पश्चात् हास खेल गया। उन्होंने कहा, ''ठीक है, दस्युओं के दमन के लिए अम्बरीष को भेजना होगा। उसी को जाना होगा। अम्बरीष के पास आज्ञा भेजो कि वह अभी तत्काल मेरे सम्मुख उपस्थित हो।''

महामंत्री फिर उस उपकक्ष से गम्भीर होकर चले गए। जाते समय उनके होठों की मुस्कुराहट भी जाती हुई दिखलाई दे रही थी।

6

सौभरि ऋषि घोर एकान्त की खोज में तपस्या के लिए जा रहे थे। बल्कल का कौपीन मात्र उनका परिधान था। एक हाथ में तूंबा और दूसरे हाथ में बाँस की लाठी। श्वेत जटाएँ लटकी हुई झूल रही थी; उनकी गति में तेजी थी। वे शीघ्र ही किसी ऐसे स्थान का अनुसन्धान करना चाहते थे, जहाँ निर्विघ्न रूप से तपस्या की जा सके।

अहो, भगवान की माया कितनी प्रबल है। मन-ही-मन ये सोच रहे थे; पर माया की याद आते ही एक बात उन्हें फिर याद आ गई। वह ऊषाकाल! वेद की ऋचाओं की भाँति सुन्दर तेजपूर्ण किरणें पृथ्वी पर पड़ रही हैं। समस्त प्रकृति इस सुन्दर दृश्य

से मुग्ध हो रही है। सारस अपनी सारसी के साथ शरीर-से-शरीर सटाए प्रेमपूर्वक चोंच रगड़ रहा है।...

और ऋषि फिर पुकार उठे, ''हे प्रभो, मैं निर्बल हूँ; मुझे ऐसी कठोर परीक्षा में मत डालो।''

पर किसी कुशल चित्रकार के चित्र की भाँति वह दृश्य उनके मन को आकर्षित करता ही रहा। लगता था, जैसे मन पर पड़ी हुई राख को कोई हटा रहा है। भीतर से चिनगारी प्रकट हो रही है। वह चिनगारी धीरे-धीरे बढ़ती जाती है। बढ़ते-बढ़ते किसी कामिनी का रूप धारण कर लेती है। अति सुन्दर वह नारी अपनी दोनों सुडौल भुजाओं को पसारकर ऋषि की ओर दौड़ रही है। कहती आती है कि ''तुमने किसी नारी को प्यार नहीं किया है, पर मुझे प्यार कर लो!!''

ऋषि कातर होकर चिल्ला उठे, ''नहीं-नहीं, यह नहीं होगा। मैं साधक हूँ। साधना में विघ्न न डालो। मैं ब्रह्म को प्राप्त करूँगा। विघ्न मत डालो। मैं शाप देकर तुम्हें भस्म कर दूँगा।''

ऋषि कातर होकर रोने लगे। "अहो भगवान, तुम मेरी ऐसी कठोर परीक्षा क्यों ले रहे हो? मैंने संसार की वासनाओ की परित्याग किया है उससे मुझे बचाओ भगवन्!"

मन की व्याकुलता ने उनके शरीर को भी थका दिया। चिन्ता से चूर-चूर होकर वे एक वृक्ष की शीतल छाया में लेट गए। उनका हृदय रो रहा था, उनकी आँखें रो रही थीं। वे उस निराधार बालक के समान मालूम हो रहे थे, जिसकी माता उसे त्याग कर कहीं अकेली चली गई हो। वर्षो की पूँजी, युगों की साधना, इतना ज्ञान, जो उन्होंने तपस्या के बल पर अर्जित किया था सब-कुछ एक ही क्षण की एक ही भावना में लीन होकर व्यर्थ हो गया था। लहलहाती हुई खेती जल गई हो और कृषक की समस्त आशाएँ नष्ट हो गई हों। रोने पर भी ऋषि का कातर मन हल्का नहीं हो पाता था। वे थक गए और उन्हें नींद आ गई। यह भी एक आश्चर्य की बात थी। सौभरि ऋषि सर्वदा अपने आसन पर ही निद्रा लेते थे, किन्तु आज वे जमीन पर लेटकर सो रहे थे।

बाल्यकाल से ही उन्होंने तपस्या की थी। कामिनी और कांचन के प्रति उन्हें आसक्ति कभी नहीं हुई। आज अनायास कहाँ का झोका आया और क्या-से-क्या हो गया? तपस्या के वज्र से बिना विरक्ति का सुदृढ़ प्रासाद मिट्टी के ढेर की भाँति भरभराता हुआ गिर रहा था। उनके मन में नारी के प्रति मोह उत्पन्न हो गया था। पर ऐसा क्यों? परमात्मा की माया के अतिरिक्त इसका उत्तर क्या हो सकता था? जब युवावस्था थी; सौभरि ऋषि साधकों में अग्रगण्य थे। साधना की रश्मियों से उनका तन-मन आच्छादित था। तपस्या के मानसरोवर में उनके त्यागी मन की

प्रवृत्तियाँ मराली के समान तैरती हुई दिखलाई देती थीं। उनके हृदय पर यम-नियम के तोरण खड़े थे। सत्य, अस्तेय, अपरिग्रह के फूलों के बन्दनवार बने थे। वहाँ सन्तोष का शंख-घोष होता था। ताप की अग्नि जलती थी और प्रणिधान का हवन होता था। वहाँ अपने नश्वर रूप और यौवन के साथ किसी कामिनी का प्रवेश कैसे हो पाता? देखनेवाले देखते थे कि परमतत्त्व की आराधना ऐसी की जाती है। सिद्धियाँ ऋषि के आगे-पीछे फिरती थीं; किन्तु वे उस ओर आँख उठाकर भी नहीं देखते थे। प्रतिदिन प्रणव की माला बनाकर प्रभु के पाद-पद्यों में अर्पित करते थे और प्रसन्न रहते थे। षट्चक्र-भेद करके अपने प्राणों को सहस्त्रार के कमल में लगा देते थे और समाधि के द्वारा अनन्त सुख प्राप्त करते थे। वहाँ किसी कामिनी का क्या काम?

उस समय निषध देश में ऋषि की कुटिया थी। गाँव निकट था। भिक्षाटन के लिए वे ग्राम में जाते थे और ग्रामीण नारियों के सम्मुख होकर भी भीख माँगते थे; किन्तु कभी भी उनके मन में नारी के प्रति विकार नहीं आया; बल्कि मोह-माया में पड़े इन अज्ञानी जीवों को देखकर उनका हृदय करुणा से कातर हो उठता था। बालक के जन्म के समय का कष्ट याद आते ही उनके रोंगटें खड़े हो जाते थे। फिर उसी बालक को युवावस्था में अन्न, वस्त्र, सुख-समृद्धि, नारी-पुत्र आदि की चिन्ता करते हुए देख कर उनके मन में अपार करुणा जागती थी। वृद्धावस्था में इस शरीर के भीतर व्याधियाँ अपना नीड़ बनाती थीं, तब भी उनका मन संसार से विरक्त नहीं होता था। ऋषि की बातों से भी उनका ज्ञान नहीं जगता। वे कहते कि 'हम किसके पास जाएँ, कौन हमें शरण देगा।' 'रहेंगे कहाँ?' 'अरे मूर्ख, इतने बड़े आकाश के नीचे इतनी बड़ी पृथ्वी है। वन जंगलों में जाओ, पर्वत की कंदरा में रहो, नश्वर जगत् में जो अनश्वर ज्ञान है, उसे प्राप्त करो। अज्ञान में लिप्त होकर रहने को रहना नहीं कहते। रहो तो ज्ञान के साथ रहो। 'किन्तु कहाँ?' ऋषि की बातों की ओर कोई ध्यान ही नहीं देता था। वे यदि किसी खेत में हिरण को चरता हुआ देख लेते, तो उसी बात की चर्चा में पहरों व्यतीत कर देते थे। इस प्रकार उस बात की चर्चा चलाते कि मानो वही संसार में ज्ञान की चर्चा सच्ची चर्चा है। यदि कोई मनचला बालक किसी दूसरे के अश्व को पकड़ लाता था और उस पर सवारी करता था, तो उसी की चर्चा में उनके सप्ताह भी व्यतीत हो जाते थे। सत्य के शोध की कोई चर्चा नहीं चलाता। जीवन को किसी प्रकार बिता लेना ही उनका उद्देश्य था। सबको धन की चिन्ता थी, सभी कामिनी के नयन-वाण से घायल थे, सभी अन्धकारग्रसित थे। अज्ञात के अन्धकारमय आवरण में लिपट हुआ उनका शरीर पाप की छाया के समान परिलक्षित होता था। ऋषि के मन में उनके प्रति जितनी करुणा थी उतनी ही वितृष्णा भी थी।

आसपास कई योजन तक सौभरि ऋषि का नाम था। गाँव-गाँव से चलकर लोग

उनकी कुटिया के सम्मुख एकत्र होते थे। वन-बाँसों पर खड़ा, लता-गुल्मों से आच्छादित ऋषि का कुटीर उनकी जय-ध्वनि तथा करुणआर्त्त प्रार्थनाओं से हिलने लगता था। तपस्वी की साधना में विघ्न आ उपस्थित होते थे। सभी ऋषि के दर्शन चाहते थे, सभी ऋषि का आशीर्वाद प्राप्त करना चाहते थे। किन्तु, वे आशीर्वाद और वार्तालाप इसलिए नहीं चाहते थे कि उनके मन में परमात्मा के प्रति अनुराग जागे। वे ऋषि से ज्ञान प्राप्त करने के लिए नहीं, बल्कि सांसारिक सुख-सुविधाओं को प्राप्त करने की अभिलाषा से वहाँ आया करते थे। आकर ऋषि के सामने उन्हीं विषयों की चर्चा चलाते, जिन्हें ऋषि ने तृणवत् परित्याग कर दिया था। वहाँ बीमार बच्चों की व्यग्र माताएँ आती थीं और नाना प्रकार से विलाप करके अपने पुत्र के लिए आरोग्य माँगती थीं। ऋषि जब कहते कि परमात्मा की इच्छा के सामने मैं क्या करूँ, तो वे कटे हुए वृक्ष के समान पृथ्वी पर पछाड़ खा जातीं। बंध्याएँ वहाँ पुत्र की कामना से पहुँचती थीं और नाना प्रकार से ऋषि की साधना में विघ्न डालती थीं। कमलनयनी के दृष्टिवाण से घायल कामी प्रेमी वहाँ पहुँचते थे और ऋषि से कृपा याचना करते हुए उन्हें विरक्त कर देते थे। एक बार एक अर्थ-लोभी जीव आकर उनसे धन की याचना करने लगा। कहता था कि आप मुझे इस बात का पता बतला दें कि इस पृथ्वी पर सबसे अधिक धन कहाँ छिपा हुआ है? मैं उसे प्राप्त करना चाहता हूँ। ऋषि ने उसे टालना चाहा; किन्तु वह जाने के लिए आया ही नहीं था।

ऋषि ने उतप्त होकर पूछा, ''अरे मूर्ख, यह धन और आसक्ति वृथा है। तू इतना ऐश्वर्य क्यों चाहता है?''

वह अर्थ-लोभी व्यक्ति कहने लगा–'धन एकबारगी अपदार्थ वस्तु तो नहीं है। धन के द्वारा संसार में बहुत-कुछ हो सकता है। ऋषिवर, यदि मैं आपकी कृपा से मनचाहा ऐश्वर्य पा लूँ, तो अपने लिए ऐसा ऊँचा महल बनाऊँ, जो धरती पर खड़ा होकर आकाश को छू ले। मैं ऐसी सुन्दर स्त्रियों से अपने उस महल को भर दूँ कि जिन्हें देखकर इन्द्र की अप्सराएँ भी लज्जित हो जाएँ।''

ऋषि ने पूछा, ''तो इससे क्या होगा? क्या इससे तुम्हें सच्चा ज्ञान मिल जाएगा?''

वह व्यक्ति आश्चर्य से चकित इनकी ओर देखने लगा। इतनी भी अल्पज्ञता होती है? ये महापुरुष जानते भी नहीं कि अतुलित ऐश्वर्य से क्या होगा। सारा संसार मेरे धन को देखकर विस्मित होगा। लोग दाँतों तले उँगली दबाएँगे। मेरे भाग्य से सबको ईर्ष्या होगी। मेरे सम्मुख भक्तिभाव दिखलाने वाले भरे रहेंगे। सर्वत्र मान और प्रतिष्ठा होगी। बोला, ''मुझे इससे संसार का सारा सुख मिलेगा ऋषिवर!''

ऋषि ने उस बेचारे की ओर करुणा की दृष्टि डाली। स्मित हास के साथ बोले, ''धन-ऐश्वर्य में सुख नहीं है!''

धन-ऐश्वर्य में सुख नहीं, तो क्या नासिका बन्द करके साँस को अटका देने में सुख है? धन के द्वारा क्या प्राप्त हो सकता? धन हो तो समस्त संसार को एक गेंद की भाँति क्रय करके उससे क्रीड़ा-कौतुक किया जा सकता है। धन भी क्या इतना तुच्छ है कि मनुष्य उसकी चाह न करे? धन ही तो संसार का सारतत्त्व है। धन है तो सब-कुछ है, धन नहीं, तो कुछ भी नहीं। धन का महत्त्व ये साधु-संन्यासी क्या जानने लगे? उसने कहा, ''महात्मन्, ऐश्वर्य में सुख चाहे न भी हो; पर मैं धन ही चाहता हूँ। साथ-ही-साथ यह भी जानता हूँ कि आप यदि चाहें तो मुझे धन-सम्पत्ति दे सकते हैं।''

''वत्स, विश्वास करो!'' सौभरि ऋषि ने कहा, ''अभी धन के लिए तुम जितने अशान्त हो, धन पाकर तुम उससे अधिक अशान्त रहोगे। तुम्हारे मन में सुख नहीं होगा। यदि मैं तुम्हें धन भी दे सकूँ, तो भी मैं तुम्हारा अपकार ही करूँगा। शान्ति को खोजो, अशान्ति के पीछे मत दौड़ो।''

किन्तु वह सहज ही पिण्ड छोड़नेवाला मनुष्य नहीं था। ऋषि के पीछ पड़ गया। जहाँ भी वे जाते, उनके पीछे लगा रहता था। जल की आवश्कयकता होती, तो दौड़कर जल लाता। बैठते, तो वह चरण चाँपने लगता। चाटुकारी की उसने अति कर दी। ऋषि ने एक दिन ऊबकर उससे कहा, ''वत्स, धन में अशान्ति है; धन के पीछे मत दौड़ो।''

पर उसे धन के सिवा और किसी वस्तु की चाह नहीं थी। उसने कहा, ''महात्मन् अशान्ति का मुझे भय नहीं। धन के लिए चाहे जितनी भी अशान्ति हो, मैं सहने को प्रस्तुत हूँ।''

ऋषि ने कहा, ''तो अपने बाहुबल से धन का उपार्जन करो। या फिर अपने मस्तिष्क से काम लो। मस्तिष्क से बढ़कर सोने का अक्षय भण्डार तुम्हारे लिए और क्या हो सकता है? सो परमात्मा ने तुम्हें पहले से ही दे रखा है।''

इस बात पर वह दीन की भाँति गिड़गिड़ता हुआ कहने लगा, ''किन्तु महात्मन्, मैं तो आपसे धन चाहता हूँ।''

ऋषि तेज होकर बोले, ''अरे मूर्ख, योगिजनों की सिद्धियाँ क्या केवल इसीलिए हैं कि वे भोगी और लोभी मनुष्यों में बाँटी जाएँ। तुम इन सिद्धियों से लाभ उठाकर और भी अधिक माया में पड़ोगे, और भी अधिक पाप का अर्जन करोगे। यदि तुम चाहो, तो मैं तुम्हें ज्ञान का उपदेश दे सकता हूँ।''

किन्तु ज्ञान और वैराग्य की आवश्यकता जितनी ऋषि को थी, उतनी उसके लिए नहीं थी। उसकी आँखें लाल हो गई। कड़क कर उसने कहा, ''क्या आप मुझे ऐश्वर्य नहीं देंगे?''

''मेरे पास है ही क्या, जो मैं तुम्हें दे सकता हूँ?''

"आपके पास असीम सिद्धियाँ हैं।"

"परन्तु वे माया-मोह में लिप्त मनुष्यों को देने के लिए नहीं हैं।"

"नहीं दोगे तो लो!" उस व्यक्ति के पास एक छोटी-सी लाठी थी। उसी लाठी से उसने ऋषि के मस्तक पर प्रहार कर दिया। रक्त की धारा बह गई। मस्तक के बहते हुए रक्त से ऋषि का सारा शरीर लाल हो गया, मानो टेसू का फूल द्रव होकर बह रहा हो। ऋषि मूर्च्छित होकर गिर पड़े।

मूर्च्छा टूटने के बाद ऋषि ने देखा कि वह व्यक्ति समीप के पेड़ से बँधा है और कुछ लोग पादुका से उस पर प्रहार कर रहे हैं। ऋषि ने इंगित के द्वारा उन्हें मना किया। मारना बन्द करके लोग दुर्वचन कहते हुए उसे ऋषि के समीप ले गए। ऋषि ने उसकी ओर करुणापूर्ण दृष्टि डाली और मुस्काने की चेष्टा की। उसके शरीर पर प्रेम से हाथ फेरा। धीरे से बोल उठे, "वत्स, मैंने तुम्हें क्षमा दे दी है। तुम यहाँ से चले जाओ।"

आकाश में जब राशि-राशि मेघ उमड़ते हैं, तो सूर्य की चमकती-दमकती प्रभा अवश्य ही छिप जाती है। सम्मुख जब अज्ञान का वातावरण है, तो ज्ञान को लांछित होकर रहना ही पड़ेगा। उस अज्ञानी ने यदि ऋषि के सिर पर लाठी मार दी थी, तो कोई अलौकिक कर्म नहीं किया था। अज्ञान की प्रवृत्तियों में क्रोध बहुत ही शीघ्रता के साथ अपना मस्तक ऊँचा करता है। ऋषि जानते थे कि यह अज्ञान के कुसंस्कार में लीन है, अथवा जैसा मैं हूँ, वैसा यह भी है। सबके भीतर परमात्मा समान रूप से विद्यमान हैं। इसीलिए ऋषि ने उसे क्षमा दे दी थी, तो कोई आश्चर्यजनक कार्य नहीं किया था। परन्तु सर्वसाधारण अपने ही माप-दंड से सब कुछ को मापता है। अपने ही माप-दंड को लोग संसार का सर्वोत्तम माप-दंड समझ लेते हैं। उनके लिए अपनी धारणा ही अन्तिम धारणा होती है। लोगों ने इस बात पर कहना आरम्भ किया कि ऋषि ने ऐसा करके अनुचित किया है। दंड के बिना दुष्ट शान्त नहीं होते। भली-भाँति यदि इसे मारा जाता, तो इस व्यक्ति में श्रेष्ठ विचार उत्पन्न हो आते।

ऋषि ने यह आलोचना भी सुनी और धीरे से हँस दिया।

और वह व्यक्ति भी वहाँ से नहीं गया। ऋषि की बात और उनके व्यवहार से उसे अपने ऊपर बड़ी ग्लानि हो रही थी। पश्चात्ताप की चिन्ता में वह जला जा रहा था। जब तक ऋषि अच्छे नहीं हुए, तब तक वह वहीं बैठा रहा। रात और दिन ऋषि की सेवा करता। बराबर उनके सामने बैठा हुआ पाश्चाताप के आँसू बहाता। ऋषि कहते कि बीती हुई बात के लिए सोचना क्या?

इधर ऋषि की प्रशंसा और भी अधिक वेग से उमड़ी। भीड़ की भीड़ उनके दर्शनों के लिए एकत्र होने लगी। सभी याचना के लिए आते थे; कोई भी ज्ञान का पिपासु नहीं मालूम होता था। विशेष करके स्त्रियाँ तो उन्हें और भी अधिक घेरे

रहतीं। उनके पास अपने-अपने दुखड़े थे। षोडशियाँ सुन्दर और यशस्वी पति की कामना लेकर आती थीं। युवतियाँ पुत्र की कामना से व्याकुल होकर उनके चरणों पर सिर रखती थीं, वयस्काएँ अपने पति, पुत्र या कन्या के दुख से कातर रहती थीं। उनमें एक-से-एक सुन्दरी भी थी। उनकी आँखों में एक इंगितमात्र से पुरुषों के हृदय का सर्वनाश हो सकता था। ऋषि ने सर्वदा निर्विकार भाव से उन्हें देखा। साधारणजनों की अपेक्षा उनकी दृष्टि में अन्तर था। वे ज्ञान की दृष्टि से रूपसियों को देखते थे। रूप की वास्तविकता उन्हें दिखलाई देती थी। और रूप तो नश्वर है। अभी है, कभी नहीं रहेगा। भादों की काली रात के समान उनके काले घुँघराले केश काश-गुच्छ के समान श्वेत हो जाएँगे। अंग-अंग को शिथिल करके बुढ़ापा इसे घेरेगा, व्याधियाँ इसे त्रास देंगी। और इसी प्रकार वे उनके नारीत्व की विशेषता के वास्तविक रूप को देखते थे, प्रणय-सुख तथा विलास की सच्चाई का नग्न रूप देखते थे। इन बातों को सोचने से भी मन में असीम घृणा उत्पन्न होती थी। ज्ञान का सुख, ज्ञान का प्रकाश और योग की विभूतियाँ के साथ परमात्मा के संयोग में जो सुख था, उसके सम्मुख ये सांसारिक सुख, विलासमय सुख कितने तुच्छ और कितने हेय प्रतीत होते थे। क्रमशः वहाँ स्त्रियों ने अपना आवागमन इतना बढ़ाया कि ऋषि की साधना बिलकुल ही असम्भव हो गईं। तब उन्होंने एक दिन घोर अँधेरी रात में चुपके से कुटीर का परित्याग कर दिया। लाठी और कमंडल लेकर किसी अज्ञात स्थान के लिए चल पड़े।

उसके बाद उनकी आध्यात्मिक साधना और अधिक दीप्त हुई। योगमार्ग में वे और भी आगे बढ़े। अनेकानेक अलौकिक सिद्धियाँ इन्हें प्राप्त हुईं, पर इन्होंने किसी ओर आँख उठाकर भी नहीं देखा। आज उसी सौभरि ऋषि का हृदय नारी के विचार से विचलित हो उठा था और वे विस्तार के लिए उसी प्रकार लाठी और तूंबा लेकर किसी अज्ञात स्थान की ओर जा रहे थे।

...आँखें खुलने पर ऋषि को आश्चर्य हुआ कि आज आसन के बदले वृद्ध जीवों की भाँति मुझे इस प्रकार की निद्रा क्यों आ गई? वहाँ घोर जंगल था। अपराह्न हो चुका था। सामने की ओर दृष्टि जाते ही उन्होंने देखा कि एक पंडुक पक्षी अपनी प्रियतमा के साथ एक पेड़ की डाल पर बैठा था।...फिर भी वही स्मृति? ऋषि की आँखें अंगार हो गई। तूंबे से जल निकालकर वे शाप देने को प्रस्तुत हो गए। इसी समय उनके मन में आया कि इन निर्दोष पक्षियों का इसमें अपराध ही क्या है? अपराधी तो हमारा हृदय है। हाय रे घातक मन!...उन्होंने अपनी छाती पीट ली। 'परमात्मा, मुझे कैसा दुःख दे रहे हो?'

ऋषि ने अपनी लाठी उठाई, कमंडल लिया और चल खड़े हुए। रात में विचार कर रहे थे कि मेरी मनोदशा ऐस अधम क्यों हो गई। अब किसी ऐसी जगह का

अनुसन्धान करूँगा, जहाँ किसी भी संकेत से नारी की ओर मेरे विचार भटकने न पावें।...मैं संयम में बँधा हूँ। मैंने संसार का परित्याग किया है। मेरे सम्मुख साधना का मार्ग है। मैं शुद्ध-बुद्ध आत्मा हूँ। यह शरीर मेरी साधना में सहायता करने के लिए है; यह नश्वर शरीर ''मैं'' नहीं। मैं किसी सांसारिक सुख की कामना नहीं करता। आत्मा हूँ। मैं अपनी साधना के मार्ग पर जा रहा हूँ।...

7

दूसरे दिन एक तमोगुण-ग्रसित वृद्ध जीव की दुर्दशा देखकर सौभरि ऋषि का समस्त शरीर सिहर उठा। बात यों हुई। वन-ही-वन जाते समय अकस्मात् धनुओं का रँभाना सुनकर ऋषि ठिठक गए। समझ लिया कि समीप ही कोई ग्राम अवश्य है। किसी ग्राम के भीतर प्रवेश करना उनका अभीष्ट नहीं था। रुककर वे एक विशाल पेड़ के नीचे बैठ गए। सोचा था कि यहीं विश्राम करके कल उषाकाल के समय यहाँ से चल–चलूँगा। इसी समय एक आर्त क्रन्दन सुनकर उनका हृदय विचलित हो उठा। समीप की झाड़ी में कोई पीड़ित मनुष्य कराह रहा था। सौभरि ऋषि ने वहाँ पहुँचकर देखा, एक वृद्ध मनुष्य है, जिसके समस्त शरीर पर चोट के चिह्न बने हुए हैं। वह बेसुध होकर अपनी पीड़ा के कारण कातर होकर कराह रहा था। करुणा से आर्द्र सौभरि ऋषि ने उसे वहाँ से उठाकर खुली हुई जगह में सुलाया और तूम्बे से जल निकालकर उसे पिलाया। वनस्पति का रस शरीर में मल देने पर वह तत्काल ठीक हो गया। उसने चेतना पाकर आश्चर्यचकित दृष्टि से ऋषि को देखा। उसे विश्वास ही नहीं होता था कि वह सचमुच अच्छा हो गया है या स्वप्न देख रहा है। ऋषि ने स्मित हास के साथ उसे देखा और स्नेहसिक्त वाणी में बोले–"मैं वनवासी सौभरि नामक तपस्वी हूँ। इस वृक्ष की छाया में विश्राम कर रहा था कि तुम्हारी करुण पुकार मेरे कानों में पड़ी। उसके पश्चात् मैंने तुम्हारी दशा देखी। तुम्हें उठाकर यहाँ ले आया और उपचार के द्वारा तुम्हारे शरीर की चोटों को दूर कर दिया। अब मुझे यह जानने की अभिलाषा है कि तुम कौन हो और किस कारण तुम्हारी ऐसी दुर्गति हुई?''

सौभरि ऋषि का नाम सुनते ही वह उनके चरणों पर साष्टांग लोट गया। उसे अपने नेत्रों पर विश्वास ही नहीं होता था कि सम्मुख बैठे हुए जो ऋषि हैं वे ही सौभरि ऋषि हैं। कहने लगा, ''मेरे भाग्य धन्य हैं जो मैंने आज योगिराज सौभरि के दर्शन पाए। आपके यश का बखान हमने बहुत सुना है; किन्तु दर्शन का सौभाग्य आज ही मिल पाया है। हे महात्मन्, मेरा नाम धनवन्त है और मैं समीप ही के ग्राम में

रहनेवाला वैश्य हूँ।

वह वृद्ध व्यक्ति था। अवस्था आगे बढ़ चुकी थी। आँखों की ज्योति मन्द थी, केश धवल थे, समस्त शरीर में सिकुड़न पड़ गई थी। उसने अपनी कथा यों सुनाई, "...जिस प्रकार आपने अपनी अतुलित साधना के द्वारा अपरम्पार आध्यात्मिक बल प्राप्त किया है उसी प्रकार मैंने भी वाणिज्य के द्वारा अपार ऐश्वर्य का अर्जन किया है। मैंने इतनी सम्पत्ति कमाई, जितना विरला ही कोई कमा सकता है। मैंने युवावस्था में विवाह किया था और मेरे दो पुत्र भी हुए थे। उसके बाद अभी कुछ समय हुए कि मेरी स्त्री मर गई। मेरी दोनों पुत्रवधूएँ मुझे बहुत कष्ट दिया करती थीं और मेरा तनिक भी सम्मान नहीं करती थीं। मेरी प्रत्येक पुत्रवधू की धारणा थी कि मैं दूसरी पुत्रवधू के पति को अधिक मानता हूँ और उसी पुत्र को अधिक सम्पत्ति देना चाहता हूँ। परन्तु यह एक निराधार कल्पना थी। सच पूछिए तो मैं दोनों में किसी पुत्र को नहीं पसन्द करता था। वे धन को व्यय करने की इच्छा रखने वाले थे।"

सौभरि ऋषि ने कहा, "धन तो व्यय के लिए ही होता है। धन की सार्थकता इसी में ही है।"

धनवन्त ने तड़प कर कहा, "वाह महात्मन्, इतनी व्यथा सहकर मैंने क्या इसीलिए धन का अर्जन किया था कि वह व्यय कर दिया जाय? उसे व्यय करने वाले वे कौन होते हैं? यह कदापि नहीं हो सकता। आप वनवासी हैं; आप धन का महत्त्व क्या समझने लगे? आप इस बात को नहीं समझ पाते। मेरे धन को वे अपनी इच्छा के अनुसार व्यय करने वाले कोई नहीं हैं।"

सौभरि ऋषि ने कहा, "अब व्यापार करने में तुम अक्षम हो गए। तुम्हारी वृद्धावस्था आ गई। अब तो तुम्हें पुत्रों की इच्छा के अनुसार चलना था। देखते नहीं; तुम अब वृद्ध हो; बहुत वृद्ध।"

"हाँ महात्मन्, मैं वृद्ध हो गया!" धनवन्त की आँखों से आँसू की धारा फूट निकली। वह कातर सजल वाणी में कह रहा था, "वृद्ध होकर भी मैं अपने उत्तराधिकारियों को अपने मन के अनुकूल नहीं देख सका। घर में मुझे कष्ट भी दिया जाता है। इसी कारण मैंने अपनी पत्नी की मृत्यु के उपरान्त अपना दूसरा विवाह किया।..."

सौभरि ऋषि ने आश्चर्य से पूछा, "विवाह?"

"हाँ महात्मन्, विवाह!" धनवन्त वैश्य ने कहना आरम्भ किया, "युवावस्था में मैं धन की धुन में इतना व्यस्त रहा कि यौवन के उद्वेगों को देखने-भालने तथा समझने के लिए समय ही नहीं प्राप्त कर सका। उस समय मेरा ध्यान उस ओर गया ही नहीं। इतनी जल्दी वृद्धावस्था आ पहुँचेगी, इस बात की मैंने कल्पना भी नहीं की थी। मैं बहुत शीघ्र ही वृद्ध हो गया। केश श्वेत हो गए, दाँत हिलने लगे। उधर देखा कि

मेरे पुत्र योग्य नहीं थे। मेरे समान वे व्यापार भी करना नहीं जानते थे। धन का संचय करने की अपेक्षा वे धन के व्यय को ही अधिक महत्त्व देते थे वे ऐसे पड़ोसियों को धन देते थे, जो आजीवन उस धन को नहीं लौटा सकते थे। भला आप बतलाइए, क्या उनका ऐसा करना उचित था? क्या धन गरीबों में दान करने योग्य वस्तु है? पर वे ऐसा ही करते थे। तब महात्मन्, मैंने अपना सुयोग्य उत्तराधिकारी पाने के लिए फिर अपना विवाह किया।''

ऋषि ने पूछा, ''क्या तुमने उस समय नहीं सोचा था कि थोड़े ही दिनों के बाद तुम्हारी मृत्यु होनेवाली है?''

ऋषि का वाक्य सुनते ही वह सिहरकर काँपने लगा। उसकी घबराहट की सीमा नहीं थी। बोलने लगा, ''आपने क्या कहा, थोड़े ही दिनों में मेरी मृत्यु होनेवाली है? महात्मन्, जरा फिर से तो कहिए; क्या सचमुच ही थोड़े दिनों में मेरी मृत्यु होने वाली है। क्या आप हमारी मृत्यु को अपने योगबल से बतला रहे हैं?"

ऋषि ने कहा, ''बुढ़ापे में मृत्यु कोई आश्चर्यजनक वस्तु नहीं है। किन्तु तुमने वृद्धावस्था में विवाह करते समय अपनी मृत्यु पर विचार नहीं किया। हाँ, तब फिर क्या हुआ?''

ऋषि की बात सुनकर धनवन्त को आश्वासन मिला। वह तो अधीर हो उठा था कि सौभरि ऋषि कहीं योगबल के द्वारा ही तो उसकी आसन्न मृत्यु की बात नहीं बतला रहे हैं। यद्यपि वह कुछ ही क्षण पूर्व मृत्यु की गोद में था, फिर भी उसे इस बात की स्मृति नहीं थी। आश्वस्त होकर बोला, ''महात्मन्, मृत्यु भी कोई विचार करने की वस्तु है? मृत्यु का कोई भी विचार नहीं किया करता।''

फिर उसने अपनी कथा इस प्रकार आरम्भ की। कहने लगा, ''योगिराज, मैंने विवाह किया। पत्नी घर में आई; किन्तु मेरी आशाएँ फलीभूत नहीं हुईं। मेरा दुर्भाग्य देखिए कि मेरी यह नवीन पत्नी भी मेरे मन के अनुकूल नहीं निकली। वह मुझसे सदैव असन्तुष्ट रहती और बराबर मेरे साथ कलह किया करती है। निरन्तर के कलह से मैं ऊब उठा हूँ। अपने भाग्य की कथा मैं आपको कहाँ तक सुनाऊँ? मेरी दशा केवल परमात्मा जानते हैं और मैं जानता हूँ। मेरी वह पत्नी भी मेरे दुष्ट पुत्रों के दल में मिल गई और चुपके-चुपके मेरा धन निकालकर व्यय करने लगी। प्रतिदिन ब्राह्मणों और याचकों को अपने घर में आते देखकर मुझे सन्देह हुआ। मैंने अपनी पत्नी से पूछा, तो वह क्रुद्ध होकर कहने लगी कि मरोगे तो क्या सारी चीजें लादकर लेते जाओगे? ओह, उसके मुहँ से सदा इसी प्रकार के कटु वचन निकलते हैं। प्रतिदिन की ऐसी दशा देखकर मैंने हिसाब लगाया, तो मालूम हुआ कि यदि इसी प्रकार मेरा धन व्यय होता रहा, तो तीन शताब्दियों के बाद घर में एक कौड़ी भी नहीं बचेगी। मैं क्रोधान्ध हो उठा। मुझे मालूम था कि मेरी इस दुर्दशा की जड़ में कौन लोग छिपकर

काम कर रहे हैं। महात्मन् मेरा ज्येष्ठ पुत्र है वही सबसे बुरा है। वह पंडितों की संगति में बैठता है और इहलोक तथा परलोक की चर्चा करता है। दान देने का भी उसे बहुत चाव है। मैं सब कुछ समझता था और अब मुझसे रहा नहीं गया। मैंने छिपकर अपने ज्येष्ठ पुत्र के ऊपर वाण चलाया। परन्तु इस वृद्धावस्था का अब मैं क्या करूँ? नेत्रों से कम दिखलाई देता है। वाण की चोट अपने लक्ष्य पर नहीं लगी। वाण उसकी छाती में न लगकर उसकी जाँघ में लगा। उसकी मृत्यु भी नहीं हुई और मैं लोगों के द्वारा पकड़ लिया गया। उसके बाद सब ने मेरी दुर्दशा की। मेरे शरीर पर बहुत ही क्रूर प्रहार हुए। उसके पश्चात् मेरी संज्ञा विलुप्त-सी हो गई। मैं नहीं कह सकता कि फिर क्या हुआ। सम्भव है कि उन लोगों ने मुझे अपने जानते मरा समझकर ही इस झाड़ी में फेंक दिया था। हे योगिराज, आपने मुझे जीवन-दान दिया है। जिस प्रकार आपने मेरा इतना उपकार किया, उसी प्रकार मुझपर एक छोटी सी कृपा करें। आप मुझे योगबल से फिर युवा बना दें कि मैं अपने यौवन का उपभोग कर सकूँ। संसार में बहुत दिनों तक जीवित रहूँ ओर अपने पुत्रों तथा पड़ोसियों को समुचित दंड दे सकूँ।''

ऋषि ने पूछा, ''यौवन पाकर सबसे पहले तुम क्या करोगे?''

धनवन्त उत्साहित होकर बोल उठा, ''सबसे पहले मैं अपने पुत्रों को मार डालूँगा। फिर अपनी दुष्टा पत्नी को भी समुचित दंड देकर मैं एक दूसरा विवाह करूँगा। अबकी बार धनोपार्जन का अवसर व्यर्थ न जाने दूँगा। इस समय तो मैं और भी अधिक धन का उपार्जन कर सकता था, पर इस वृद्धावस्था के कारण शिथिलता आ गई थी और काम नहीं होता था। सो आपकी कृपा से सब हो जाएगा।''

ऋषि उसकी गति-मति देखकर हँसने लगे। धनवन्त ने समझा कि योगिराज मुझसे प्रसन्न हैं। हाथ जोड़कर बोला, ''महात्मन्, मुझे अति शीघ्र यौवन दिला दें। जीवन भर आपके योगबल की महिमा गाता रहूँगा। यदि आप चाहें, तो आपके इस परिश्रम के लिए आपको दस सहस्र निष्क भेंट दे सकता हूँ।''

सौभरि ऋषि ने कहा, ''नहीं, वत्स, मैं वनवासी हूँ, मुझे धन की आवश्यकता नहीं। योग की सिद्धियाँ द्रव्य लेकर नहीं बेची जातीं।''

धनवन्त उत्साहित होकर बोला, ''यदि इन सिद्धियों के बदले में द्रव्य नहीं लिया जाता, तो यह सबसे अच्छा है। ऐसा ही तो होना चाहिए। तो अब कृपया मुझे झटपट नवयुवक बना दीजिए कि जिसमें मैं आपका उपकार जीवन-भर के लिए मानता रहूँ। जहाँ जाऊँगा, आपका यश गाता रहूँगा कि सौभरि ऋषि ने मुझे युवा बना दिया है। फिर विलम्ब क्यों; जल्दी ही बना दीजिए।''

उस धनवन्त के अज्ञान को देखकर ऋषि की आँखें भी छलछला उठीं। कातर स्वर में बोले, ''अहो भगवन् संसार में ऐसे भी दुःखी जीव बसते हैं।''

अपने दुःख से ऋषि को द्रवीभूत होते धनवन्त की आशा और भी धनी हो गई।

आशा के साथ बोला, ''हाँ महात्मन्, मैं बहुत ही दुःखी हूँ, मेरे दुखों का अन्त नहीं। मुझे शीघ्र ही यौवन दे दीजिए, ऋषिवर! इसीलिए मैं आपकी शरण में आया हूँ।''

ऋषि ने कहा, ''मेरे शरण में आने से कुछ नहीं हो सकता धनवन्त, परमात्मा की शरण में जाओ। वही तुम्हारे अज्ञान का अन्धकार दूर करेंगे।''

धनवन्त ने विचार करते हुए कहा, ''अज्ञान दूर होने की तो मुझे कोई आवश्यकता नहीं मालूम होती। यह बुढ़ापा ही किसी तरह दूर हो जाय, तो सबसे अच्छा होगा। फिर तो मैं अपना सब कुछ बना लूँगा। धन ऐश्वर्य, पुत्र, किसी बात की कमी नहीं रहेगी। आप पहले मुझे युवा बता दीजिए। फिर देखिए कि मैं क्या नहीं कर सकता।''

ऋषि ने स्नेहसिक्त वाणी में धनवन्त से कहा, ''वत्स, तुम अज्ञान के द्वारा पीड़ित हो। मेरी बात मानो। परमात्मा की शरण में जाओ। प्रभु की प्रार्थना करो।''

धनवन्त को अपनी समझ से अज्ञान की अपेक्षा बुढ़ापा ही अधिक दुःखदायी था। अज्ञान उसे कोई कष्ट नहीं देता था। अज्ञानी रहकर भी उसने धनराशि का उपार्जन किया, तो फिर यह अज्ञान तो वैसा बुरा नहीं। बोला, ''महात्मन्, प्रभु की प्रार्थना मैं प्रतिदिन किया करता हूँ। नित्य प्रातःकाल स्नान करके उनका पूजन करता हुआ कहता हूँ कि हे प्रभो, मुझे धन दो; मेरा घर धन से भर दो। मेरे शरीर में हाथी के समान बल दो। मुझे ऐसी बुद्धि दो कि सर्वदा मैं अर्थोपार्जन की ओर ध्यान रखूँ। इसके अतिरिक्त प्रभु की और क्या प्रार्थना हो सकती है? और क्या चाहिए?''

ऋषि ने कहा, ''और बहुत कुछ चाहिए। कामिनी और कांचन माँगकर माया में और भी अधिक लिप्त होने की अपेक्षा उसे माया को दूर करने वाले सच्चे ज्ञान की तुम्हें प्रबल आवश्यकता है।''

अब धनवन्त इस वनवासी तपस्वी को कैसे समझावे कि कामिनी और कांचन के अतिरिक्त सार वस्तु और है ही क्या? जो ज्ञान अर्थोपार्जन से विरक्त करनेवाला ज्ञान हो, वह तो धनवन्त के सम्मुख ज्ञान की अपेक्षा अज्ञान ही अधिक था। कहने लगा, ''योगिराज, आप सच मानिए, मुझे अज्ञान आदि किसी बात का कष्ट नहीं है। जितना जो कुछ कष्ट है, वह बुढ़ापा का ही कष्ट है। आप केवल इसी को दूर कर दीजिए। मैं और कुछ भी आपसे नहीं चाहता। उसके बाद मैं आपको स्वयं दिखला दूँगा कि मुझमें कितनी योग्यता है। स्वर्ण की राशि का पहाड़ न उठा दूँ तो फिर मेरा नाम धनवन्त नहीं है।''

सौभरि ऋषि को उसकी बातों से कोई उत्साह न मिला। उन्होंने करुण दृष्टि उसकी ओर डाली और कहा, ''दीनबन्धु जगदीश्वर की शरण में जाओ धनवन्त!''

धनवन्त ने गिड़गिड़ा कर कहा–'किन्तु मैं तो आपकी ही शरण में आया हूँ, ऋषिवर; मेरी दुरावस्था पर दया करें।''

"तुम्हारे दुःखों के प्रति सहानुभूति है धनवन्त; किन्तु मैं क्या करूँ?" "योगिराज, आप मुझे योगबल द्वारा फिर से युवा बना दें। आप असम्भव को भी सम्भव कर सकते हैं।"

"किन्तु ये सिद्धियाँ परमार्थ की हैं; तुम संसार के माया-ग्रस्त जीव हो। तुम्हारे द्वारा इसका दुरुपयोग होता।"

धनवन्त हाथ जोड़कर विनती करने लगा। बोला, "महात्मन्, मैं इस दुरुपयोग के लिए मरने पर नरक में जाने को प्रस्तुत हूँ। मृत्यु के पश्चात् मुझे जो भी कष्ट दिया जाय, सबको मैं स्वीकर करूँगा! पर आप मेरे दुःखों पर दया करें।"

ऋषि उसकी बात से विरक्त हो उठे। ज्ञान सुलभ है, पर ज्ञान प्राप्त करने की इच्छा ही नहीं। जानबूझकर अपनी सम्पूर्ण शक्ति से लोग अज्ञान में लिप्त रहना चाहते हैं। ऋषि ने उनकी बातों पर ध्यान ही नहीं दिया। समझ लिया कि यदि इसके समीप रहूँगा, तो यह और भी विरक्त करता रहेगा। उन्होंने धनवन्त की कातर प्रार्थना पर तनिक भी ध्यान नहीं दिया और वहाँ से उठ गए।

मार्ग में ऋषि का हृदय कातर होकर घायल के समान छटपटा रहा था। जो दशा धनवन्त की है, वही स्थिति मेरी हो जाएगी। फिर मैं भी इसी प्रकार कामिनी और कांचन को सर्वस्व मानकर परमात्म-तत्त्व के विपरीत विचार किया करूँगा। प्रभु, दीनदयाल भगवन् मुझे इस अन्धकूप में न ढकेलो!

ऋषि घोर वन के भीतर से होकर जा रहे थे। मार्ग निर्धारित करने के लिए वहाँ कोई पगडण्डी भी नहीं थी। चारों ओर विजन वन और अविरल सन्नाटा! पग-पग पर लता–गुल्भ से आच्छादित झाड़ियों से उन्हें उलझना पड़ता था। काँटे उनके शरीर को बेधते थे। ऋषि का ध्यान इन बातों की ओर नहीं था। वे अन्तःप्रेरणा के वशीभूत होकर चले जा रहे थे। किसी ऐसे गुप्त स्थान की खोज कर रहे थे, जहाँ कोई भी सांसारिक विचार उनके मस्तिष्क को उद्भ्रान्त नहीं कर सके। धनवन्त ने उन्हें जैसे और भी सचेत कर दिया था। सहसा एक काले शिलाखंड के समीप पहुँचकर ऋषि अवाक् हो उठे। उस घोर वन के भीतर उस काली चट्टान के ऊपर दो बड़े-बड़े पहाड़ी बिच्छू झूम-झूमकर नाच रहे थे। ऋषि ठिठक गए। उन्हें हृदयहारी ढंग से नृत्य करते हुए देखकर सौभरि ऋषि का मन भी नाच उठा। वे उस मनोहर दृश्य को स्नेह-सिक्त दृष्टि से देखने लगे। उन्हें ऐसा प्रतीत हुआ मानो परमात्मा की विविध लीलाओं को देखकर ज्ञान से उन्मत्त होकर ये वृश्चिक नाच रहे हैं। किन्तु उनका यह भ्रम सहसा दूर हो गया। उन्होंने देखा कि-इन दोनों में एक नर है और दूसरी मादा। उस नृत्य में भी ज्ञान की अपेक्षा अज्ञान का ही कल्मष भरा हुआ है। ऋषि ने घबराकर अपनी आँखें उस ओर से फेर लीं। कुछ देर के बाद उनकी दृष्टि उसे ओर ज्यों गई, तो देखते हैं कि मादा बिच्छू नर बिच्छू को काट-काटकर टुकड़े-टुकड़े कर रही है। इस दृश्य ने

मानो ऋषि को चिकोटी काटकर जगा दिया। यही सांसारिक वासनाओं का नग्न रूप है। पहले मोहित होकर नाचना पड़ता है। अपने जीवन का सर्वस्व लुटा देने के पश्चात् भी जो सबसे प्रिय वस्तु है, वहीं प्राण ले लेती है। हे प्रभो, मैं कदापि इसे स्वीकार नहीं करूँगा। मेरी अन्तरात्मा को इस पागलपन से दूर करो। मैं कदापि उसे स्वीकार नहीं कर सकता।

उस विपिन में अँधेरी रात आकर घनी हो गई। ऊपर तारे चमक रहे थे, नीचे वृक्षों पर जुगनू उड़ रहे थे। झिल्लियों की झंकार कुछ ऐसी मालूम होती थी, जैसे रात की नीरवता मौन होकर किसी बात पर विचार कर रही हो। ऋषि चुपचाप एक वृक्ष के नीचे बैठे हुए थे। चारों ओर अन्धकार था, पर उनकी कल्पना में उजाला था। उस प्रकाश में अभी भी वे उन वृश्चिकों का नृत्य देख रहे थे। उनकी रोमावलियाँ खड़ी हो गई थीं और रह-रहकर उनका शरीर सिहर उठता था।

8

अपने सुदक्ष सैन्यदल के साथ अम्बरीष दस्युओं के दमन के लिए जा रहा था। पश्चिम की ओर कतिपय दस्यु मिले। वे उसी प्रकार नष्ट कर दिए गए, जिस प्रकार कुशल किसान अपने क्षेत्र की कुशाओं को नष्ट कर देता है। परन्तु फिर भी दस्युओं के उस दल का पता नहीं चला, जहाँ से सभी दस्युओं के ऊपर शासन किया जाता था। दस्युराज के राज्य के विषय में अनेक प्रकार की किंवदतिंयों फैली हुई थीं, जिनपर विश्वास कर सकना कठिन था। परन्तु समस्त किंवदतिंयों में एक बात अवश्य थी कि दस्युराज का स्थान सुदूर दक्षिण की ओर किसी स्थान पर है, जहाँ से वह अपने सभी दस्युओं के पास अपनी आज्ञाएँ भेजा करता है। उसी दस्युराज का अन्वेषण करती हुई अम्बरीष की सेनाएँ नर्मदा नदी के उस ओर से चलती रहीं, जहाँ श्वेत प्रस्तर के ऐसे पर्वत थे, जो चन्द्रिका के शुभ्र प्रकाश में हिम-स्तूप के समान परिलक्षित होते थे। जब वह सैन्यबल वैतरणी नदी के तीर पर पहुँचा, तो उसने देखा कि वहाँ सदा नग्न रहनेवाले मनुष्यों का जनपद है। वे गीत गाते हुए अपना शान्त जीवन व्यतीत करते थे तथा विदेशियों के सम्मुख मौन रहकर उन्हें निर्निमेष केवल देखते ही रहते थे। जब वह सैन्यदल वहाँ से दक्षिण की ओर अग्रसर हुआ तो तो उसने देखा कि महानदी के तट पर चित्र के समान सुन्दर भवन बने हुए हैं तथा रंगीन वस्त्र धारण करके वहाँ के निवासी अपना रंगीन जीवन बिता रहे हैं। सागर तीर पर जाकर उन लोगों ने स्पष्ट देखा कि जल के भीतर से ही अग्निपिंड के समान सूर्य उदय लेता है, किसी पर्वत की ओट नहीं आया करता। वहाँ केवड़े के कंटकाकीर्ण वनों से अपूर्व

सुगन्धि निकल रही थी और बहुत ही छोटे-छोटे पक्षी वंशी के समान बोल रहे थे। केवड़ा और हरसिंगार के उस वन में जब सैन्यदल का स्कन्धावार पड़ा, तो उस दिन अम्बरीष को तनिक ज्वर हो आया था। ज्वर साधारण था, पर सेना के वैद्य बहुत ही व्यस्त थे। अम्बरीष की नाड़ी देखते हुए उन्होंने नाड़ी की चर्चा चला दी। कहने लगे कि हृदय की गति से ही प्राण को स्फूर्ति मिलती है, हृदय की गति से ही शरीर की समस्त शिराओं में रक्त प्रवाहित होता है। उसी हृदय का आवेग और स्पंदन नाड़ी से मिलता है। मुख्य वस्तु है हृदय।...

वैद्य ने केवल इतना ही आभास दिया था, परन्तु इसी प्रसंग पर अम्बरीष इतना अधिक विचार कर गया कि समस्त रात्रि उसे निद्रा नहीं आ सकी। उसके मन में हो रहा था कि दस्युदल के हृदय को ही नष्ट कर दिया जाय, तो फिर कोई कार्य शेष नहीं बच जाएगा। वे सदा के लिए विनष्ट हो जाएँगे। उसने सुना था कि सुदूर दक्षिण में चन्दन के वन हैं। वहाँ अति भयानक सर्प रहा करते हैं। पवन में तैरते हुए उड़नेवाले सर्प भी उन्हीं वनों में रहते हैं, जो किसी भी मनुष्य को वहाँ से जीवित नहीं लौटने देते। उन वनों में दिन के समय सिंह तथा रात्रि के समय व्याघ्र रखवाली करते हैं तथा किसी को भी किसी प्रकार वहाँ प्रवेश करने नहीं देते। अम्बरीष सोच रहा था कि यदि किसी प्रकार उस वन में प्रवेश करना सम्भव हो सका, तो दस्युओं के सम्राट को पा सकना कठिन नहीं होगा।

दो तारों के समान उसके दोनों नेत्र खुले ही रह गए। समस्त रात्रि वह इसी बात पर विचार करता रह गया। प्रातः काल उसका ज्वर जा चुका था। उसने यह भी पाया कि उसका हृदय आज हल्का हो उठा है। उसने उसी समय अपने विश्वस्त सैनिकों को बुलाया। जब सभी आ गए तो उसने सभी लोगों के सम्मुख अपना प्रस्ताव रखा कि इतना विशाल सैन्यदल लेकर आगे जाने से लाभ नहीं दिखलाई देता। ऐसा करना व्यर्थ होगा। शत्रुओं को इसका सन्धान मिलेगा और वे अन्यत्र निकल जाएँगे। इससे अच्छा यही प्रतीत होता है कि दस्युराज की खोज में मैं अकेला ही निकल जाऊँ। किसी प्रकार उसका सन्धान लेकर फिर अपने सैन्यदल में आकर मिल जाऊँगा। उसके पश्चात् अभियान करने पर विजय अवश्यंभावी है।

अम्बरीष का प्रस्ताव ठीक था। परन्तु उसे एकाकी शत्रुदल में जाने देने का परामर्श कोई भी न हीं दे पाता था। वह केवल सेनापति ही नहीं, राजपुत्र भी था। यदि कुछ अनिष्ट हो जाए यदि अम्बरीष का सन्धान मिल नहीं सके, तब? तब क्या होगा? और इस आशंका का समाधान नहीं निकल पाता था। दूसरी ओर अम्बरीष था, जो इस कार्य के लिए स्वयं ही जाना चाह रहा था। उसे इस बात का अगाध विश्वास था कि इस कार्य को जिस कुशलता के साथ वह सम्पादित कर सकता है, दूसरा कोई भी व्यक्ति यथोचित रीति से उसे सम्पन्न नहीं कर पाएगा। अन्त में यही

तय हुआ कि अम्बरीष दो अत्यन्त विश्वस्त तथा वीर सैनिकों को साथ लेकर दक्षिण की ओर चला जाए। इधर अपने राजकुमार के अन्वेषण के बहाने सैन्यदल दक्षिण की ओर बढ़ता रहे। अपने सैनिकों को भी यह रहस्य विदित न हो पावे।

और उसके दूसरे दिवस ही प्रातःकाल उस सैन्य-शिविर में यह बात फैल गई कि मध्य रात्रि के समय दस्यु आए और अम्बरीष को चुराकर ले गए। सर्वत्र उनका सन्धान होने लगा। पता लगाने के लिए मनुष्य भेजे गए, परन्तु न जीवित अम्बरीष का पता लगा और न मृत अम्बरीष का ही। इस सम्बन्ध में सैन्यदल के लोग अब ऐसी आश्चर्यजनक कहानियाँ कहने लगे, जिनपर किसी को भी विश्वास होना कठिन था। एक सैनिक विश्वासोत्पादक ढंग से बतलाता था किम उसने एक दस्यु को आकाश-मार्ग से आते हुए देखा था। उसका शरीर अग्निपिंड के समान प्रकाशित हो रहा था। उसके शरीर में गरुड़ पक्षी के समान पंख थे। उसने एक बार आकाश में घूमते हुए चारों ओर देखा, फिर एक ही झपट्टे में स्कन्धावार से निकालकर अम्बरीष को ले भागा। जब वह अम्बरीष को लेकर आकाश-मार्ग से जा रहा था, तो उसके पीछे-पीछे कृष्ण वर्ण का धुआँ उड़ रहा था। वह धूम्र-राशि इतनी अधिक थी कि उससे आकाश के तारे भी छिप गए थे।

सैन्यदल निरन्तर दक्षिण की ओर जा रहा था और राजकुमार अम्बरीष का सन्धान कर रहा था और अम्बरीष अपने मनुष्यों को साथ लेकर चन्दन के वन में भटक रहा था। सिंह और व्याघ्र की रखवाली की बात में अतिशयोक्ति थी। आकाशगामी सर्पों की कथा केवल कथा-मात्र थी। जिस प्रकार अन्य वनों में सर्प रहते हैं, पशु-पक्षी रहते हैं, उसी प्रकार वहाँ भी थे। चन्दन के उन वनों के बीच ऐसे लोगों के ग्राम थे, जो समस्त दिन काम करते तथा समस्त रात्रि नृत्य किया करते थे। उन्हें निद्रा कम आती थी। उनके गीत मंत्रों के समान होते थे, जिनका अर्थ समझना कठिन था। भाषा भी विचित्र थी। दस्युदल से वे आतंकित नहीं दिखलाई देते थे। उनका कहना था कि हम किसी भी वस्तु का संग्रह नहीं रखा करते, फिर ये दस्यु हमारा क्या हरण कर सकते हैं? हमारे यहाँ नारी इतनी निर्बल नहीं होती कि दस्यु उसे हरण करके ले जा सकें। एक बार भी यदि वह दस्यु के यहाँ जाएगी, तो उसे विष देकर या किसी शस्त्र से उसकी हत्या करके पुनः हम लोगों के बीच चली आएगी। अतएव, हम स्त्रियों के विषय में चिन्तित नहीं रहते। अम्बरीष ने देखा कि वे माणिक्य तथा सुवर्ण से अपने को नहीं सजाते। पुष्प ही उनका आभूषण है। उस ओर उन लोगों ने ऐसा पर्वत देखा, जिसकी चोटी प्रभात के प्रथम किरण पड़ते ही रंगीन हो जाती थी। उस पर्वत के विषय में ऐसा कहा गया कि वहाँ की गुफाओं में ऐसे-ऐसे रत्नों की राशि पड़ी है, जिनमें यदि एक भी रत्न किसी को प्राप्त हो जाए, तो वह सदा के लिए धनवान हो जाएगा। जब वहाँ के निवासियों से रत्नों के विषय में प्रश्न किया

गया तो उन्होंने उत्तर दिया कि वे रत्न हम लोगों को तनिक भी बहुमूल्य प्रतीत नहीं होते। उनमें न कोमलता है और न नश्वरता। उन पत्थरों की अपेक्षा फूल ही अधिक सुन्दर, अधिक कोमल और जीवन के समान अस्थाई हुआ करते हैं। फूलों से शोभा बढ़ती है। उन रत्नों में भला क्या रखा है? चन्दन के वन में जो हाथी चलते हुए दिखाई देते हैं, उनके शरीर से भी चन्दन की सुगन्धि आती। फिर भी दस्युदल के सम्राट का सन्धान नहीं मिल रहा था। इसी प्रकार भटकते हुए दिवस व्यतीत हो रहे थे। अन्त में अम्बरीष ने परामर्श किया कि अब हम लोग सात पक्षों तक पृथक्-पृथक् दस्युराज का अन्वेषण करें। सात पक्षों के पश्चात् जो पूर्णिमा आती है, उसी रात्रि को तीनों व्यक्ति अपने सैन्दयल में पहुँचकर मिल जाएँ और समाचार दें। यदि कोई व्यक्ति कार्यवश नियत तिथि तक नहीं आ सके, तो फिर तीनों पक्षों तक उसकी प्रतीक्षा की जाए। उसके पश्चात् सेनापति की आज्ञा के दस्युओं के दमन का कार्य आरम्भ कर दिया जाए।

अम्बरीष के एक साथी ने प्रश्न किया—"यदि नियत तिथि तक राजकुमार नहीं आ सके, तो फिर हम लोगों की गति क्या होगी?"

अम्बरीष ने उत्तर दिया—"तीन पक्षों तक प्रतीक्षा।"

प्रश्न हुआ—"उसके पश्चात्?"

"उसके पश्चात्?" अम्बरीष ने कहा—"उसके पश्चात् तुम्हें यही अनुमान करना चाहिए कि अम्बरीष इस पृथ्वी पर नहीं है। यह दस्युराज के द्वारा मार डाला गया।"

दूसरे साथी ने प्रश्न किया—"यह किस प्रकार अनुमान कर लिया जाए कि मारनेवाला दस्युराज ही होगा?"

अम्बरीष ने आत्म-विश्वास के साथ उत्तर दिया—"दस्युराज के साथ मेरा साक्षात् होगा ही। चाहे वह मुझे मार डाले अथवा मैं ही उसे मार डालूँ। मुझे इस प्रकार के चिह्न मिल चुके हैं कि दस्युराज का सन्धान मैं पा सकूँगा। मेरा पूर्ण विश्वास है कि दस्युराज के साथ मेरा साक्षात् अवश्य होगा।"

"आपको ऐसे कौन से चिह्न मिले हैं?"

अम्बरीष ने मन्द हास के साथ कहा—"वह तो पुनः साक्षात् होने पर ही मैं कह सकूँगा।"

उसके पश्चात् तीनों व्यक्ति तीन ओर चल पड़े।

अम्बरीष सागर के तीर से होकर जा रहा था। वहाँ प्रवाल के समान चट्टानों के ऊपर लहरें पछाड़ खा रही थीं। ऐसा लगता था जैसे समुद्र की भी कोई भाषा है, जैसे अपनी भाषा में समुद्र कह रहा हो!

अम्बरीष ने अनुमान किया था कि दस्युराज साधारण व्यक्ति नहीं होगा। जब उसने सर्वत्र सभी दिशाओं में अपना कार्य फैला रखा है, तो अवश्य ही रहस्यमय ढंग

से किसी रहस्यमय स्थान पर रहता होगा। अम्बरीष की कल्पना में आता था कि वह सम्भवतः समुद्र के बीच समीप के किसी टापू में रहता होगा और सहसा किसी दिन अपने व्यक्तियों के बीच प्रकट होकर सहसा किसी दिन छिप भी जाता होगा। वह अवश्य ही रहस्यों से आवृत्त होगा, अन्यथा उसके व्यक्ति उस पर विश्वास कदापि नहीं रख सकते थे। वह सोचता था कि किसी प्रकार सन्धान करने से निकट भविष्य में दस्युराज का पता मिल जाएगा और अपने इसी अनुमान के बल पर वह बढ़ा जा रहा था।

अम्बरीष ने इस विषय में निश्चय कर लिया था कि वह दस्युराज से किसी प्रकार भी विवाद नहीं करेगा, बल्कि शान्त चित्त से उसके विषय के समस्त विवरणों का संग्रह करेगा। यथाशक्ति दस्युओं के विषय में जितना जान सकेगा, उतना तो वह अवश्य ही जानने की चेष्टा करेगा। उसके पश्चात्...।

कि एक दिन उसने देखा कि चर्म का वस्त्र पहने एक सुन्दरी युवती अपने आपको छिपाती हुई भागी चली जा रही है। अम्बरीष को देखकर उसने एक बार छिपने का प्रयास किया, फिर न जाने क्या विचार करके उसके सम्मुख प्रकट हो गई।

उस युवती ने प्रश्न किया, "तुम आर्य जान पड़ते हो?"

अम्बरीष ने कहा, "निश्चय ही मैं आर्य हूँ। परन्तु इससे क्या?"

उस युवती ने कहा, "मैं भी आर्य-कन्या थीं परन्तु एक बार दस्युओं ने मेरे जनपद पर आक्रमण किया और मुझे ले भागे। उन दस्युओं से मैं घृणा करती हूँ। मैं उनके बीच से भागकर चली जा रही थी। आज मेरा अहोभाग्य है कि मुझे एक आर्य की सहायता भी प्राप्त हो गई।"

उस युवती के नेत्र प्रसन्नता से चमक रहे थे। वह आशा तथा विश्वास के साथ अम्बरीष की ओर देख रही थी।

अम्बरीष ने उल्लसित स्वर में कहा, "यह बहुत ही शुभ लक्षण है कि मेरे साथ तुम्हारा साक्षात् हो गया। परन्तु मैं तुम्हें उत्तर की ओर भागने नहीं दूँगा। मैं तुमसे पुनः दक्षिण की ओर चलने के लिए कहूँगा, जहाँ दस्युराज रहा करता है। वहाँ जाकर अब समस्त आर्य जाति के अपमान का प्रतिकार करना है।"

उस युवती ने विस्मित होकर प्रश्न किया, "यह किस प्रकार सम्भव है? किस प्रकार प्रतिशोध लेना होगा?"

अम्बरीष ने कहा, "चाहे जैसे भी सम्भव हो, दस्युराज के साथ मेरी मित्रता स्थापित करा देनी होगी। उसके पश्चात् मैं वहाँ से उसका समस्त रहस्य लेकर अपने साथियों के बीच चला जाऊँगा। वे मेरी प्रतीक्षा कर रहे हैं। जाते समय मैं तुम्हें एक तिथि बतला जाऊँगा। उस तिथि को तुम किसी प्रकार भी उस दस्युराज को विदा दे देना। तब दो दिन के अन्दर हमारी सेनाएँ दस्युओं को घेर लेंगी। दस्युराज के बिना

उनका साहस हमारे सम्मुख टिक न सकेगा।''

आज अम्बरीष अपने जीवन में सबसे अधिक प्रसन्न था। परन्तु उस युवती का मुँह गम्भीर हो आया था। वह कुछ सोच रही थी।

तनिक देर के पश्चात् उस युवती ने कहा, ''इस कार्य को तुमने जितनी सरलता के साथ सुना दिया है, उतनी ही कठिनता के साथ यह सम्पन्न हो सकता है। हाँ, इस असम्भव के समान कार्य को मेरी एक सखी चाहे तो कर सकती है। चलो, चेष्टा की जाय। पर कुछ करने से पूर्व मैं यह जान लेना चाहूँगी कि तुम कौन हो, किस देश से आ रहे हो? तुम्हारा प्रयोजन क्या है? तुम इस कार्य को कर सकोगे या नहीं?''

और अम्बरीष उसे अपने विषय में बतलाने लगा।

सातवीं पूर्णिमा को रात्रि को अम्बरीष अपने शिविर में नहीं पहुँच सका। उस समय वह दस्युराज के सम्मुख उपस्थित था तथा दस्युराज उसे आदर के साथ 'मित्र' कहकर सम्बोधित कर रहा था। उसके सम्मुख कतिपय अन्य दस्यु भी थे, जो सुरा पी रहे थे तथा हँस रहे थे। उसके सम्मुख कतिपय अन्य दस्यु भी थे, जो सुरा पी रहे थे तथा हँस रहे थे। उन सभी लोगों के अट्टहास के ऊपर-ऊपर दस्युराज का अट्टहास छलकता था।

उस दस्युराज का शरीर सुगठित तथा विशाल था। प्रशस्त वक्षस्थल। बिल्ली के समान उसके नेत्रों में असाधारण चमक थी। ऐसा लगता था मानो यह व्यक्ति अपने नेत्रों के द्वारा ही व्यक्त होता है। जब किसी और वह देखता था, तो ऐसा प्रतीत होता था मानो इसकी दृष्टि अन्तःकरण में चुभी चली जा रही है। नेत्रों के अतिरिक्त उसका सम्पूर्ण मुखमंडल भावहीन प्रतीत होता था। चट्टान के समान वक्षस्थल पर छोटे-छोटे शंखों की माला थी। गात्र पर चर्म का वस्त्र। अम्बरीष उन दस्युओं की भाषा नहीं समझ पाता था, परन्तु वे दस्यु उसकी भाषा भली-भाँति समझते तथा बोलते थे। दस्युराज घृणापूर्वक मुँह बनाकर कहा करता था कि तुम्हारी भाषा में आवेग नहीं। केवल करुण प्रार्थनाएँ ही तुम्हारी भाषा में सुन्दर रूप में व्यक्त हो सकती हैं। तुम्हारी भाषा प्रत्यक्ष को भी नहीं देखती। वास्तविकता के रहस्य देखने के बहाने भ्रम में भटकती रहती है।

अल्प समय में ही अम्बरीष ने उस स्थान पर बहुत कुछ देख लिया था। उन दस्युओं के स्कन्धावार चर्म के थे। उनके वस्त्र भी चर्म के ही थे। चर्म के व्यवहार के कारण उस स्थान पर अरुचिकर दुर्गंध आती थी। सभी स्त्री-पुरुष सुरा पीते थे। परस्पर विवाह का बन्धन भी नहीं था। जो कुछ वहाँ था, केवल अनुशासन का ही बन्धन था। सभी दस्युराज के अनुशासन में थे। उस जाति का अनुशासन बहुत ही कठोर था। वे सुरा पीकर प्रमत्त हो जाते थे, फिर भी किसी मुँह से रहस्य की बात नहीं निकलती थी। वे मनुष्यों की अंगों की प्रतिमा गढ़ते थे और बड़े भक्ति-भाव से

उनकी पूजा-अर्चना किया करते थे। स्त्री के अंग को वे जड़ मानते थे और पुरुष के अंग को चेतन। कहते थे कि इन्हीं दोनों के संयोग से सृष्टि हुई है। परन्तु सबसे विशेष जो कुछ अम्बरीष ने देखा, वह यह था कि वह स्थान छिपकर रहने के उपयुक्त तो था, पर युद्ध के समय उस स्थान पर बचाव की युक्तियाँ कम थीं। तीन ओर सागर का जल लहरा रहा था। एक ओर से यदि आक्रमण कर दिया जाए तो...अम्बरीष उस आनन्दमय कल्पना में तल्लीन हो जाता था। उसके अधरों पर हास्य छटा नृत्य कर जाती थी।

आज दस्युराज कुछ विशेष प्रसन्न हो रहा था। वह सुरा पर सुरा पीता जा रहा था और अट्टहास कर रहा था। वह कह रहा था कि समस्त चाँदनी पियी नहीं जा सकती, परन्तु समस्त सुरा अवश्य पियी जा सकती है! उसके सम्मुख दस्यु बैठे हुए थे जो उसकी बात सुन-सुनकर हँस रहे थे।

सहसा दस्युराज ने अम्बरीष के कान में कहा, ''मित्र, आज तुम्हें एक कौतुक दिखलाना चाहता हूँ।''

अम्बरीष ने मुस्कुराते हुए कहा, ''बड़ी अच्छी बात है!''

परन्तु फिर दस्युराज ने कोई कौतुक नहीं दिखलाया। वह चुपचाप सुरा पीता रहा। अम्बरीष उत्सुक था; वह देखना चाहता था कि दस्युराज के मन में क्या है? वह क्या कौतुक दिखलाना चाहता है?

सहसा दस्युराज ने अपना मस्तक ऊपर किया। इस समय उनके नेत्रों से रोष बरस रहा था। उसने एक व्यक्ति की ओर इंगित करके कड़कते हुए स्वर में पुकारा, ''यहाँ आओ। खड़े हो जाओ!''

यह सुनते ही उस दस्यु का मुखमंडल विवर्ण हो गया। नेत्र विस्फरित हो गए। वह अपराधी के समान धीरे-धीरे उठकर खड़ा होने लगा। अम्बरीष ने देखा कि वह व्यक्ति काँप रहा है। उसके नेत्रों में मृत्यु का भय नाच रहा था। मानो अब विस्तार नहीं। अम्बरीष सोच रहा था कि यह वह दस्यु हैं, जिसके प्रति दस्युराज एक क्षण पहले सबसे अधिक स्नेह प्रकट कर रहा था।...

दस्युराज ने कड़कते हुए स्वर में कहा, ''यहाँ आओ!''

वह व्यक्ति भीत होकर उसके सम्मुख जाने लगा। उसका समस्त शरीर थराथरा रहा था। कभी-कभी वह करुण नेत्रों से अपने बैठ हुए साथियों की ओर देखता, तो उनके मस्तक नीचे की ओर झुक जाते।

जब वह समीप आया, तो दस्युराज सहसा चीत्कार करता हुआ उठा और सम्मुख पड़ा विशाल फरसा उठा लिया। पल भर में ही जैसे बिजली चमक गई। एक चीत्कार हुआ और उसका मस्तक शरीर से अलग हो गया। रक्त की धारा बड़े वेग से उछलने लगी। कुछ छींटे अम्बरीष पर भी पड़ गए। उस व्यक्ति का मस्तकहीन शरीर धरती

पर पड़ा एड़िया रगड़ रहा था। उसके कटे हुए मस्तक के मुख पर भी एक अद्‌भुत भाव था। भय से विस्फारित नेत्र, विकृत मुख! अम्बरीष का हृदय आतंक तथा घृणा से भर गया।

सहसा दस्युराज फिर एक दूसरे व्यक्ति की ओर इंगित करके कड़क उठा, "यहाँ आओ! उठ खड़े हो?"

वह व्यक्ति भी थरथर काँपने लगा। भय से उसके नेत्र भी फैल उठे। वह भी काँपता हुआ उठ खड़ा हुआ और क्रमशः चलकर अपनी मृत्यु के समीप पहुँचा। दस्युराज अब भी हाथ में फरसा लिए हुए खड़ा था। उस विशाल फरसे की धार से लोहू की बूँदे, धार की ओर धीरे-धीरे बहकर नीचे टपक रही थीं। वह व्यक्ति क्रमशः चलता हुआ धीरे-धीरे उसके समीप पहुँचा और अपना मस्तक झुकाकर खड़ा हो गया। एक बार तो ऐसा लगा कि माना विद्युत् के समान वह फरसा पुनः उसकी ग्रीवा को काटकर दो खंड कर देगा। परन्तु...परन्तु उसी क्षण दस्युराज खिलखिलाकर हँस उठा। उसने हँसते हुए उसका नाम लेकर कहा, "मैं तुमसे प्रसन्न हूँ। मैं तुम्हारा भला चाहता हूँ। तुम जाओ और आज जो पुरस्कार लेना चाहो, ले लो।"

और तब उस दस्यु के नेत्र और मुख प्रसन्नता से चमक उठे। वह सहसा दौड़कर उस स्थान से चला गया। सम्भवतः वह अपना पुरस्कार लेने को दौड़ पड़ा था।

इसी समय दस्युराज ने अम्बरीष का हाथ पकड़ लिया और कहा, "चलो मित्र, हम लोग समुद्र के किनारे चलें। वहाँ तुमसे बातें करनी हैं।"

एक हाथ में फरसा लिए हुए दूसरे हाथ से अम्बरीष को पकड़कर वह बाहर निकल गया सागर की ओर।

समुद्र वहाँ से निकट नहीं तो दूर भी नहीं था। दोनों उस स्थान पर पहुँच गए। चन्द्रिका–भरी हुई उस रात्रि के समय बालुकाराशि पर समुद्र की तरंगे लोट रही थीं। उससे ऐसी ध्वनि आ रही थी जैसे कोई रह-रहकर बार-बार दीर्घ निःश्वास ले रहा हो।

वहाँ पहुँचकर दस्युराज ने कहा, "यहाँ एकान्त है। यहाँ बहुत ही अच्छा प्रतीत हो रहा है। ऐसे ही एकान्त में हत्या करने में आनन्द आता है।"

अपनी बात कहकर दस्युराज एक अर्थहीन हँसी हँसने लगा।

अम्बरीष ने कहा, "मित्र, मैं तुमसे कहना चाहता हूँ कि आज तुमने व्यर्थ ही उस व्यक्ति की हत्या की है और व्यर्थ ही उस व्यक्ति को पुरस्कार दिया है। यह बहुत ही अविचारपूर्ण तथा नृशंस कार्य है।"

दस्युराज ने धीर भाव से कहा, "मित्र, मेरी बड़ी इच्छा हो रही थी कि मैं तुम्हें अपना कौतुक दिखला दूँ। परन्तु वह कार्य व्यर्थ का नहीं था। मैं गूढ़ राजनीति जानता हूँ और सर्वदा उसी ईश्वर की राजनीति के अनुसार कार्य करता हूँ।"

अम्बरीष ने अवाक् होकर प्रश्न किया, ''ईश्वर की राजनीति? ईश्वर की राजनीति कैसी होती है?''

दस्युराज ने हँसते हुए कहा, ''प्रिय मित्र, मैं सर्वदा ईश्वर की राजनीति की पद्धति को मानकर उसके ही अनुसार कार्य करता हूँ। मैं उस सिद्धान्त से कभी विचलित नहीं होता। मुझे इस विषय में कभी भ्रांति नहीं होती।''

अम्बरीष ने कहा, ''परन्तु तुमने तो व्यर्थ ही हँसते-मुस्कुराते व्यक्ति के प्राण ले लिए?''

दस्युराज ने सरल भाव से हँसते हुए कहा, ''मित्र, ईश्वर की भी यही नीति है। वह भी एकाएक हँसते हुए प्राणी को मार डालता है। वह किसी प्रकार का कोई अपराध नहीं देखता, कुछ भी विचार नहीं करता और सहसा किसी को मार डालता है। वह बिना किसी विचार के सहसा किसी व्यक्ति को प्रेमपात्र बना लेता है और उसे अपने पुरस्कारों से भर देता है। मित्र, मैं भी उस नियम के अनुसार चलता हूँ। मैं भी बिना किसी विचार के किसी को मार डालता हूँ और किसी को पुरस्कार दे डालता हूँ।''

अम्बरीष की वाणी जैसे किसी ने छीन ली हो। वह चकित निःशब्द दस्युराज की बात सुन रहा था। दस्युराज कहता जा रहा था, ''कहो तो, मनुष्य किसलिए ईश्वर की पूजा करता है? किसलिए कोई ईश्वर की स्तुति गाता रहता है? इसी आतंक के कारण। यदि किसी के हृदय में आशंका और भय न हो, तो वह ईश्वर की स्तुति करना छोड़ दे। परन्तु वह नहीं जानता कि किस समय ईश्वर उसके साथ कैसा व्यवहार करेगा। इसी कारण वह ईश्वर की आराधना करता है, उसकी स्तुति गाता है और उसे सर्वोपति तथा महान् समझता है। भय...एकमात्र भय ही ऐसी वस्तु है, जिसे देकर पूजा प्राप्त की जा सकती है। मैं भी उसी नियम को मानता हूँ। सभी मेरे भय से भीत रहते हैं, शंकित रहते हैं और इसी कारण मैं दस्युदल में सर्वोपरि हूँ, सर्वश्रेष्ठ हूँ। सभी मेरी आज्ञा मानते हैं। परन्तु तुम इस बात को नहीं समझ सकोगे। जाने दो; नहीं समझ सकते, मैं क्या करूँ, आज मैं तो तुम्हारे सम्मुख अपने को व्यक्त करना चाहता था, सो कर चुका। आज मैंने तुम्हारे सम्मुख सम्पूर्ण रहस्य प्रकट कर दिया।''

अम्बरीष को उसकी इस बात से आश्चर्य हुआ। इस समय उसका कंठस्वर भी परिवर्तित सा प्रतीत हो रहा था। उसने पूछा, ''तो तुमने अपने इस गोपनीय भेद को मेरे सम्मुख प्रकट ही क्यों किया?''

सहसा दस्युराज चीत्कार करके अट्टहास कर बैठा, ''क्योंकि तुम्हारा रहस्य भी मुझपर प्रकट हो चुका है। तुमने जिस प्रकार षड्यंत्र करके इस दस्युदल का सर्वनाश करना चाहा था, वह रहस्य अब अगोचर नहीं रहा। उस स्त्री को जब पीड़ा दी गई,

तो उसने सब कुछ बतला दिया था। राजपुत्र, अभी तक तुम जिस स्वप्न को देख रहे थे उसे देखना बन्द कर दो। अब मैं तुम्हे ईश्वर का साक्षात् दर्शन कराना चाहता हूँ।"

और उसने अपना फरसा उठा लिया। पल भर में ही वह फरसा अम्बरीष के गले को काटता हुआ पार हो जाता, पर सहसा झुक जाने के कारण अम्बरीष बच गया। उसने लपककर दस्युराज की कमर पकड़ ली। उसे धक्का दिया तथा इस बात का स्पष्ट अनुभव किया कि दस्युराज बल में उससे पार नहीं पा सकता। आज अम्बरीष की ही विजय होगी।...और उसे अपार साहस तथा अपार बल मालूम होने लगा। वहाँ दस्युराज को...

जिस समय महाराज मान्धाता के पास यह समाचार पहुँचा, उस समय पश्चिम के आकाश में सन्ध्या यों ही रंगीन कूची चलाकर अनगढ़ और विचित्र बना रही थी। महामंत्री ने आकर समाचार सुनाया कि दक्षिण दिशा से दूत आया है। अम्बरीष ने दस्युराज पर विजय प्राप्त कर ली। अपनी सेनाएँ दस्युदल पर चढ़ दौड़ीं तथा दस्युदल का सम्पूर्ण रूप से सर्वनाश कर दिया गया। अब अम्बरीष उल्लास के साथ अपनी सेनाओं को साथ लिए हुए राजधानी में आ रहा है।

और मान्धाता मानो आकाश से गिर पड़े। उनके नेत्रों में एक साथ ही विस्मय, घृणा तथा व्यथा भर आई। अम्बरीष आ रहा है!...फिर वही अम्बरीष?...वे सोच भी नहीं सके कि इस समाचार को सुनकर हर्ष प्रकट करें या विषाद!

9

कठिन अनुसन्धान के पश्चात् ऋषि ने पर्वत की एक गुफा को पसन्द किया। गुफा के भीतर अज्ञान की भाँति अन्धकार छाया हुआ था। उस अन्धकार के भीतर बिच्छू और कनखजूरे रेंगते थे। ग्रीष्म-काल में वह गुफा आग से भी अधिक तप जाती थी। वहाँ भोजन की तो बात ही क्या, जल प्राप्त होने में भी सन्देह था। अपने शरीर को नाना प्रकार से कष्ट देते हुए ऋषि ने वहाँ तपस्या आरम्भ की। लगता था मानो इस प्रकार की विकट समस्या के बहाने वे अपने शरीर से उन विचारों का बदला ले रहे थे, और उसका मन भी उनको हराने पर तुला हुआ था। शरीर के कष्टों की ओर ही अब मन अधिक आता। वेदनाएँ अत्यधिक असहनीय प्रतीत होतीं। तब इससे ऋषि को विशेष प्रसन्नता होती। जब उन्हें मालूम होता कि वे मरे जा रहे हैं, तब उनकी चेतना समझती कि मैं अब जी चला हूँ। कहते थे—अरे मन, अब भी चेत जा! मुझे इस शरीर की तनिक भी आवश्यकता नहीं है! मैं तुम जैसे मन की, परवाह नहीं

करता। मुझे परमतत्त्व से विचलित करने की चेष्टा करोगे, तो ऐसा ही दुःख पाओगे। जिन घृणित वासनाओं को मैंने छोड़ दिया है, उस ओर भूल से भी मेरा ध्यान न खींचो।

उनका मन कातर होकर रोने लगता था, ''पानी! पानी!!'' और इसके उत्तर में ऋषि कहते, ''इस अधम शरीर से कह दो कि स्वाती नक्षत्र आए बिना उसे एक बूँद भी पानी नहीं मिल सकता।''...शरीर रह-रह कर काँप उठता था, ''मुझे बिच्छू डंक मारते हैं और कनखजूरे चिपक कर असीम यन्त्रणा देते हैं।'' इस पर ऋषि कहते, ''यह शारीरिक भोगों के प्रति आसक्ति का दंड है। अब कभी आत्मतत्त्व से चूकना नहीं।''

उस घोर तपस्या के कारण ऋषि का शरीर सूखकर कंकाल हो गया था। देखने पर वे किसी प्रेत की छाया के समान प्रतीत होते थे। कनखजूरों ने उनके शरीर में अनेकानेक घाव बना दिए थे। उन घावों से पीव बहता था। पर, फिर भी वे अपने शरीर के कष्टों की ओर ध्यान न देते। तपस्या, तपस्या और तपस्या। जैसे ऋषि स्वयं तपस्या होकर उसी में लीन हो रहे थे। बाह्य जगत् से उनका कोई सम्बन्ध भी नहीं था? ध्यान में भी वे इहलोक की बात नहीं आने देते थे। मन को मारने के लिए वे उसी प्रकार के तेज का संचय कर रहे थे, जिस प्रकार सूर्य का उत्ताप कीटाणुओं का विनाश कर देता है।

और समय अपनी राह पर जा रहा था। पता भी नहीं चलता था कि कितना समय सामने से जा निकला। वसन्त आया, तो वृक्ष की डालों पर नए पल्लव लगे। मँजरियाँ खिलीं, फूल मचले। मधुलोभी भौंरों की भीड़ सुगन्ध से मतवाली हो उठी। फिर गर्मी के दिन आए और धूल से भरी आँधियाँ उठने लगीं। कहीं जल का नाम तक न रहा। हवा की तेजी से जिस प्रकार केले के पत्ते फट-फटकर चिथड़े हो जाते हैं, उसी प्रकार गर्मी के उत्ताप से धरती फटने लगी। समस्त चराचर मानो त्राहि-त्राहि कर उठा। तब आकाश में काले कजरारे मेघ उमड़े और पुरवैया पवन का झोंका आया। रिमझिम-रिमझिम मेह की झड़ी बँधी। वर्षों के मेघों को देख मयूर का मन भी उमड़ा और वे आनन्द से उन्मत्त होकर नृत्य करने लगे। चातकी की तीव्र ध्वनि सुनाई पड़ने लगी। पृथ्वी का कलेजा ठंडा हो गया। और फिर बरस-बरस कर काले मेघ थक गए। वे हल्के हो गए, श्वेत हो गए और रूई की भाँति बिखर कर यत्र-तत्र उड़ने लगे। आकाश जैसा निर्मल हुआ, उसी प्रकार धरती का जल भी निर्मल हो गया। रात के समय बादलों की भीड़ के आगे-पीछे चलता हुआ चाँद दिखाई देता था और प्रातःकाल हरी-हरी दूब ओस में भींगकर नहाई हुई रहती थीं। चिर-यात्री का समय अपनी यात्रा पर सदा के समान चल रहा था और चिर-तपस्वी सौभरि अपनी तपस्या में सदा के समान मग्न थे। समय की ओर उनका ध्यान नहीं था। वे उस ओर ध्यान

देना भी नहीं चाहते थे। तपस्या, तपस्या और तपस्या! ऋषि अपनी साधना में लीन थे।

मन का आन्दोलन शान्त हो गया। सूर्य के तेज से जल जिस प्रकार भाप बनकर उसी तेज में विलीन हो जाता है, उसी प्रकार ज्ञान के तेज में मन का अपना समस्त निजत्व लीन हो गया। वे परम शुद्ध और आनन्दमय ज्ञान के अतिरिक्त और किसी का आभास नहीं पाते थे। उनका मस्तिष्क अब उस अवस्था में पहुँच गया था, जिस अवस्था में मनुष्य अलौकिक तत्त्वों को देखता है, उसी दृष्टि से उस पर विचार करता है और उसी में लीन रहता है। एक दिन उन्होंने देखा कि गुफा में एक अपूर्व उजाला हो गया है और आठ षोड्शियाँ थाल में धूप, दीप, नैवेद्य और पुष्प लेकर आई हैं और उनके सम्मुख माथ नवाकर उनका पूजन कर रही हैं। ऋषि ने अपने नेत्र बन्द कर लिए और प्रणव में अपना ध्यान लगा दिया। वे षोड्शियाँ अणिमा, महिमा, लघिमा आदि आठों सिद्धियाँ थीं। वे उनका पूजन करने को आई थीं; किन्तु योगिराज सारी सिद्धियों को बाधा मानते थे। इनकी ओर ध्यान देन से परमात्मा के प्रति एकाग्रता में त्रुटि आ जाती। जब वे आठों षोड्शियाँ ऋषि का पूजन करके वहाँ से चली गईं, तब उस गुफा में पुनः पूर्ववत् अन्धकर हो गया। जब वहाँ साँप–बिच्छू आदि चलने लगे, तब ऋषि ने अपनी आँखें खोलीं। आज उनका मन-प्राण बहुत ही हल्का मालूम हो रहा था। उनमें उठने की भी शक्ति नहीं बची हुई थी, फिर भी चेष्टा करते हुए वे किसी प्रकार उस गुफा के बाहर निकले।

सन्ध्या का समय था। सूर्य लाल-लाल होकर पश्चिम क्षितिज में डूब रहा था। रंग-बिरंगे मेघ चित्र-लिखित से चुपचाप पड़े थे। पेड़ों पर पक्षियों का गीत गूँज रहा था और दशों दिशाएँ स्तब्ध होकर उन पक्षियों का कलरव सुन रही थीं। धीरे-धीरे सूर्य डूब गया और आकाश में दो-एक तारे भी दिखलाई पड़ने गले। ऋषि ने देखा कि उस निर्जन स्थान में भी एक मनुष्य- मूर्ति उनकी ओर बढ़ती चली आ रही है। ऋषि को लगा कि आनेवाला व्यक्ति उनका परिचित-सा है। इस स्थान में कौन? निकट आने पर मालूम हुआ कि वह भी कोई साधु है। एक हाथ में लाठी और दूसरे में कमंडल। निकट आने पर स्पष्ट हो गया–वे धौन्य ऋषि थे। सौभरि ऋषि ने उन्हें पहचानकर उनके चरणों में सिर रख दिया। बोले-"अहो, भगवान् की लीला भी क्या विचित्र है! आज अकस्मात् यथोचित् रूप से मनोवांछित फल प्राप्त हुआ। यह सौभरि, महर्षि धौन्य को प्रणाम करके कृतार्थ हो रहा है।"

ऋषिगण एकत्र होकर नहीं रहा करते। एकान्तवास ही उनका प्रधान लक्षण है। जगत् की दृष्टि से अगोचर होकर जिस प्रकार रत्न पृथ्वी के गर्भ में दबे पड़े रहते हैं, उसी प्रकार साधु भी समाज के संसर्ग से दूर अलग एकान्त में रहा करते हैं। यही कारण है कि उस दिन धौन्य ऋषि को देखकर सौभरि को बड़ी प्रसन्नता मिली। प्रणाम

करके कहा, ‘‘आज हमारी तपस्या सार्थक हो रही है।’’

धौन्य ऋषि ने उनकी ओर देखा, तो सहसा पहचान न पाए। उनकी कृश जर्जर काया को देखकर कोई भी नहीं कह सकता था कि ये ही सौभरि ऋषि हैं। सिर के समस्त केश झड़ गए थे। दाढ़ी और मूँछों का भी पता नहीं था। धौन्य ऋषि ने उनकी दशा देखकर कहा, ‘‘आज आपके तपक्लिष्ट शरीर को देखकर मेरे मन में बड़ी खिन्नता हो रही है। ऐसा क्या कारण आ गया था कि आपने अपने शरीर को इतना कष्ट दिया?’’

सौभरि ऋषि ने कहा, ‘‘महात्मन् मैं अपनी मनोदशा क्या बतलाऊँ। इस मूर्ख मन से मैं बहुत ही कातर हो उठा था। मैंने संसार छोड़ा; संसार के सारे सुखों को छोड़ा; योगी रहा; सिद्धियाँ छोड़ीं; केवल प्रभु की ओर अपना चित्त लगाया। फिर मेरे वृद्ध शरीर पर दृष्टिपात कीजिए। इस ठूँठ के समान शरीर में अमरलता के समान धमनियाँ लिपटी हैं। मेरी अवस्था आने से पूर्व ही गृहस्थ अपने पुत्र-पौत्र छोड़कर वानप्रस्थ के लिए निकल जाते हैं। मैं तो उनसे आगे चला आया हूँ। समय मेरे सम्मुख जड़ हो गया है; मृत्यु भी मेरी दृष्टि पड़ते ही मूर्च्छित हो जाती है। हे महात्मन् ऐसी अवस्था में भी मंमथ ने मेरे मन को मथ दिया। यही कारण है कि इस महा एकान्त स्थान में आकर तपस्या के द्वारा अपने शरीर और मन को अपने ज्ञान के वश में कर रहा था।’’...

धौन्य ऋषि ने यह समाचार सुनकर आश्चर्यचकित स्वर में कहा, ‘‘प्रभु तुम्हारी महिमा अपरम्पार है! कोई भी तुम्हारा भेद नहीं जान सकता।’’

‘‘किन्तु आपने तो ज्ञान पर भी विजय प्राप्त की है।’’ सौभरि ऋषि ने कहा, ‘‘आप परमात्मा की लीलाओं को समझते हैं। परमात्मा जो मरे साथ ऐसी लीला कर रहे हैं यह कल्पनातीत है; पर इसके भीतर कौन-सा रहस्य है?’’

धौन्य ऋषि ने कहा, ‘‘मुझे तो ऐसा प्रतीत होता है कि परमात्मा तुम्हें गृहस्थाश्रम में भेजकर गार्हस्थ्य में भी तुम्हारे द्वारा अपने महत्त्व की स्थापना करना चाहते हैं।’’

सौभरि ऋषि के लिए यह बात कल्पना से भी अलग थी। अपार आश्चर्य से उन्होंने कहा, ‘‘किन्तु मैंने तो गृहस्थाश्रम को कभी महत्त्व दिया ही नहीं। मेरे द्वारा वहाँ प्रभु का महत्त्व कैसे स्थापित हो सकेगा? मैं सांसारिक भोगों से घृणा करता हूँ। फिर?’’

‘‘हाँ ऋषि, फिर!’’ धौन्य ऋषि ने कहा, ‘‘केवल तुम्हारे घृणा करने से क्या होता है? भगवान् की दृष्टि में कोई भी वस्तु महत्त्वहीन नहीं, किसी भी वस्तु में परमतत्त्व देखा जा सकता है, उससे घृणा नहीं की जा सकती। मेरे विचार से तुम्हें भी उस स्थान पर जाकर जगन्नियन्ता प्रभु के उस परमतत्त्व के दर्शन करने पड़ेंगे। तुम बाल्यकाल से ही सांसारिक भोगों को नरक के समान समझते आए। तुम्हें वहाँ सब कुछ घृणित

मालूम हुआ। परमात्मा की ज्योति को तुम वहाँ नहीं देख सके। तुम उसे परमतत्त्व से बिल्कुल पृथक् तथा अन्धकारमय देख रहे हो। इसी कारण महाप्रभु की प्रेरणा है कि तुम उस अन्धकार में भी जाकर देखो कि वहाँ भी परमतत्त्व का कितना प्रबल प्रकाश है।''

सुनते ही सौभरि ऋषि का समस्त शरीर सिहर उठा। आँखों में अविरल अश्रुधारा प्रवाहित होने लगी। कातर होकर कहने लगे, ''मैं सांसारिक मनोवृत्तियों से, वहाँ के प्रवृत्तियों से तथा वहाँ के भोगों से सचमुच घृणा करता हूँ। मैं वहाँ जाना नहीं चाहता। मैं क्या करूँ?''

धौन्य ऋषि ने निर्विकार चित्त से कहा, ''तब भी यदि महिमामय की प्रेरणा है; तो तुम्हें वहाँ जाना ही होगा।''

ऋषि सौभरि की आँखों से अविरल अश्रुधारा बह रही थी। उन्होंने सांसारिक भोगों को भोगा नहीं था, फिर भी सांसारिक भोगों के वास्तविक रूप उनके सामने आए थे। बाल्यकाल से लेकर वृद्धावस्था तक का कोई भी सांसारिक सुख उन्हें अपनी ओर आकर्षित नहीं कर सकता था। जो आकाशगंगा में अवगाहन कर चुका हो, वह मृगमरीचिका के पीछे भागने को प्रस्तुत नहीं होता। परन्तु प्रभु की प्रेरणा! कौन उन्हें समझ चुका है या समझ सकेगा? सौभरि ऋषि कातर होकर बिलख रहे थे। अपनी कल्पना के द्वारा देख रहे थे कि संसार में जाएँगे। वहाँ वे किसी सुन्दरी के मुख का चुम्बन करेंगे। उसी मुख को चूमेंगे, जिस मुख में थूक, खखार, लार आदि चीज भरी हैं। फिर उन्हें अपने इस कृत्य पर पछतावा भी नहीं करना होगा; बल्कि इसमें सुख मानना होगा। इसी में अपने भाग्य की सराहना करनी पड़ेगी। रेशम के समान काले-काले केशों को अपनी हथेली में लेकर उसकी प्रशंसा मंत्रमुग्ध होकर करनी होगी। तब भी प्रशंसा करनी होगी, जब वे जानते हैं कि एक दिन ये काले केश सन की तरह श्वेत हो जाएँगे और किसी दिन आग में पड़कर जल भी जाएँगे। फिर भी उस क्षणिक वस्तु की सराहना अनश्वर वस्तु के समान करनी पड़ेगी। स्त्री के उस शरीर को लिपटकार मग्न होना पड़ेगा, जिस शरीर के भीतर नाना प्रकार के घृणित पदार्थ भरे पड़े हैं। अतड़ियाँ हैं, पाकस्थली है, जहाँ घोर दुर्गंधि भरी पड़ी हुई है, उसी मल-मूत्र, मांस और चमड़े के शरीर को पाकर कृतार्थ होना पड़ेगा। और तब पुत्र होंगे, पुत्रियाँ होंगी। फिर वैद्य आ रहे हैं और रोग की परीक्षा हो रही है, बालक को खाँसी हो रही है और हृदय में देवता और दानव का समुद्र-मंथन हो रहा है कि शुभ होगा या अशुभ होनेवाला है। और केवल इतने से इति नहीं। हीरे को यदि मैं केवल पत्थर कह दूँ, तो सभी क्रुद्ध हो उठेंगे। सोने को केवल धातु का टुकड़ा ही नहीं समझना होगा, बल्कि उसे परमात्मा के समान मान कर उसकी आराधना करनी होगी। क्या ये वस्तुएँ महत्त्व की हैं? किन्तु मानव समाज ने अपनी दुर्बुद्धि के कारण धातु और

पत्थरों का मोल-महत्त्व सबसे अधिक मान लिया है। ज्ञान से भी अधिक महत्त्व वे इन वस्तुओं को देते हैं। इन वस्तुओं को इन्होंने परमात्मा से भी ऊपर बिठाकर रखा है। क्या मुझसे इन वस्तुओं का इसी प्रकार का महत्त्व दिया जाना सम्भव है? स्वर्ण के लिए चोरियाँ होती हैं, डाके डाले जाते हैं, हत्याएँ की जाती हैं। इनके लिए मनुष्य लोभी होकर अपने पुत्र-पुत्रियों का विक्रय करता है। इन धातु और पत्थरों का महत्त्व मानकर मनुष्य क्या नहीं किया करता? मुझे भी इनके महत्त्व में मतवाला होकर कर्म-अकर्म सब कुछ करना होगा। फिर तो माया के बन्धनों से निस्तार नहीं है। हे भगवन्, मुझे इस बन्धन से निष्कृति कैसे मिलेगी?

धौन्य ऋषि ने उनकी चिन्ता के कारण को लक्ष्य करते हुए कहा, "वत्स सौभरि, परमात्मा ने भी अवतार ग्रहण किया है और जब जैसा अवतार लिया, उसी के समान आचरण भी किया है। तुम्हें भी कुछ इसी प्रकार की लीला करनी पड़ेगी।"

सौभरि ने इस बात का कोई उत्तर नहीं दिया। वे अपनी चिन्ता में उसी प्रकार लीन रहे। उसके नेत्र में अश्रु-बिन्दु झलमला रहे थे।

धौन्य ऋषि ने कहा, "वास्तव में बात अलौकिक और आश्चर्यजनक है। तुम्हारी अवस्था में पहुँचकर मन भी शिथिल हो जाता है और शिशुओं की भाँति आचरण करने लगता है; बल्कि कहें तो कह सकते हैं कि तुम उस अवस्था में भी आगे बढ़ चुके हो। ऐसी स्थिति में यह बात और भी अलौकिक मालूम होती है। उस अलौकिकता के भीतर से ही तो परमात्मा की लीला प्रकट होती है।"

सौभरि ऋषि ने इस बात का भी उत्तर नहीं दिया। हाय, परमात्मा ने उन्हें कैसा कष्ट दिया था?

दूसरे दिन प्रातःकाल धौन्य ऋषि ने वहाँ से विदा ली। जाते समय कहते गए, "जो जितना बहुमूल्य है, उसकी उतनी ही कठिन परीक्षा ली जाती है। मैं भी अपने योग्य शिष्यों से कठोर परीक्षा लेने में विख्यात हूँ। प्रभु के लिए तुम भी बहुमूल्य हो; इसी कारण वे तुम्हारी कठोरतम परीक्षा ले रहे हैं।"

सौभरि ऋषि ने उन्हें प्रणाम करके कहा, "मैंने भी तपस्या और त्याग के द्वारा उस परीक्षा के पार जाने का विचार किया है।"

"तुम्हारा विचार शुभ है। परमात्मा तुम्हें अपने अलौकिक रूप का प्रकाश दिखलावें!"—धौन्य ऋषि उन्हें आर्शीवाद देकर वहाँ से चले गए।

सौभरि को भी वहाँ रहना नहीं था। घोर तपस्या की अग्नि में जलकर उन्होंने अपने तन और मन पर पूरा अधिकार कर लिया था। अब वहाँ ठहरने की कोई आवश्यकता नहीं थी। फिर भी उनका शरीर इस प्रकार शक्तिहीन हो गया था कि वे चलने से लाचार हो गए थे। फलतः वे उसी के आसपास कोई अच्छा स्थान देखने लगे। गगनचुम्बी पर्वत के शिखर पर पहुँचकर उन्होंने दृष्टि दौड़ाई तो देखा कि समीप

ही एक सरोवर है। दर्पण के समान उसका निर्मल जल लहरा रहा था। किनारे-किनारे वृक्ष हैं और भाँति-भाँति के फूलों से भरी हुई वनस्पतियाँ हैं। उनकी छाया सरोवर की लहरों में काँप रही हैं। ऋषि ने कहा, ''बड़ा ही रमणीक स्थान है।''

एक ओर निर्मल जल का ऐसा सरोवर है और दूसरी ओर की गुफा में बैठकर जब मैं ध्यान लगा रहा था, तो प्रतीत होता था कि इस पर्वत के आसपास कहीं जल नहीं हो सकता। पर, भगवान् की लीला को कौन समझ सका है और कोई समझ सकेगा? जहाँ अमृत है वहीं पास में विष है। जहाँ अलौकिक सौन्दर्य है, वही नश्वरता भी उपस्थित है। पेड़ में फल हैं; फल में बीज हैं और बीज में पेड़ हैं। आश्चर्य का यह खेल कैसा प्रभु ने फैला रखा है। जब तक मेरे शरीर में पूर्णतः स्फूर्ति नही आएगी, तब तक मैं इसी स्थान पर विश्राम करूँगा।''

इसी समय ऋषि ने आश्चर्य से देखा कि कोई युवक साधु तेजी से उस पहाड़ के शिखर पर चढ़ता आ रहा है। निकट आने पर ऋषि का आश्चर्य और भी अधिक बढ़ गया। वह नाभाग था।

शिष्य नाभाग आते-जाते ऋषि के चरणों में लोट गया। ऋषि ने उसे आशीर्वाद दिया। अपने कौतूहल को रोक न सके। पूछा, ''तुम्हें यहाँ का पता कैसे मिला नाभाग?''

नाभाग ने निःसंशय रूप से कहा, ''आपने ही तो मुझे योगबल से बुलाया!''

''नहीं तो!'' ऋषि आश्चर्य से चकित स्वर में बोले, ''मैंने तुम्हें नहीं बुलाया। मुझे आश्चर्य हो रहा है कि कैसे आभास मिल गया। कैसे तुम जान सके कि मैं इस परम एकान्त में तपस्या कर रहा हूँ?''

नाभाग ने कहा, ''उस दिन जब मैंने ध्यान लगाया तो कोई पुरुष मेरी धारणा में आकर खड़ा हो गया। उसने मुझसे कहा कि तुम्हारे गुरु ने बड़ी कठिन तपस्या की है। तुम वहाँ जाकर उनकी सेवा में सार्थक होओ। उस ध्यान में ही मैंने यहाँ आने का मार्ग देखा और तब से चलता आ रहा हूँ।''

''किन्तु वह मेरा योगबल नहीं था!''...ऋषि गद्‌गद् हो उठे। प्रभु की मुझपर ऐसी असीम कृपा है। उन्होंने ही इस शरीर की सहायता के लिए नाभाग को भेज दिया। उस प्रभु के प्रति मैं अपना कृतज्ञता कैसे प्रकट करूँ? यदि मनुष्य का सम्पूर्ण जीवन भी प्रभु के प्रति एक प्रणाम ही हो, तब भी वह बहुत ही कम होगा।

उन्होंने नाभाग को गले से लगाकर कहा, ''नाभाग, मैं धन्य हूँ; तुम्हें उसी प्रभु ने भेजा है, जो हमें तुम्हें और सब किसी को जानते हैं और जिनके विषय में तुम कुछ भी नहीं जानते। प्रभु मुझ पर असीम कृपा कर रहे हैं। तुम धन्य हो प्रभु!''

और ऋषि के नेत्रों से आँसू की बूँदे टपक पड़ीं।

नाभाग ने कहा, ''गुरुदेव, ध्यान में मैने देखा कि तपस्या के कारण आपका शरीर

सूखी हुई टहनी के समान कृश हो गया है। आपके शरीर में सर्वत्र सर्प लिपटे हुए हैं। बिच्छू आपको डंक मारते हैं। गुरुदेव, ऐसे में मैं अपने को नहीं रोक सका। मार्ग में मुझे प्रतीत हो रहा था कि मुझे पहुँचने में विलम्ब हो रहा था। यदि आपको अनुचित प्रतीत न हो तो कृपापूर्वक मुझे बतलावें कि आपने इतने दिनों तक ऐसी प्रचण्ड तपस्या क्यों की? इसका कारण क्या था?"

ऋषि ने नाभाग की ओर वात्सल्यपूर्ण दृष्टि डाली और कहा, "इस तपस्या की कोई भी बात गोपनीय नहीं है। मैंने तुमसे कहा था कि मेरे मन में कुछ ऐसे विचार आए जो वह वृद्ध जीवों के मन में आना ही उचित नहीं है। तब मैंने सोचा कि मुझमें और भी कोई त्रुटि है। ऐसी अवस्था में मन पर अधिक शासन होना उचित था। तब मैं यहाँ आया और तपस्या की अग्नि में तन और मन को खूब तपाया। मैंने आहार का पूर्ण त्याग कर दिया था और केवल स्वाती नक्षत्र में ही एक बार जल ग्रहण करता था। यहाँ की अन्धकार से परिपूर्ण गुफा में अनेक सर्प तथा बिच्छू थे, जो मेरे शरीर को कष्ट पहुँचाते थे; किन्तु परमात्मा की असीम कृपा से इस शरीर को कोई हानि नहीं हुई। केवल व्यथा होती थी। उनके डंक से शरीर में घाव हो जाता था और वहाँ से पीव बहने लगता था। धीरे-धीरे घाव क्रमशः अच्छे होते गए और शरीर से एक प्रकार की दिव्य सुगन्धि निकलने लगी। वह ऐसी मादक सुगन्धि थी कि उसके प्रभाव से वशीभूत होकर साँप-बिच्छू तथा कनखजूरे मेरे शरीर से लिपट गए। उसके बाद मैंने एक नवीन दृश्य देखा। देखा कि मेरे ललाट से अपूर्व स्निग्ध रश्मियाँ निकलने लगीं और उस अन्धकारपूर्ण गुफा में चाँदनी रात का–सा उजाला हो गया।..."

नाभाग के विस्मय-विमूढ़ हृदय की ध्वनि बाहर आई, "एक अपूर्व सिद्धि?"

"हाँ, यह अपूर्व सिद्धि थी!" सौभरि ऋषि ने कहा, "किन्तु मैं अपने लिए किसी प्रकार की सिद्धि की कामना नहीं करता। मैं चाहता हूँ कि परमात्मा की सृष्टि में जिस प्रकार इतने जीव रहा करते हैं उसी प्रकार मैं भी रहूँ। भगवान् की भक्ति के अतिरिक्त मैं किसी वस्तु की कामना नहीं करता। मैंने प्रभु से प्रार्थना की कि यह प्रकाश बन्द कर दो; और वह प्रकाश बन्द हो गया। तब मैंने विचित्र–विचित्र दृश्य देखे। काम ने कई बार माया का जाल फेंका, मुझे डिगाने की चेष्टा की; किन्तु मैंने उसकी ओर ध्यान नहीं दिया। उसके बाद मैंने अपने मन को उसी प्रकार वश में पाया, जिस प्रकार सम्मुख के दृश्य का प्रतिबिम्ब दर्पण से वशीभूत हो जाता है। तब योगीजनों की प्यारी आठों सिद्धियाँ आईं और मेरी वन्दना तथा पूजना करके चली गईं। मेरी तपस्या समाप्त हो चुकी और मैं बाहर निकला। वहाँ मुझे ऋषि धौन्य के पुनीत दर्शन हुए। उनके सत्संग से विदित हुआ कि मुझमें ऐसी शक्ति नहीं जो परमात्मा की इच्छा पर विजय पा सकूँ। उसके बाद मैंने बड़े कष्ट से इस पर्वत के ऊपर चढ़कर सामने के इस सरोवर को देखा। तब फिर तुम्हें इस पर्वत के ऊपर चढ़ते हुए देखा। अब मेरी

शंका निर्मूल हो गई है। तुम्हारे आने से मुझे मालूम हुआ कि परम दयालु परमात्मा मेरे इस अधम शरीर पर ममता रखते हैं। उन्होंने ही तुम्हें यहाँ आने की प्रेरणा दी, उन्होंने ही यहाँ तक तुम्हें राह दिखलाई। तपस्या के कष्टों के कारण मैं चलने-फिरने के योग्य भी नहीं था। सम्भवतः इसी कारण प्रभु ने तुम्हें यहाँ भेजा है। वत्स नाभाग, जिस प्रभु ने तुम्हें भेजकर मेरे शरीर की रक्षा की है, वही परीक्षा पूरी करने में भी मेरी रक्षा करेगा।"

ऋषि मौन हो गए। नाभाग उनकी ओर स्नेह-छलछल नेत्रों से देख रहा था। पर्वत के नीचे सरोवर दिखलाई दे रहा था। उसके किनारे के वृक्षों के ऊपर से पक्षियों का झुण्ड उड़ता हुआ जा रहा था। ऋषि ने उस सरोवर की ओर अपनी तर्जनी उठाकर नाभाग को दिखला दिया। बोले, "अब मैं उस सरोवर के किनारे कुछ दिनों तक विश्राम करना चाहता हूँ।"

नाभाग ऋषि का अभिप्राय समझ गया। उसने गुरु को अपनी पीठ पर लादा और पर्वत से नीचे उतरने लगा।

10

उस सरोवर के चारों ओर मानो प्रकृति ने अपना सुरम्य उद्यान बनाया था। मानो स्वयं सुन्दरता ही हरित वस्त्र पहनकर वहाँ आ गई थी और अपने को फूलों से सजा रही थी। पवन के झकोरों में वहाँ लताएँ इठलाती थीं, बल खाती थीं और नृत्य के हाव-भाव दिखलाती थीं। पेड़ से पेड़ और डाल से डाल वहाँ परस्पर गले मिलते थे। पक्षियों का कूजन ही वहाँ का संगीत था और शोभा ही वहाँ के विचार थे। अनबोलता शिशु जिस प्रकार दीपक को एकटक देखता रहता है, मन की आँखें भी वहाँ पहुँचकर अपलक हो जाती थीं। वहाँ से दूर एक पर्वत था, जहाँ से उतरती हुई जल की धारा और धारा का स्वर शिलाखंडों पर बजता रहता था। शीत काल तक दूर-दूर तक उसकी ध्वनि जाती थी और सरोवर के समीप प्रति ध्वनि बनकर आती थी। यह सरोवर उसी झरने का पानी था, जो स्रोत में बहता-फिसलता यहाँ तक आता था और कुछ दिनों के लिए आबद्ध रह जाता था। वह जल वहाँ सेवा का उत्तरीय ओढ़ता था और कमलों का किरीट धारण करता था। किनारे के पेड़ पर बैठा हुआ पपीहा जब पी-पी पुकारता था, तो वह लहरों को हाथ हिला-हिला कर उसे चुप रहने का संकेत करता था। फिर जब बरसात के दिन आते थे तब वहाँ का जल भी उद्विग्न होकर जैसे सोते से जाग उठता था। वह हिलकोरों में घबराता था, आवर्त्तों में छटपटाता था, और कूल-कछार तोड़-ताड़, हर-हर पुकारता वहाँ से चल निकलता था।

नाभाग को वहाँ पर्णकुटी बनाने में विलम्ब न लगा। रात्रि का समय था। गुरुदेव सो रहे थे और शिष्य पर्णकुटी का निर्माण कर रहा था। वृक्षों के ठूँठ का आधार खड़ा किया गया, जंगली बाँस की दीवार बनी, बाँस के ही किवाड़ बने। जिस समय नाभाग उस कुटी के ऊपरी भाग को सूखे पत्तों से छा रहा था उस समय त्रयोदशी का चाँद उसकी तन्मयता को देखकर खिलखिला रहा था। जिस समय कुटिया बनकर तैयार हुई, उस समय भी कहीं सुदूर किसी चक्रवाक् के क्रन्दन का स्वर सुनाई दे रहा था। आकाश के तारों के मन्द होने पर गुरु ने शुक्रतारा के समान अपनी आँखें खोलीं। सामने कुटीर बनकर तैयार था। नाभाग उसके निर्माण का कार्य शेष करके कुटीर से बाहर निकल रहा था। ऋषि सौभरि ने उसकी ओर एक स्नेहपूर्ण दृष्टि डाली और उनके चेहरे पर एक स्मित हास दिखलाई दिया। नेत्रों से प्रशंसा में मानो कह रहे थे, "कुटिया बड़ी सुन्दर है।"

नाभाग ने गुरु की दृष्टि का अभिप्राय समझ लिया। आगे बढ़कर एक सन्तोषपूर्ण दृष्टि से कुटीर की ओर देखता हुआ बोला, "चित्र के समान मालूम होता है।"

साधु-सन्तों की गृहस्थी बहुत थोड़ी होती है। जंगली कद्दू काटकर उसके कमंडल बनाए गए और दोनों की आवश्यकताएँ पूर्ण हो गईं। इसके अतिरिक्त उन्हें और किसी वस्तु की आवश्यकता नहीं थी। उच्छवृत्ति से निर्वाह होता था, परिपक्व फल भी प्राप्त हो जाते थे। संसार में और किसी वस्तु की आवश्यकता ही क्या है?

समय की पक्षी अपने काले-उजले पंखों को हिलाता रात और दिन बनाता, उड़ा चला जा रहा था। ऋषि को वहाँ बहुत ही अच्छा लग रहा था। प्रभु को वे कभी किसी समय नहीं भूल पाते थे। प्रत्येक वस्तु के भीतर से अगोचर रहकर भी मानो प्रभु उसके भीतर से अपनी सत्ता का भास दे देते थे।

सृष्टि में कोई भी वस्तु व्यर्थ नहीं। समस्त विश्व में जो कुछ भी है वह उपयोगी और आवश्यक है। फिर लोग कैसे उस जगन्नियन्ता जगदीश्वर का स्मरण नहीं कर पाते? आश्चर्य की बात है कि लोग प्रभु को भूल कैसे रह जाते हैं। प्रत्येक वस्तु में तो उसी प्रभु का आभास मिलता है। सौभरि ऋषि का मन सर्वदा किसी दिव्य अनुभव में लीन रहता था। बहुधा वे शान्तचित्त से नाभाग को उपदेश भी दिया करते थे। दिनचर्या का एक रूप भी बन गया था। पहले के समान समाधि अधिक न लगाया करते। मुखमंडल पर प्रसन्नता की आभा सदैव बनी रहती। कभी सरोवर के किनारे पहरों बैठे रहते और जल की लहरियों को निहारा करते। फिर आप-ही आप मस्त होकर कहने लगते, "अरे वाह, क्या लीला दिखला रह हो लीलामय!"

और कभी यों ही अनायास उनका ध्यान लग जाता। पर वह समाधि अधिक देर तक नहीं रहती। शीघ्र ही वे अपनी स्थिति में आ जाते। समाधि टूटने पर वे इस प्रकार दिखलाई देते, मानो कोई बालक मेला देखकर लौट आया हो। अपने श्वासों

पर नियन्त्रण करके वे अब समाधि लगाना नहीं चाहते। उन्हें बाह्य-जगत् में ही दिव्य शान्ति मिलने लगी थी।

कभी वे बालकों की भाँति जंगल में दौड़कर चले जाते और वहाँ जाकर वन के बेल खोजा करते। जब बेल उन्हें प्राप्त हो जाता तो वे इतने प्रसन्न होते मानो सारी सम्पदा उन्हें मिल गई हो। उस समय उन्हें इस बात की सुधि भी नहीं रहती कि बेल तोड़ने के पीछे उनका सारा शरीर काँटों से छिदकर लहू-लुहान हो गया है। बेल को हाथ में लेकर वे नाचना आरम्भ कर देते और बहुत देर तक नाचते रहते। उन्हें इस बात की भी सुधि न होती कि उस बेल को उन्होंने खाने के लिए तोड़ा था।

क्रमशः वे एक विचित्र स्थिति में पहुँचते जा रहे थे। उन्हें प्रतीत होता था मानो समस्त बन्धनों से उन्हें मुक्ति मिल गई है। शरीर, मन और प्राणों में बहुत ही हल्कापन मालूम होता। मालूम होता जैसे वे फूल की सुगन्धि के समान हल्के हो उठे हैं, पर वे उस सुगन्धि के समान उड़ नहीं सकते। मन में ऐसी गहन शान्ति थी कि वह शान्ति ही एक अशान्ति हो गई थी। इतनी असीम मुक्ति थी कि वह मुक्ति ही बन्धन प्रतीत होती। वे कुछ और चाहते, और कुछ का सन्धान करते, पर उन्हें स्वयं विदित न था कि वे क्या चाहते हैं और किस वस्तु का अनुसन्धान करते हैं।

शान्ति पारे की भाँति भारी मालूम होने लगती, निष्कृति अदृश्य लौह-शृंखलाओं का बन्धन बन जाती। वे बराबर सोचने लगते कि अब मैं क्या करूँ।

परमात्मा का विरह उनसे सहा नहीं जाता था। पर वे उसके लिए कातर नहीं होते, व्यग्र हो उठते। वे प्रभु को सदा अपने साथ रखना चाहते थे। उनकी इच्छा होती थी कि यदि प्रभु कहीं मिल जाते तो दिन-रात उनके साथ बालकों की तरह क्रीड़ा-कौतुक किया करते। और अपने सम्मुख प्रभु के अभाव में भी बालकों की तरह क्रीड़ा आरम्भ कर देते थे। उन्हें उस समय ऐसा प्रतीत होने लगता मानो प्रभु उनकी इस बाल-लीला को देखकर प्रसन्न हो रहे हैं। उनका ऐसा भाव कई दिनों तक रह जाता। बालकों के समान ही वे सोते, वैसे ही जागते और जिस प्रकार बच्चा अपने किसी कुटुम्बी को बुलाता है उसी प्रकार नाभाग को पुकारा करते। नाभाग के आने में यदि विलम्ब हो जाता, तो वे गला फाड़कर चीत्कार कर उठते और रोने लगते। कभी उसे मार बैठते, कभी उसके शरीर में दाँत से काट लेते और कभी मचल जाते और उससे बातें तक नहीं करते और नाभाग निर्विकार चित्त से अपने गुरु की सेवा कर रहा था।

पर सर्वदा एक ही प्रकार का भाव भी नहीं बना रहता। कभी अपनी पूर्व-स्थिति में आ जाते। उस समय वे ऐसी शब्दावलियों का उच्चारण करने लगते जिनका कोई अर्थ ही नहीं होता। कभी खिलखिलाकर हँस देते और कभी-कभी आप-ही-आप रो पड़ते। वे अपने आप में समा नहीं पाते थे और एकदम निराकर होकर पवन और

प्रकाश की भाँति सर्वत्र व्याप्त हो जाना चाहते थे। विचित्र स्थिति थी। कभी वे सोचा करते कि शरद्काल के मेघ के समान आकाश में उड़ने लगूँ, वृष्टि की बूँदें बनकर बिखरने लगूँ और सूर्य चन्द्रमा की भाँति प्रकाशित हो उठूँ। कभी उन्हें अनुभव होता जैसे वे सचमुच आकाश में उड़ रहे हैं। वहाँ वे एक-से-एक विचित्र दृश्य देखते। फिर जब उनकी आँखें खुलतीं तो प्रतीत होता था कि तन्द्रा ले रहे थे।

फिर उसी तन्द्रा की अवस्था में उन्हें विचित्र प्रकाश के दर्शन होते। वहाँ वे प्रभु को चाहते थे, पर उन्हें उत्तर दिया जाता कि 'तुम उनकी इच्छा की अवहेलना कर रहे हो। तुम्हें प्रभु केवल गृहस्थ–आश्रम में ही दर्शन दे सकते हैं।''

वे नारद, सनक, सनंदन आदि ऋषियों को देखते, देवताओं को देखते, पर उन्हें प्रभु के दर्शन नहीं होते। तब वे विलख उठते, ''मैं गृहस्थ–जीवन से सचमुच घृणा करता हूँ। मैं वहाँ नहीं जाना चाहता। मुझे क्षमा कर दो भगवन्।''

पर उन्हें क्षमा न मिलती और फिर उनका मन पहले के समान भारी हो जाता। अब गृहस्थ-जीवन की प्रेरणा नहीं आती, अब उनके मन में उस ओर जाने का आदेश आने लगा था। वे पुनः उसी विचित्र बन्धन में विचित्र रूप से फँसने लगे। गृहस्थ होने के अनुकूल वे अपने को पा ही नहीं सकते थे। वे घबड़ा जाते।

जब अपने मन के असमंजस को वे भूल जाते तो फिर विचित्र प्रकार की क्रियाएँ करने लगते थे। उस समय वे अपने को विशेष रूप से हल्का समझने लगते और पक्षियों को उड़ते देखकर स्वयं भी उड़ने की चेष्टा करते। कभी वे अपने को पारदर्शी समझने लगते और नाभाग से कुपित हो जाते कि तुम हमारे हृदय के भीतर क्यों देख रहे हो?

एक दिन जब उनकी प्रकृति शान्त थी, उन्होंने नाभाग से कहा, ''प्रिय नाभाग, आजकल तुम मेरी स्थिति देख रहे होगे?''

नाभाग ने कहा, ''गुरुदेव, मैं देख रहा हूँ कि आजकल आप जीवन मुक्त की दशा में पहुँच गए हैं!''

सौभरि ऋषि ने कहा, ''नहीं नाभाग, तुम भूलते हो। मेरी आत्मा बहुत ही कष्ट की अवस्था में आ पहुँची है। मैं आजकल प्रभु की महिमा को प्रत्यक्ष देखा करता हूँ। वे प्रत्येक वस्तु में अपना आभास देते हैं; पर अपने दर्शन नहीं देते। इस क्लेश को तुम क्या समझो? मैं बहुत ही उद्विग्न रहता हूँ। मुझे कुछ भी अच्छा नहीं लगता। कभी-कभी मन में आता है कि इस पंचभौतिक शरीर का परित्याग कर दूँ। पर ऐसा करना भी अनुचित है। अपने प्रभु की आज्ञा के बिना मैं ऐसा नहीं कर सकता। इस दशा में मैं और भी अधिक अशान्त हो रहा हूँ। मुझे अब और भी एकान्त चाहिए, और भी अधिक निस्तब्धता चाहिए। मैं पुनः तपस्या करूँगा।''

नाभाग चुप ही रहा। उसकी समझ में आता ही नहीं था कि वह क्या कहे। वह

चुपचाप अपने गुरु की ओर देखने लगा।

सौभरि ऋषि कहने लगे, ''मोहान्ध मनुष्य की जो दशा होती है, वही दशा मेरी भी हो रही है। मेरे मन में बैराग्य का मोह है। उस मोह को, उस तपस्यामय जीवन को मैं दूसरी ओर जाने नहीं देना चाहता। अपने सामर्थ्य के अनुसार चेष्टा करता हूँ कि मेरा विरागी का जीवन बना रहे। अब फिर इसके लिए तपस्या करनी होगी।''

नाभाग ने कहा, ''किन्तु गुरुदेव, आपका शरीर इस समय कठोर तपस्या के योग्य नहीं है। कृपया अपने शरीर की ओर देखें।''

सौभरि ने कहा, ''अब शरीर की चिन्ता मुझे नहीं। जो सबके शरीर की चिन्ता करता है, वही मेरे शरीर का भी चिन्ता करेगा। पर तपस्या तो मेरे लिए अब आवश्यक ही हो उठी है। मैं अपने योग से गिर रहा हूँ। बड़ी कठोर परीक्षा है नाभाग, तुम नहीं समझ सकोगे।''

चिन्तित नाभाग ने अपना सिर उठाकर कहा, ''किन्तु गुरुदेव अबकी बार आप तपस्या के लिए अकेले न जा सकेंगे। मैं भी आपके साथ जाऊँगा।''

एक बात का स्मरण आ जाने से सौभरि ऋषि के नेत्र चमक उठे। उन्होंने कहा, ''अबकी बार तपस्या के लिए दूर न जाऊँगा। अभी-अभी मेरे मन में विचार आया है कि मैं इस बार सरोवर के भीतर जाकर भी तो तपस्या कर सकता हूँ। वहाँ एकदम एकान्त में रहूँगा। तपस्या में विघ्न भी नहीं पड़ सकता। आवश्यकता पड़ने पर तुम यहाँ रहोगे ही। इस अवसर पर मैं तुम्हें नहीं छोड़ना चाहता।''

उस समय सन्ध्या हो चुकी थी। सूर्य ओट में चले गए थे। आकाश में एक-दो तारे भी निकल आए थे। प्रकाश के अन्तरिक्ष में अन्धकार कर आगमन चित्रित हो रहा था। शुक्लपक्ष का टेढ़ा चाँद आकाश में तैर रहा था, पर उसमें वह प्रभा नहीं थी। पवन में शीतलता थी। वह इस प्रकार चल रहा था मानो स्वयं पवन वायु-सेवन के लिए निकला हो। नाभाग ने कुटीर में जलनेवाली धूनी में समिधा डाल दी। समिधा को पाकर अग्नि की लपट उठने लगी; जो धुआँ निकल रहा था, वह बन्द हो गया। अब दोनों चुप थे। न सौभरि ऋषि ने कुछ कहा और न नाभाग के मुँह से कोई बात निकली। नाभाग धूनी के समीप बैठा था, सौभरि ऋषि अलग बैठे हुए कुछ सोच रहे थे।

वह टेढ़ा चाँद अब खिलखिलाता-हँसता, लोट-पोट करता अपनी राह पर जा रहा था। रात धनी होने लगी थी। आसमान में तारे भर उठे थे। उनके बीच में चन्द्रमा इस तरह जा रहा था, जैसे कमल-वन में कोई चाँदी की नाव चली जा रही हो। वन में खिले हुए फूलों की सुगन्धि कुटीर में आ रही थी और हृदय के बीच किसी अव्यक्त भावना के समान भर रही थी। दूर पर किसी मधु के छत्ते से भौंरों की गुनगुनाहट की हल्की ध्वनि इस प्रकार आ रही थी, मानो रात्रि की नीरवता अपने आपसे बातचीत

कर रही हो। बीच-बीच में जंगली सुअर उस ओर से आते थे और भद्-भद् दौड़ते हुए दूसरी ओर चले जाते थे। उनके पैरों से होनेवाली ध्वनि इस तरह लगती थी जैसे मिट्टी से बनती हुई दीवार की मिट्टियाँ गिर-गिर जा रही हों। एक विचित्र वातावरण था। लगता था जैसे समस्त चराचर शून्य में लीन होकर निस्तब्ध हो गया हो। जैसे चारों ओर निस्तब्धता का महासागर उमड़ रहा हो। उस अनन्त निस्तब्धता के बीच किसी चक्रवाक के स्वरों से घाव बन जाता था।

ऐसी वह निस्तब्धता थी कि मनुष्य अपने आप में भी आप से दूरी पा लेता। मन के विचार भी बोलते हुए-से लगते थे। सौभरि ऋषि ने कहा, "मैं कल से ही सरोवर के भीतर जाकर अपना तपस्या आरम्भ कर दूँगा।"

नाभाग ने अपने गुरु के वचन को सुना, पर उसने कोई उत्तर नहीं दिया। वह इस उलझन का सुलझाव नहीं पा रहा था। अपने गुरु उसे बहुत ही गूढ़ और अत्यन्त रहस्यमय प्रतीत हो रहे थे। उस अछोर रहस्य में घना कुहरा था, जहाँ नाभाग के विचार प्रवेश करके भी कुछ नहीं कर पाते थे। ऐसी अवस्था में वह क्या कहता और क्या सुनता? जिसे वह उनकी जीवन-मुक्त अवस्था समझ रहा था, उसे वे अपनी आत्मा का कष्ट बतला रहे थे!

गुरु भीतर अपने कमरे में चले गए। नाभाग भीतर ही सोता रहा। विचारों के बीच भटकते हुए नींद आ गई। अकस्मात् रात को उसकी नींद उचट गई और उसने सुना कि कोई नारी गीत गा रही है। वन में दूर-दूर तक हल्की ध्वनि भी चली जाया करती है। विशेष करके रात्रि की नीरवता में तो ध्वनि और भी दूर-दूर तक जा पहुँचती है। उस समय यह कहना कठिन हो जाता है कि यह ध्वनि पास की है अथवा बहुत दूर की। गीत के स्वर स्पष्ट नहीं थे। वह उन शब्दावलियों को नहीं समझ सका, जिन शब्दों का सहारा लेकर वह गीत अपने आपको व्यक्त कर रहा था। इससे नाभाग ने समझ लिया कि यद्यपि गीत की यह ध्वनि स्पष्ट आ रही है, फिर भी बहुत दूर पर गाया जा रहा है। पर यहाँ इस घोर वन के भीतर किसी नारी का कंठस्वर कैसे आ सका? दूर-दूर तक मनुष्य नहीं रहते। जंगली पशु यहाँ निर्भीक होकर विचरण किया करते हैं। कभी कोई पुरुष तो दिखलाई नहीं पड़ा। ऐसे स्थान में नारी का कंठस्वर? नाभाग इस पहली को नहीं सुलझा सका। पर उसे इस प्रकार यहाँ गीत का स्वर बहुत ही मनोहर मालूम हुआ। सारंगी जैसे स्वर में वह गीत गाया जा रहा था। स्वरों के आरोह-अवरोह, उत्थान और पतन उसे ऐसे लग रहे थे मानो एक प्रकार के रंग में दूसरा रंग घुलता हुआ मिला जा रहा हो और एक गूढ़ रहस्यमय चित्र बन रहा हो। जैसे कमल के फूलों के सुवास स्वर बनकर उड़ रहे हो, जैसे स्वरों का इन्द्रधनुष दिखलाई दे रहा हो, जैसे गीत का रंगीन छत्र तन गया हो और उसकी छाया में सोई हुई कल्पना स्वर देख रही हो।

उसे आश्चर्य हो रहा था कि यहाँ नारी-कंठ का गीत कैसे सुलभ हो सका। आँखें खोलकर वह इधर-उधर देखने लगा। उसे मालूम हुआ कि वृक्ष पर उड़ते हुए जुगनू भी जैसे उसी गीत के स्वर का सन्धान कर रहे हों। वह वन भी उसे अपने गुरु के समान ही रहस्य से आवृत्त प्रतीत होने लगा। कभी सोचता कि कदाचित् शारदा इस वन में राह तो न भूल गई हैं। कभी इसे गन्धर्वलीला समझकर मन को सन्तोष देता। पर मन में शान्ति नहीं थी वह बेचैन हो रहा था। चाहता था कि इस रहस्यमय गीत का अनुसन्धान कर ले; पर व्यर्थ मन में भटकने की अपेक्षा इस कुटीर में पड़े रहना ही उसे युक्तिसंगत प्रतीत होता था। उसके बाद फिर गीत की वह ध्वनि रात्रि की उस अनन्त निस्तब्धता में खो गई। पुनः शान्ति हो गई मानो बेसुध नींद में जाकर कोई स्वप्न खो गया।

फिर कब उसे नींद आ गई इसे वह स्वयं नहीं जान सका। प्रातःकाल जब उसकी नींद खुली तो हल्की-हल्की हवा बड़ी तेजी से उड़ रही थी और सरोवर की लहरों का स्वर तीर से टकराता हुआ लड़खड़ा रहा था। कुटीर के कमरे का द्वार खुला हुआ था। और सौभरि ऋषि तपस्या के लिय सरोवर के भीतर चले गए थे।

नाभाग को बार-बार रात के गीत का स्वर स्मरण हो आता और वह उस रहस्य का सन्धान पाने के लिए व्यग्र हो उठता था। उसके कुतूहल का समाधान नहीं हो रहा था।

11

परन्तु उस गीत का रहस्य जानने के लिए नाभाग को अधिक प्रतीक्षा नहीं करनी पड़ी। उसी दिन विकाल के समय आप-से-आप अनायास उस गीत का रहस्य खुल गया।

गुरुदेव कुटीर में नहीं थे। तपस्या के लिए सरोवर के भीतर पैठ गए थे। आज नाभाग को हल्का मालूम हो रहा था। मन में एक प्रकार का अद्भुत सन्तोष दिखलाई दे रहा था। यदि उसके मन में कोई बात थी तो यही कि वह उस गीत के स्वर का शोध पा लेता। विकाल के समय वह समिधा लेने को जा रहा था। आसपास की सूखी लकड़ियाँ उसे तृप्ति नहीं दे पाती थीं। उसे याद था कि उस ओर दूर पर देवदार का एक सूखा हुआ पेड़ है। यदि उसकी समिधा लाई जाए तो एक प्रकार की सुगन्धि मिलेगी। और वह उसी निश्चित स्थान की ओर जा रहा था। सहसा उसने देखा कि उसके सामने गैरिक़ वस्त्र पहने, हाथ में त्रिशूल धारण किए एक नारी खड़ी है। तनिक पीलापन लिए हुए उसका शरीर गौरवर्ण था। मस्तक पर जटाएँ बड़ी शोभायमान प्रतीत होती थी। देखने में वह अपरूप सुन्दरी थी। उसके अधरों और नेत्रों से मुस्कान

की एक दीप्ति उद्‌भासित हो रही थी। उसने नाभाग से कहा, ''तुम्हारा नाम नाभाग है न?''

''हाँ, नाभाग ही मेरा नाम है। आपको किस प्रकार मालूम हुआ?''

''वह पागल एक दिन तुम्हें इसी नाम से पुकार रहा था।''

''पागल नहीं, वे मेरे गुरुदेव हैं। आपने कभी सौभरि ऋषि का नाम सुना होगा। वे योगबल में अद्वितीय हैं। त्रिभुवन में उसका नाम विख्यात है।''

उस नारी ने कहा, ''त्रिभुवन में उसका नाम विख्यात होगा, पर मुझे उनके विषय में विदित न था। मैं तो उन्हें पागल समझ रही थी; परन्तु जब तुम उन्हें गुरु कह रहे हो तो वे तुम्हारे गुरु अवश्य होंगे।"

फिर तनिक चुप रहने के बाद उस नारी ने प्रश्न किया, ''तुम्हारे वे गुरु तुम्हें किस बात की शिक्षा देते हैं—पागलपन की?''

नाभाग ने देखा कि उसके प्रश्न में, उसके रूप में, एक प्रकार का उपहास छाया हुआ था। नाभाग उसे सहन नहीं कर सका। वह वहाँ से हट गया। और एक ओर का मार्ग लेकर जाने लगा। उस नारी ने उसे पुकार कर कहा, ''नाभाग तुम जा रहे हो?''

नाभाग ने कहा, ''तुम मेरे गुरु की निन्दा कर रही हो?''

नाभाग के कंठस्वर में उसके मन का क्रोध बज रहा था। वह मन ही मन जान रहा था कि कल रात्रि की निस्तब्धता में उसने इसी संन्यासिनी का गीत सुना है। पर वह सोच भी नहीं सकता था कि अपने कोमल कंठ के द्वारा वह कितनी कड़ी बात कह सकती है। इस घोर विजन में उसे देखकर नाभाग को प्रसन्नता हुई थी। पर जैसे ही उसने अपने गुरु की निन्दा सुनी कि उसके मन में उचाट हो गया। वह अलग हटकर जाने लगा।

उस संन्यासिनी के अधरों पर मुस्कान खिल उठी, जैसे बादलों की ओट से सहसा चन्द्रमा निकल आया हो उसने कहा, ''अच्छी बात है नाभाग! मैं अब तुम्हारे गुरु को पागल नहीं कहूँगी तुम यहाँ आओ।''

और उसने नाभाग को अपने इंगित से भी बुलाया।

नाभाग ने समीप आकर उसे प्रणाम करते हुए कहा, ''सौभरि ऋषि का शिष्य नाभाग आपको प्रणाम करता है। कल रात्रि की निस्तब्धता में मैंने किसी नारी को गाते सुनकर आश्चर्य किया था कि इस वन में कोई नारी कैसे आ पहुँची। पर आपको देखकर मेरे मन को आश्वासन हो रहा है तथा मैं अनुमान करता हूँ कि कल रात्रि के समय मैंने आपके ही गीत की ध्वनि सुनी थी। अब आपको प्रत्यक्ष देखकर मेरे मन में जिज्ञासा उत्पन्न हो रही है कि आप कौन हैं, किस ऋषि से आपने दीक्षा ली है तथा इस वन में आप किस प्रकार का तप कर रही हैं। आपका दर्शन करके आश्चर्य

से अवाक् हुआ जा रहा हूँ।''

उस संन्यासिनी ने इस बात के उत्तर में कहा, ''तुम बहुत ही शिष्टाचार के साथ अपनी जिज्ञासा व्यक्त करना जानते हो, पर यह स्थान खड़े-खड़े बात करने के अनुपयुक्त है। अतएव विश्वविख्यात सौभरि ऋषि के सुयोग्य शिष्य नाभाग से मेरा अनुरोध है कि मेरे साथ चलकर मेरी कुटिया में पदार्पण करें, तो वहीं उनके साथ मैं विस्तारपूर्वक वार्त्तालाप करूँगी।''

यद्यपि नाभाग ने लक्ष्य नहीं किया, फिर भी उसकी बात में व्यंग्य का एक आभास था, जो उसके मुखमंडल के साथ झिलमिला रहा था।

''मेरे साथ आओ नाभाग!'' उसने आदेश के स्वर में कहा, और नाभाग उसके पीछे-पीछे चल पड़ा।

मार्ग में उन लोगों ने एक स्रोत को पार किया, जिसमें स्वच्छ जल बह रहा था तथा छोटी-छोटी मछलियाँ नाच रही थीं। आगे बढ़ने पर एक ऐसा वृक्ष मिला, जिसकी डालों से लिपटी हुई गुरुच की लताएँ जटाजूट के कोटरों में मर्कट तथा गिलहरी निवास करते थे तथा ऊपर की डालियों के ऊपर हारिल पक्षी बोल रहे थे। नाभाग ध्यानपूर्वक मार्ग को लक्ष्य करता जा रहा था कि कहीं लौटते समय भटक न जाय। वह सन्ध्या होने पूर्व ही अपनी कुटिया में लौट जाना चाहता था। उसके मन में था कि यदि उसके गुरु आ जाएँगे और उसे नहीं पाएँगे तो उन्हें निराशा होगी। कुछ दूर जाने के पश्चात् उसने देखा कि उन लोगों के आगमन की आहट पाकर एक विषधर सर्प भागकर एक दरार में छिपा जा रहा है। दूर के ऊँचे शिलाखंड पर चढ़ी हुई हिरनी अपने बच्चों के साथ बड़ी-बड़ी आँखों से इन दोनों की ओर कुतूहलपूर्वक देख रही थी। वह इतनी सतर्क थी कि जरा सी शंका होते ही उछलकर भाग पड़े। आगे बढ़ने पर एक जंगली भैंसा इन दोनों की ओर बिना ध्यान दिए हुए सामने से झूमता हुआ निकल आया। उसके मुँह पर झाग दिखलाई दे रहा था। मार्ग में नाभाग ने कहा, ''आप बड़े बीहड़ स्थान में रहती हैं।''

उस संन्यासिनी ने उत्तर दिया, ''हाँ, स्थान तो बीहड़ है। कभी-कभी मैं सिंहों की गर्जना भी सुनती हूँ। पर अब वे मुझे शंका नहीं करते। एक सिंहनी तो अपने अपने शावकों के साथ मेरे कुटीर में चली आती है। वह मेरे हाथ चाटती है और उसके बच्चे मेरी गोद में बैठ जाते हैं, विश्वास हो जाने पर वे हिंसा नहीं रखते।''

नाभाग ने कहा, ''हिंस्र पशु तो मेरे आश्रम में भी आया करते थे; पर मैं समझता था कि मेरे गुरु के योगबल के कारण वे घात नहीं करते। उस समय हमारी कुटिया यहाँ नहीं थी, तब हमलोग यहाँ से अनेक योजन की दूरी पर रहते थे।''

संन्यासिनी ने उत्तर दिया, ''हो सकता है कि तुम्हारे गुरु के प्रभाव के कारण हिस्र पशु हिंसा भूल जाते हों। पर मेरे पास तो योगबल भी नहीं। मेरे पास तो कोई

प्रभाव नहीं।''

और फिर उसके अधरों तथा नेत्रों के भीतर से एक दबी हुई मुस्कान चमक उठी।

नाभाग ने आश्चर्य से पूछा, ''तो क्या आप संन्यासिनी भी नहीं हैं?'' उसने नकारात्मक रूप से सिर हिलाया। बोली, ''नहीं!''

नाभाग को बड़ा विचित्र मालूम हुआ। यह संन्यासिनी तो एकदम रहस्य से आवृत्त है। आकाश की भाँति गूढ़ प्रतीत होती है। उसने प्रश्न किया, ''तो क्या आप योग की साधना भी नहीं किया करतीं?''

संन्यासिनी ने कहा, ''पहले किसी समय किया करती थी, पर अब नहीं करती। योग की साधना से कुछ नहीं होता।''

नाभाग ने अपार आश्चर्य में डूबते-उतराते प्रश्न किया, ''क्या इससे प्रभु की प्राप्ति नहीं होती?''

संन्यासिनी ने संक्षेप में उत्तर दिया, ''योग से चित्त की वृत्तियों का निरोध हो जाता है, मनुष्य समाधि में अपनी कल्पनाओं को देखता है, इसके अतिरिक्त और कुछ भी नहीं होता।''

यह असम्भव के समान आश्चर्य की बात थी, जिसकी नाभाग ने कभी कल्पना भी नहीं की थी। वह उसे तप से च्युत संन्यासिनी समझने लगा और उसका हृदय घबड़ा उठा। उसके साथ बातें करके कहीं वह भी अपने तप से भ्रष्ट न हो जाय। उसकी उत्सुकता अब उद्विग्नता में परिणत हो चुकी थी और वह मन-ही-मन लौट जाने को आतुर हो रहा था। यह तो कह रही है कि योग की साधना से कुछ नहीं होता। सम्भव है कि यह उसे तप से गिराना चाहे। फिर उसने अपना विश्वास बटोरकर पूछा, ''क्या आपने किसी ऋतुम्भरा प्रज्ञा के योगी को देखा है?''

संन्यासिनी ने हँसकर उत्तर दिया, ''केवल देखने से ही तो पता नहीं चलता कि किसको कितनी प्रज्ञा है। तुम्हीं कहो, तुम्हें देखकर कौन कह सकता है कि तुमने साधना के मार्ग में कितनी प्रगति की है?''

नाभाग जैसे आप ही आप कहने लगा—"मालूम होता है कि आपने किसी सिद्ध योगी को नहीं देखा है। मुझे यह भी प्रतीत होता है कि आप कभी योग की विभूतियाँ भी नहीं देख पाईं। मैं समझता हूँ कि आपकी तपस्या में मोह बाधक हो उठा।''

संन्यासिनी ने उसी प्रकार मधुर हँसी हँसते हुए कहा—"नहीं नाभाग, मेरे लिए कोई भी बाधा नहीं थी। अपना ज्ञान और अपनी अनुभूतियाँ ही मेरे लिए बाधा बनीं। मैंने जब साधना छोड़ी, तो जानबूझकर ही। तुम समझ रहे होगे कि मैं साधना का मार्ग छोड़कर दुःखी हूँगी; पर यह तुम्हारा भ्रम है। मैंने स्वेच्छापूर्वक उसे छोड़ा, और उसे परित्याग करके मैं प्रसन्न हूँ। तुम समझते होगे कि सत्य का शोध सबसे बड़ा

शोध है। मैं जानती हूँ कि किसी भी शोध के पश्चात् सत्य तो हाथ आता नहीं, एक असत्य मिल जाता है।''

नाभाग ने इस बात पर पूछा, ''तब तो तुम्हें संसार के सबसे बड़े असत्य का भी सन्धान मिल गया होगा?''

संन्यासिनी ने कहा, ''हाँ, संसार में जो सबसे असत्य है, वह असत्य ईश्वर है। ईश्वर से बढ़कर असत्य जगत् में और कुछ भी नहीं है।'' इस उक्ति से मानो नाभाग के हृदय पर वज्र-सा प्रहार किया। उसका हृदय रस्सी की भाँति ऐंठता हुआ-सा प्रतीत हो रहा था। उसने कभी सोचा भी नहीं था कि वह अपने जीवन में कभी ऐसी बात भी सुन सकेगा। उसे उस संन्यासिनी से घबराहट होने लगी। वह अब उसके साथ एकदम नहीं जाना चाहता था। उसने संन्यासिनी की बात को कोई उत्तर नहीं दिया। दोनों चुपचाप चल रहे थे। किसी के मुँह पर कोई शब्द नहीं था। उनके पैरों के नीचे पड़ते हुए सूखे पत्ते चरमरा रहे थे। आसमान पर सुग्गे का एक झुण्ड उड़ता हुआ चला जा रहा था। उसी टाँय-टाँय ध्वनि सुनाई दे रही थी। कहीं पास के किसी पेड़ पर बैठा हुआ पंडुक बार-बार एक ही स्वर की आवृत्ति कर रहा था, मानो कोई भक्त भगवान् के नाम का जाप कर रहा हो। मार्ग में फिर नाभाग ने न कुछ पूछा और न संन्यासिनी ने कोई उत्तर दिया। नाभाग का मन विरक्ति से भरा हुआ था और वह संन्यासिनी अपनी हल्की मुस्कुराहट के साथ जाने क्या सोच रही थी।

आगे चलकर फिर एक सोता मिला। इसका जल घुँघुरू की तरह बजता हुआ बह रहा था। संन्यासिनी एक छलाँग में उसे पार कर गई और त्रिशूल को एक ओर उठाती हुई इंगित करके हर्ष के स्वर में बोली, ''वह देखो, हमारी कुटिया है।''

नाभाग ने देखा कि छोटा-सा कुटीर है, सुन्दर है और कई वर्ष पूर्व का बना हुआ मालूम होता है। वह भी उछलकर नाले को पार कर गया। उसकी समझ में आता ही नहीं था कि यदि किसी प्रकार की श्रद्धा से विहीन वार्त्तालाप करना था, तो इस कुटी में बुलाकर बात करने की क्या आवश्यकता थी? ये बातें तो वहीं हो सकती थीं। यदि खड़े-खड़े बात नहीं हो पाती तो बैठकर भी बातें हो जातीं। उस संन्यासिन की कुटिया में जाते हुए उसका मन कुंठित हो रहा था। उसकी आकृति से भी उसके हृदय की विरक्ति परिलक्षित हो रही थी।

उस कुटीर में पहुँचकर नाभाग ने आश्चर्य से देखा कि वहाँ दो अजाएँ बँधी हुई मिमियाँ रही थीं और उनके छौने कुटीर से बाहर क्रीड़ा कर रहे थे। वहाँ अग्नि को जलाने की एक अद्भुत पद्धति उसने देखी और आश्चर्य करने लगा कि चाहे जो हो, नारी सर्वदा नारी है। वनवासिनी होने पर भी उसे गृह की ममता नहीं छोड़ती। उसके मन में हँसी आ गई। एक ओर त्रिशूल दूसरी ओर अजा, तीसरी ओर अग्नि तथा अरण्यि सबकी चिन्ता है; पर सर्वेश्वर-परमेश्वर की चिन्ता इसे नहीं है। उसके मन

में हुआ कि वह ठठाकर हँस पड़े,पर अभद्रता होगी ऐसा समझकर चुप ही रहा।

वहाँ उस कुटीर में संन्यासिनी ने नाभाग को पत्ते के आसन पर बिठाया। मन्द-मन्द मुस्कुराती हुई अजा का दूध लेती आई। जहाँ उसने अग्नि का संचय करके रखा था, वहाँ समिधा डाल दी। फिर एक बार अजा के छौनों की ओर देखकर मन ही मन उनकी गिनती की कि कहीं उनमें कोई खो तो नहीं गया। उसके पश्चात् वह नाभाग के समीप आकर बैठ गई। उसके नेत्रों में प्रफुल्लता प्रकट हो रही थी तथा अधरों पर हास झिलमिला रहा था। नाभाग को लक्ष्य करके बोली, "प्रिय नाभाग, तुम जानने के लिए उत्सुक हो कि मैं कौन हूँ; इस वन में क्यों रहा करती हूँ। तुम्हारी जिज्ञासा स्वाभाविक है। जिसे किसी महल की शोभा बढ़ानी थी; वह आज कंकटों में क्यों घूम रही है? पर यह तो अपनी-अपनी स्थिति है। मैं इसी स्थिति में हूँ कि इस वन को छोड़कर बाहर नहीं जा सकती और यह भी प्रश्न होता है कि बाहर किसी नगर में जाकर मैं करूँगी क्या? मेरे लिए तो अब यहीं जीना और यहीं मरना है। जब से तुमलोग इस वन में निवास कर रहे हो तबसे मैं तुमलोगों को देख रही हूँ। पर तुम्हारे सामने प्रकट नहीं हुई। केवल एक बार तुम्हारे गुरु ने मुझे देखा था। मुझे देखकर वे एक बार हँसते हुए आगे बढ़े फिर तत्काल ही पलट गए और चिल्लाते हुए झाड़ियों में घुसकर अन्तर्ध्यान हो गए। सम्भवतः उन्होंने मुझे काल्पनिक मूर्त्ति समझ लिया हो। जो भी हो, मैं तुमसे बचती रही। यद्यपि मैं तुम्हें देखा करती थी, पर तुम मेरा आभास तक नहीं पा सकते थे। आज जानकर मैं तुम्हारे सम्मुख प्रकट हुई। तुम मुझसे घृणा कर रहे होगे; पर मैं घृणा के योग्य नहीं हूँ। मैं तुम्हारे ईश्वर की स्थिति को अस्वीकार करती हूँ पर असत्य तो नहीं बोलती। सांसारिक जीवों की ओर अब तुम दृक्पात करोगे तो तुम भली-भाँति जान सकोगे कि लोग किस प्रकार ईश्वर का नाम लेते हैं, उनके प्रति कैसी भक्ति दिखलाते हैं, पर उनका व्यवहार तुम देखो, तो पाओगे कि इनके समान नियम-विरुद्ध और ईश्वर-विरुद्ध कदाचित् ही कोई होगा। नाभाग मेरे मन में वैसा कोई कपट नहीं है।"

नाभाग ने देखा कि जैसे-जैसे वह अपनी बात आगे बढ़ा रही है, वैसे-वैसे उसके अधरों का हास क्षीण हुआ जा रहा है और नेत्रों की दीप्ति में करुणा भरी जा रही है। उसकी पलकें झुकी जा रही थीं, मानो यह कुछ ही क्षणों में रो देगी। नाभाग ने मन ही मन इस बात पर आश्चर्य करते हुए कहा, "किन्तु असली बात तो जहाँ की तहाँ रह गई। मेरे मन में इस बात की जिज्ञासा है कि तुम संन्यासिनी दिखलाई देने पर भी संन्यासिनी क्यों नहीं हो? मैं जानता हूँ कि तुम किस प्रकार इस वन में चली आई? तुम्हारा यहाँ रहने का अभिप्राय क्या है, जब तुम भगवान् की आराधना भी नहीं करती? तुम्हारे अपने कोई हैं या नहीं? तुम्हारे विचारों का आधार क्या है? तुम अपने जीवन में किन उद्देश्यों का पालन करती हो?" अबकी उस संन्यासिनी के

अधरों पर मुस्कान की दीप्ति नाच गई। उसने कहा, "तुमने तो एक पूरी प्रश्नावली ही सुना दी। अब तो तुम्हारी आज्ञा का पालन मुझे करना होगा, अन्यथा तुम मुझसे विरक्त होते ही जाओगे। तो लो सुनो। मेरा नाम है भद्रा!..."

नाभाग जैसे अपने मन में किसी गीत की भाँति उस नाम को दुहरा गया, "भद्रा!" पर तत्काल उसे अपनी स्थिति का भान हो आया। इस भद्रा से हमारा किसी बात का सम्बन्ध नहीं। नाम की यह ममता क्यों?

संन्यासिनी भद्रा अपनी कथा इस प्रकार सुनाती चली जा रही थी। वह कह रही थी, "मैं ऐसे पिता की सन्तान हूँ, जिसका नाम मैं नहीं जान सकी। सम्भवतः वे कोई राजा होंगे। जिस समय मांधाता ने विश्व का दिग्विजय किया था, उसी समय की बात है कि मेरी माता ने भागकर वन में एक तपस्वी का आश्रय लिया। मैं उस समय गर्भ में थी। तीन-चार दिनों तक वहाँ रहने के पश्चात् मेरी माता ने मुझे जन्म दिया और स्वयं जीवन के बन्धन से मुक्त हो गई। तपस्वी जान भी नहीं पाए कि मेरी माता कौन थी। उस तपस्वी की स्मृति आते ही मेरा मन रो उठता है। माता अपने बच्चे को इस प्रकार क्या पालेगी, जिस प्रकार उन्होंने वन में मेरा लालन-पालन किया। मुझे दूध पिलाने को वन की हिरनी आती थी। मर्कट मुझे फल तोड़-तोड़ कर खिलाते थे। मैं वन के पक्षियों के पीछे-पीछे दौड़ती फिरती थी और उन्हीं के समान अपनी बोली में उनकी बोली बोलती थी। ऋषि मुझे बहुत प्यार करते थे। मुझे वे इतना प्यार करते थे, मानो मैं ही उनका वैराग्य होऊँ। बहुधा वे कहा भी करते थे कि मैंने भद्रा को जितना प्यार किया, उतनी परमात्मा की भी आराधना नहीं की। उनका नाम कदाचित् तुमने सुना होगा। वे मणिकूट ऋषि के नाम से प्रसिद्ध हो गए थे। उनका वास्तविक नाम क्या था, यह मुझे भी नहीं विदित है। उन्होंने ही योग क्रियाएँ मुझे सिखलाईं। नाम का जप करना भी उन्होंने ही बतलाया, पर वे नहीं चाहते थे कि संन्यासिनी बनकर मैं अपना जीवन-यापन करूँ। जब मैं बड़ी हुई, तब वे मेरा विवाह करने को चिन्तित हो उठे। बहुधा दूर-दूर जाकर ग्राम और नगरों में मेरे लिए किसी योग्य वर का सन्धान किया करते थे। वे मेरे लिए किस प्रकार का वर चाहते थे, यह मैं नहीं जान सकी, पर उन्हें अपने मन के अनुकूल वर नहीं मिला। इसी समय किरातों के एक दल ने हमारी कुटिया पर आक्रमण किया और मुझे लूटकर ले गए। ऋषि ने इसका प्रतिवाद किया। इस पर वे फरसे से काट डाले गए। मरते समय ऋषि जो शाप ईश्वर का नाम लेकर उन किरातों को दे रहे थे, उसे ईश्वर ने कभी नहीं सुना। मैं उन लोगों के गाँव में ले जाई गई। वहाँ मुझे नाना प्रकार के कष्ट दिए जाते थे। भाँति-भाँति की यातनाओं से पीड़ित होकर मैं रोती हुई परमात्मा को पुकारती और सारी रात ईश्वर के स्मरण में बिता देती थी; पर वे मेरी पुकार नहीं सुन सके। नाभाग, यदि किसी योगी में योग का वैसा बल होता, जैसा कि कहा जाता है तो क्या किरात

मेरे आश्रयदाता पिता के सामने से मुझे लूट सकते थे? यदि वह ईश्वर दुःखियों की करुण पुकार सुना करता, तो मेरी कातर पुकार उसने क्यों नहीं सुनी?...''

भद्रा का मुखमंडल करुण हो आया था और उसके नेत्रों से अश्रु की बूँदें लड़खड़ा रही थीं। उसने कहा, ''नाभाग, तभी मेरे मन में आया कि यह विश्व ईश्वर का राज्य नहीं, यहाँ पाप का राज्य है। जो अत्याचार अनाचार करता है, वह सुखी होता है और जो ईश्वर के मार्ग पर चलता है वह सारा जीवन दुःख से कातर होकर व्यतीत करता है। नाभाग उन किरातों ने मुझे इतना कष्ट दिया था, जिसकी तुम कल्पना भी नहीं कर सकते। अपने देवताओं के पूजन के लिए वे आग जलाते थे और उस आग में घुसकर मुझे पूजा का फूल गिराना पड़ता था!''

भद्रा ने शीघ्रतापूर्वक कहा, ''तुम बड़े भोले हो नाभाग! परमात्मा कहीं भी किसी की रक्षा नहीं करता। वह तो अँगारों के बीच चलने की एक परिपाटी है, जिसके अनुसार यदि तुम अँगारों के ऊपर शीघ्रतापर्वूक अपने पैर उठाते हुए चलोगे, तो अँगारों से तुम्हारा कुछ भी नहीं बिगड़ेगा। तुम्हारी हानि नहीं हो सकेगी और तुम अँगारों के ऊपर चलकर भी सकुशल बाहर आ जाओगे। इस प्रकार अँगारों के ऊपर चलने का जो रहस्य है, वह एक खुला हुआ रहस्य है। बस, शीघ्रतापूर्वक पाँव जमाए बिना आग के ऊपर चलना होता है। यदि मुझसे चलने में चूक हो जाती, पैर के तलवों में छाले पड़ जाते, तो मेरे शरीर को छीलकर उससे रक्त निकाला जाता और अग्नि का कोप शान्त किया जाता। मेरे शरीर का रक्त लेकर वे अग्नि के सामने अपनी भाषा में उनकी स्तुति करते थे तथा गीत गाते थे। उनके पश्चात मेरे शरीर का रक्त अँगारों के ऊपर डालकर वे समझते थे कि हमारा दोष दूर हो गया, अब अग्नि देवता शान्त हैं। वे अपनी बुद्धि के अनुसार मुझे मनुष्य न समझकर देव-कन्या समझते थे। मेरे भोजन के लिए वे अन्न या फल का प्रबन्ध नहीं करते थे, बल्कि दूर-दूर जाकर बहुत ही परिश्रम से फूल चुनकर लाते थे और वही फूल मुझे भोजन करने को दिया जाता था। एक-दो बार मैंने चुपके से पेड़ पर चढ़कर वहाँ का फल तोड़कर लाने की चेष्टा की। पर मैं पकड़ ली गई। उसके बाद मुझे इतना सताया गया कि आज भी उसका स्मरण होने से रोमांच हो आता है। वे समझते थे कि फल खाकर मैं अपने देवत्व से च्युत हो रही हूँ। फलतः मेरे शरीर में पुनः देवत्व लाने के लिए उसी फल के पेड़ की टहनी को तोड़कर मुझे बहुत मारते थे। मार खाती हुई जब मैं मूर्च्छित हो जाती थी, तब वे समझते थे कि इसका देवत्व फिर लौटकर चला आया। जब अवसर पा मैं कभी वहाँ से भाग निकलती, तो किरातों के बीच में हलचल मच जाती। वे करुण स्वर में विलाप करते हुए मेरी खोज करते। उस समय उनके नेत्रों से अविरल आँसू की धारा बहती रहती थी। उसके पश्चात् जब मैं पकड़ ली जाती, तो किरात इन बातों का हिसाब लगाते कि इसके लिए हमने कितना अश्रु-जल बहाया है। जितना

अश्रु समस्त किरातों का होता, उतना ही अश्रु-जल मुझे भी गिराना पड़ता था। यदि उसमें कमी जान पड़ती तो मेरी आँखों के सामने वे गीली लकड़ियाँ जला देते तथा किसी वनस्पति का उसमें होम डालते जिससे आँखों में तीव्र जलन होती और बरबस आँसू गिरने लगते। उसके पश्चात् मेरी आँखों की पलकें सूज जातीं और दृष्टि-शक्ति क्षीण हो जाती। बहुधा ऐसा प्रतीत होता कि मेरी आँखों के भीतर आग भरी हुई है और ऊपर जल बह रहा है। नाभाग, ये ऐसे कष्ट हैं, जिनकी तुम कल्पना भी नहीं कर सकते। यदि उनकी इच्छा के अनुसार पानी नहीं बरसता तो वे मुझे इतना अधिक मारते थे कि मेरी आँखों में जल बरसने लगता था। तब मुझे रोती देखकर उन्हें सन्तोष होता था। वे सोचते थे कि जिस प्रकार इसके आँसू गिरे हैं, उसी प्रकार बादल पानी बरसाएँगे। जब असहनीय गर्मी पड़ने लगती, तो वे गर्मी से घबराकर मुझे पकड़ लेते और तपती हुई धूप में ले जाते। वहाँ किसी एक स्थान पर मुझे खड़ा रहना पड़ता, जहाँ ऊपर आग के समान सूरज जलता था और नीचे ज्वाला के समान पृथ्वी तपती थी। मुझे ऐसी स्थिति में खड़ी करके वे समझते थे कि इसके शरीर से कोई अदृश्य दैवी शक्ति निकल रही है। जो ग्रीष्म के उत्ताप को कम कर देगी...और नाभाग, इस प्रकार वहाँ मैंने नाना कष्टों के साथ कई वर्ष व्यतीत किए। नाभाग, यदि कहीं भी परमात्मा होता, तो क्या वह मेरे कष्टों की ओर ध्यान नहीं देता? उस कष्ट की अपेक्षा मृत्यु कहीं अधिक श्रेयस्कर थी। पर उस परमात्मा ने मुझे मारा भी नहीं। यह परमात्मा केवल सुखी लोगों की एक कल्पना है, जिसे दुःखियों को समझाने के लिए उन्होंने रख छोड़ा है। यह परमात्मा एक भंयकर असत्य है, जिसे मनुष्य बिना प्रयोजन के ढो रहा है।...''

ईश्वर की निन्दा सुनकर नाभाग ने अपने कानों में उँगली डाल दी और व्यग्र होकर कहा, ''नहीं, भद्रे, ऐसा न कहो। वह दयालु है, महान् है। यह विचारशक्ति से परे की वस्तु है। केवल व्यक्तिगत अनुभव के बल पर तुम ईश्वर के अस्तित्व को अस्वीकार नहीं कर सकतीं।''

भद्रा बोल उठी, ''मैं अपने नेत्रों से ही संसार को देखती हूँ। दूसरे की दृष्टि यदि दिव्य हो, तो भी वे मेरे काम नहीं आ सकतीं। अच्छी बात है। अब आगे सुनो। मेरे दुःखों की कहानी यहीं पर शेष नहीं होती है। किसी प्रकार मैं एक दिन वहाँ से भाग निकली और मुक्त होकर एक पर्वत के नीचे जा पहुँची। वहाँ शिलाखंड की दरारों के बीच से एक नागराज फुँफकार छोड़ता हुआ निकला और मुझे डँसने के लिए लपका। वह नागराज मुझे अपने जीवन के दुःखों से परित्राण देने को आया था और मैं भी उसके लिए प्रस्तुत थी। पर इसी समय जाने कहाँ से एक तीर सनसनाता हुआ आया और नागराज का उठा हुआ विशाल फल कट कर पके हुए बिल्वफल के समान गिर पड़ा। इससे मुझे प्रसन्नता तब हुई, जब मैंने उस तीर चलाने वाले युवक को

देखा। वह एक सुदर्शन युवा था। उसे देखकर मैं मुग्ध हो उठी। उसने मेरे साथ विवाह की और मैंने सहर्ष स्वीकार कर लिया। पर मैं उसके यहाँ जाकर सन्तुष्ट नहीं हो सकी। उसकी तीन पत्नियाँ पहले से ही घर में उपस्थित थीं। वे मुझे यातनाएँ देतीं, मुझे मारतीं। इसके अतिरिक्त मेरे पति से वे मेरे विषय की ऐसी—झूठी-झूठी निन्दा करतीं जैसा कि उन्हें उचित नहीं था। मेरा पति मुझसे क्रमशः विरक्त होता गया और फिर वह भी मुझे मारने और सताने लगा। अपने पति के विषय में मुझे यह भी मालूम नहीं हुआ कि वह दस्यु है। लोगों को लूटकर अपनी जीविका चलाता है। मुझे उससे बड़ी घृणा होने लगी। अन्त में एक दिन वह वन में लूटपाट करता हुआ मार डाला गया और मैं स्वतंत्र हो गई। उस घर को छोड़कर मैं यहीं चली आई। इसी वन में यहीं पर मेरे धर्मपिता मणिकूट का आश्रम था। इस स्थान के पेड़-पौधे और पशु-पक्षी से मुझे अशेष प्रेम है। मैं यहाँ से कहीं जाना नहीं चाहती। अपने जीवन में मुझे कुछ प्राप्त करना भी नहीं है। मुझे संन्यासिन समझो, विरक्त समझो, जो कुछ भी मैं हूँ, यही हूँ। पर नाभाग, क्या तुम मेरी एक बात का विश्वास करोगे?''

इस प्रश्न को पूछते समय उसका कंठस्वर सजल हो गया। नाभाग ने उत्कंठित होकर पूछा, ''किस बात का विश्वास करने को कहती हो भद्रे?''

इस प्रश्न के उत्तर में भद्रा की आँखें नीचे की ओर झुक गईं। उसके कर्णमूल लाल-लाल हो उठे। उसने सिर झुका कर कहा, ''नाभाग जबसे मैंने तुम्हें देखा है, मेरा हृदय विकल हो उठा है। मैं तुम्हें चाहती हूँ और इसके बदले में अपना सम्पूर्ण जीवन तुम्हारे चरणों में सौंप रही हूँ। मुझे स्वीकार करो।''

पर यह क्या? नाभाग तो जैसे विद्युत्-गति से संचालित हो उठा। वह इतनी शीघ्रता से उठा और इतनी शीघ्रता से भागा कि वह स्वयं नहीं समझ सका कि यह सब कैसे हो गया। बड़ी तेजी से छलाँगें मारते हुए उसने सोते को पार किया। इसके बाद आगे भागता हुआ वह ठिठक गया। उसने मन- ही-मन विचार किया कि उसने भद्रा के साथ भयंकर अभद्रता की है। वह ठिठक गया और ऊँचे स्वर में कहा, ''भद्रे, मुझे क्षमा करना, मैं तुम्हारी प्रार्थना स्वीकार नहीं कर सका। अब मेरी प्रार्थना तुम कृपया स्वीकार कर लो। मेरी प्रार्थना है कि तुम कदापि मेरे पास आने का प्रयत्न मत करना।''

नाभाग ने देखा कि भद्रा अपने कुटीर में खड़ी है और उसकी बात सुन रही है। उसका मुखमंडल भोजपत्र की भाँति भावहीन दिखलाई दे रहा था। वह चुपचाप, शान्त, मौन, अवाक्, निष्प्रभ, यंत्रचालित की भाँति कुटीर के भीतर चली गई।

नाभाग ने पाया कि वह हाँफ रहा है। उसका हृदय भी वेग से धड़क रहा था। वह मुड़ गया और अपनी कुटिया की ओर जाने लगा। मार्ग के उसने देखा कि जो सर्प आने के समय आहट पाकर दरार में छिप गया था, वह अब फिर बाहर निकल

आया है और वातास में पड़ा हुआ है। नाभाग ने मन-ही-मन कहा, "वह भद्रा भी इसी सर्प के समान सुन्दरी है और इसी प्रकार विष से परिपूर्ण!

सन्ध्या उस समय लाल हुई जा रही थी।

12

गम्भीर रात्रि थी। कृतघ्नता के समान घोर काल सा सर्वत्र व्याप्त थी। लगता था जैसे समस्त जगत् अंजन में डूब गया हो। नाभाग गहरी नींद में बेसुध सोया हुआ था। सहसा वह चौंककर जाग उठा। उसने सोते-सोते एक खड़खड़ाहट की ध्वनि सुनी। मालूम हुआ जैसे किसी ने बड़े वेग से कुटीर का द्वार हटाकर भीतर प्रवेश किया हो। नाभाग हड़बड़ाकर उठ बैठा। वास्तव में वहाँ किसी ने अवश्य प्रवेश किया था। वह चाहे कोई भी हो, पर वह पशु न था। नाभाग ने कड़कती हुई ध्वनि में पूछा, "कौन?"

उत्तर मिला, "मैं हूँ भद्रा!"

कंठस्वर से प्रतीत हुआ कि भद्रा हाँफ रही है।

'तुम यहाँ क्यों आई हो?"

उत्तर मिला, "मैं तुम्हारा अन्त करने आई हूँ।"

दोनों के बीच में अन्धकार का आवरण पड़ा हआ था। दोनों एक दूसरे को साँस लेते हुए सुन रहे थे। भद्रा की साँस में जैसे नागिन की फुँकार थी।

भद्रा ने कहा, "पामर, आज तूने मेरे जीवन का अपमान किया है, मेरे नारीत्व का अपमान किया है, मेरे प्रेम का अपमान किया है। आज हत्या किए बिना तुम्हें छोड़ नहीं सकती। सावधान!"

और तत्क्षण नाभाग की बाईं भुजा में त्रिशूल का आघात हुआ। वह लड़खड़ा गया। एक भीषण यन्त्रणा का तीव्र अनुभव हुआ। वह चीत्कार कर उठा। भद्रा ने उसी अन्धकार में दूसरी बार त्रिशूल का आघात किया, पर वह आघात ओछा पड़ा। त्रिशूल कुटीर के एक खंभे से जा टकराया। सारा कुटीर हिल उठा। यंत्रणा के मारे नाभाग कराह रहा था। उसके कंठस्वर में अपार वेदना थी। उसने कहा, "भद्रे! इस वन में एक-से-एक घातक पशु हैं, अनेकानेक विषधर सर्प हैं; पर आज तक किसी ने मुझे पर आघात नहीं किया था और एक तुम हो जो बिना प्रयोजन मेरी हत्या कर रही हो!"

भद्रा ने चीत्कार के स्वर में कहा, "तुम नीच हो, कृतघ्न हो, पामर हो, पिशाच हो। तुम पृथ्वी पर रहने के योग्य भी नहीं हो। तुम्हारी हत्या आज रुक नहीं सकती!"

और भ्रदा ने पुनः त्रिशूल का आघात किया। इस बार का आघात बड़ा कठोर

था। नाभाग के स्कन्ध पर वह आघात पड़ा और वह एक क्षीण चीत्कार के साथ धरती पर लड़खड़ता हुआ गिर पड़ा। गिर कर भी वह पशुओं की भाँति अस्पष्ट और यंत्रणासूचक ध्वनि कर रहा था।

और भद्रा तनिक खड़ी रही, फिर जिस प्रकार वह आई थी, उसी प्रकार फुफकारती हुई तीव्र गति से कुटीर के बाहर निकल गई।

नाभाग रक्त से लथपथ कुटीर के भीतर मूर्च्छित पड़ा हुआ था। बाहर आकाश में जूही की तरह तारे खिले हुए थे। कुछ देर पहले वहाँ बादल का जो आवरण पड़ा था, वह हट चुका था। तारों के प्रकाश में सब कुछ स्वप्न की भाँति प्रतीत होता था। समीप के सरोवर में दो-तीन जंगली हाथी जल पी रहे थे। उनकी सूँढ़ पानी में डूबी हुई थी, बड़े-बड़े कान कभी-कभी हिल जाते थे। कालिमा से लीन तारों के उस मन्द प्रकाश में वे हाथी जैसे काले धुएँ से बने हुए अस्पष्ट परिलक्षित हो रहे थे, जैसे वे स्वयं अपनी ही कल्पना हों।

वन के जन्तुओं का जल पीने का अपना-अपना समय होता है। हाथी झूमते हुए और अपनी सूढ़ों से पेड़ की डालियों का स्पर्श करते हुए चले गए। तब हिरण का दल आया। वे बहुत बड़ी संख्या में थे। जब हिरणों का दल जा चुका, तब बारहसिंगों का झुण्ड आया। उनके बड़े-बड़े काले सींग उस अन्धकार में हिलते-डोलते विचित्र रेखाओं के समान जान पड़ते थे। जब वहाँ दो व्याघ्र जल पी रहे थे, तब पूर्व के आकाश में श्वेत आभा की एक रेखा-सी दृष्टिगोचर होने लगी थी।

क्रमशः वह रेखा और भी अधिक स्वच्छ, और भी अधिक श्वेत होती चली गई। फिर समस्त पूर्व दिशा ही श्वेत–सी हो उठी। तब पेड़ों के पक्षी जगे। उनकी हल्की काकली पवन में किसी भूली हुई स्मृति-सी फैल गई। और लो, तब सारी पूर्व दिशा ही लाल हो उठी। उस लाल-लाल आसमान में लाल-लाल सूर्य निकल पड़ा। चारों दिशाओं में सुनहला प्रकाश फैल गया। उस समय चराचर मानो स्तब्ध था और पेड़ के पक्षी बोल-बोल कर आश्चर्य प्रकट कर रहे थे।

अब सरोवर के कमलों पर भौरें गुँजार कर रहे थे और किनारे की ओर आकर दो-चार बगुले खड़े हो चुके थे। जंगली पनडुब्बियों का समूह उड़ता हुआ आ रहा था और सरोवर की लहरों पर तैर रहा था। तैरते-तैरते वह डुब्बी मार देता था। उसके बाद जब वह बाहर निकलता तो उसकी चोंच में छोटी-सी मछली होती। उस मछली को चोंच में दबाए हुए वह उड़ पड़ते और समीप के पेड़ों के पास जाकर दृष्टि से ओझल हो जाते। किनारे के जल में तैरते हुए जंगली बत्तख के बच्चे बार-बार बोलते हुए किसी बात पर अपना प्रतिवाद प्रकट कर रहे थे। उनके तैरने से किनारे पर के उगे हुए सरकंडे हिल रहे थे।

पूर्व दिशा का सूर्य अब लाल नहीं था। अब तो वह प्रकाश का एक चक्र था,

जिसकी उज्ज्वल किरणों से सरोवर की लहरें चन्द्रिका-सी प्रतीत होती थीं। सहसा सरोवर के जल में एक शब्द हुआ और सौभरि ऋषि समाधि में जगकर खड़े हो गए। समीप के बगुले एकाएक चकित होकर उड़ने लगे और किनारे के पेड़ों पर बैठे हुए पक्षियों ने अपने स्वर में इस बात पर आश्चर्य प्रकट किया।

जल के बाहर आकर सौभरि ऋषि ने एक बार दृष्टि डाली। उन्हें समस्त चराचर हँसता हुआ-सा प्रतीत होता था। उनके अधरों पर भी एक गम्भीर मुस्कान आकर स्थिर हो गई। नयन उनके अधखुले थे। लगता था मानो समस्त विश्व की गम्भीरता इन आँखों में ही भरी हुई है। एक हिरण कुतूहल से आकर ऋषि के समीप खड़ा हो गया था और धीरे-धीरे अपना कान हिला रहा था। उस समय बत्तख का एक बच्चा सेवार से उलझकर सरोवर में छटपटाता हुआ चिल्ला रहा था। ऋषि उठे, फिर सरोवर के जल में पैठे, सेवार से उस बतख के बच्चे को छुड़ाया और जल से निकलकर कुटी की राह ली।

ऋषि जब कुटीर के पास पहुँचे, तो सामने से एक बन्दर इस प्रकार शब्द करता हुआ भागा मानो उससे कोई विकट अपराध हो गया हो। आते-आते ऋषि ने वहाँ पर चिड़ियों का स्वर सुना, उसमें एक विचित्र व्यथा थी। ऋषि ने आप ही आप कहा, ''सब उसी प्रभु की लीला है!''

और ऋषि के कुटीर में प्रवेश किया—भीतर नाभाग रक्त से लथपथ चेतनाहीन पड़ा हुआ था। शरीर से बहा हुआ रक्त धरती पर जम गया था। लगता था जैसे कोई गेरू के रंग से होली खेलकर यहाँ से चला गया हो। ऋषि ने उसकी नाड़ी देखी। सूत्र के समान नाड़ी चल रही थी। उसके पश्चात् ऋषि ने बिना किसी हर्ष-विषाद् के उसे अपने स्कन्ध पर उठा लिया। नाभाग को लेकर वे सरोवर पर पहुँचे। वहाँ उसके क्षत धो दिए। फिर उसे कुटीर में पहुँचा कर वन के भीतर औषधि के सन्धान में चले गए और एक वनस्पति को लिए हुए फिर सरोवर के पास पहुँचे। वहाँ पत्थर पर उसे पीसा और उसे लेकर नाभाग के पास गए। उसके क्षत पर उस औषधि का लेप किया। दो क्षत थे। एक बाईं भुजा में और दूसरा स्कन्ध पर। दोनों क्षतों पर देर तक देखते रहे, फिर वहाँ से निकल कर चले गए। उन्हें भूख सता रही थी। सरोवर में घुसकर उन्होंने कमलगट्टा निकाला और थोड़ा-सा खाकर इधर-उधर भ्रमण करते रहे। तक वे फिर कुटीर के भीतर गए और नाभाग की नाड़ी देखी। उसके बाद वहाँ से निकलकर सीधे सरोवर के समीप पहुँचे। एक बार चारों ओर दृष्टि घुमाकर देखा। उसके बाद जल के भीतर पैठकर एक स्थान में बैठ गए।

ऋषि के मन और प्राणों में जो एक दिव्य भाव भर उठा था, उसका सन्धान बाहर से मिलना कठिन था। लगता था जैसे उन्होंने उद्दाम विद्युत् की आभा पी ली हो, वे गम्भीर और शान्त हो गए हों। जल में बैठकर ऋषि पुनः तपस्या में लीन हो गए।

नाभाग के शरीर से बहुत–सा रक्त बह गया था। बहुत देर तक उसकी संज्ञा विलुप्त रही। कभी-कभी अचेत अवस्था में वह चीत्कार कर उठता था, "दौड़ो, मुझे बचाओ; वह भद्रा त्रिशूल लेकर मेरी ओर लपकी आ रही है!"

जब वह अपने नेत्रों को खोलकर देखता, तो उसे अपने समीप भद्रा ही दृष्टिगोचर होती। भयभीत होकर पुनः अपनी आँखें बन्द कर लेता और अर्द्धचेतन से अचेतन अवस्था में ऊब-डूब करने लगता। बन्द आँखों के भीतर भी वह भद्रा को त्रिशूल लेकर आते हुए देखता और घबड़ा कर अपने नेत्र खोलता, तो उसे भद्रा ही दृष्टिगोचर होती। नाभाग फिर घबराता, फिर भयभीत होता और अपनी आँखें बन्द कर लेता।

पूर्व की ओर उदय होने वाला सूर्य दक्षिण दिशा में गया, फिर क्रमशः अपना पथ अतिक्रमण करता हुआ जब पश्चिम में पहुँचा, तो मानो किसी लज्जा से लाल हो उठा। जब सन्ध्या का सूर्य डूब रहा था, तब नाभाग चेतन होकर धीरे-धीरे अपनी आँखें खोल रहा था। उसने धीरे से जल माँगा और उसके आश्चर्य का अन्त न रहा, जब उसने देखा कि जो व्यक्ति उसे जल दे रहा है, वह और कोई नहीं, स्वयं भद्रा है। भद्रा की आँखें झुकी हुई थीं, मुखमंडल पर करुणा और स्नेह का भाव आकर प्रगाढ़ हो उठा था।

जल पीकर नाभाग ने पुनः अपनी आँखें बन्द कर लीं। वह बहुत ही दुर्बल हो गया था।

13

तपस्या करते हुए सौभरि चौंक पड़े।

आज जल के भीतर तप करते हुए उन्होंने एक विचित्र दृश्य देखा। कहा नहीं जा सकता कि उन्होंने उस दृश्य को प्रत्यक्ष देखा था या स्वप्न में। पर, जब उन्हें अपनी सुधि आई, तो उन्होंने पाया कि नेत्र खुले हुए थे। तब क्या वह सत्य था।

उन्होंने देखा कि अनेक प्रकार के मत्स्य हैं। उसमें कुछ मछलियों के शरीर से दिव्य छटा निकल रही थी। कुछ मछलियाँ इस प्रकार नाच रही थीं। जिस प्रकार सितार के तारों पर मनुष्य की उँगलियाँ नाचा करती हैं। उन्होंने मछलियों को विचित्र क्रीड़ा में मग्न देखा। देखा कि मछलियाँ एक प्रसंग को लेकर हँसती-हँसती नाच जाती हैं। वे कहती थीं कि ऋषि हमारी तरह आनन्द में मग्न क्यों नहीं हैं। यह ऋषि तो असीम दुःख से दुःखी प्रतीत होता है। इसका शरीर निश्चेतन हो रहा है। क्या शरीर इसलिए है कि वह निश्चेतन बना दिया जाय? यह तो विचित्र व्यक्ति है, जो अपने शरीर से काम लेना ही नहीं जानता। यह वह काम नहीं करना चाहता, जो काम भगवान् इससे

लेना चाहते हैं। यह ऋषि भगवान् की अवहेलना करके अपनी बात रखना चाहता है! सारी मछलियाँ हँस-हँस कर नाचने लगीं।

ऋषि ने उसकी बात का प्रतिवाद करना चाहा, अपनी जो असमर्थता थी, उसे जता देना चाहा; पर कुछ कह न सके। चुपचाप देखते रहे, चुपपाच सुनते रहे। उनके विचार खो-से गए थे और मछलियों के क्रीड़ा-कलाप को देखने में उनका मन एकाग्र था।

उन्होंने देखा कि जल के भीतर नीलम के समान प्रकाश था। वह प्रकाश केवल देखा नहीं जा सकता है, कहकर बतलाया नहीं जा सकता। उस दिव्य प्रकाश में समस्त मछलियाँ अपना जोड़ी बनाकर नाच रही हैं। जैसा वह आश्चर्यजनक प्रकाश था, उसी प्रकार का दिव्य वह नृत्य था। उन मछलियों का वह नृत्य बहुत मनोहर मालूम हो रहा था। कभी वे हँसती हुई सेवार के झुरमुट में चली जातीं, कभी बाहर निकल आतीं।

और तब ऋषि को अपने शरीर की सुध आई। वे घबड़ा गए। उन्हें एक प्रकार का आश्चर्य हुआ। उन्होंने तब फिर देखा कि वे मछलियाँ अब नहीं थीं। उनकी जगह दूसरी-दूसरी मछलियाँ दृष्टिगोचर हो रही थी। वह दृश्य भी नहीं दिखलाई पड़ा। नीलम के उस प्रकाश में अब वह अलौकिकता नहीं थी। वह प्रकाश अब नीलेपन के साथ हरा मिला हुआ दृष्टिगोचर होने लगा था। वह नृत्य, वह अलौकिकता, वह मनोहरता, अब कुछ भी वहाँ दिखलाई नहीं पड़ा। ऋषि सोच भी नहीं सके कि जो कुछ उन्होंने देखा, उसे उन्होंने अपनी कल्पना में देखा था अथवा वह प्रत्यक्ष था। भगवान् की इस लीला पर वे मुस्कुरा उठे। उन्होंने अपने हृदय में कहा–'प्रभो, तेरी ही इच्छा पूर्ण हो!''

और भगवान् की इस विचित्र लीला पर उन्हें फिर हँसी आने लगी। हँसते हुए वे जल में खड़े हो गए।

बाहर मध्याह्न का प्रकाश अब ढल रहा था। दक्षिण का पथ छोड़ सूर्य अब पश्चिम की ओर चल पड़े थे। सरोवर से बाहर आकर ऋषि ने एक बार अपनी कुटिया की ओर देखा। कुछ आगे उधर बढ़ने के पश्चात् सहसा पलट गए। उनके अधरों पर मुस्कान की एक आभा थी, जो अव्यक्त रहकर भी व्यक्त हो रही थी। निःशंक चरते हुए मृग आश्चर्य और कुतूहल से अपना सिर उठाकर ऋषि को देखने लगे। वे भी अब पश्चिम की ओर जा रहे थे। वे इस प्रकार जा रहे थे मानो आगे जाकर वे भी सूर्य में लीन होकर क्षितिज में अस्त हो जाएँगे। एक सारस भी उनके पीछे से उसी दिशा में पंख फटफटाता उड़ गया, मानो वह ऋषि को छूने जा रहा हो। वन की निस्तब्धता में झींगुर की बोली व्याप्त थी। ऋषि चुपचाप अपने मार्ग पर चले जा रहे थे।

जब वे दो पर्वतों के बीच के मार्ग से चले, तो उस समय सूर्य अस्ताचल गामी थे और जब वे सरस्वती नदी के तीर पहुँचे, तब रात्रि हो चुकी थी। समस्त आकाश ताराओं से भर चुका था। नदी के तीर पर एक विशाल वृक्ष की डाल पर बैठा हुआ उल्लू बोलने लगा था। दूर किसी झरने की झरझराहट यहाँ भी आ रही थी। तब ऋषि ने उस वृक्ष के नीचे विश्राम लिया।

फिर प्रातःकाल हुआ। सूर्य के मुस्कान से आसमान रंगीन हो उठा। ऋषि ने नदी को पार किया और आगे बढ़े।

जिस प्रकार समय निरन्तर चलता रहता है, उसी प्रकार ऋषि भी अपने मार्ग पर आगे बढ़ रहे थे। मार्ग में नदियाँ मिलतीं उसे पार कर जाते। पर्वत आते, उन्हें लाँघ जाते। वे उसी प्रकार चले जा रहे थे।

बहुत दिन चलने के पश्चात् उन्होंने सरयू नदी पार की और एक नगर में आ पहुँचे। वहाँ विशाल राज्य-प्रासाद के शिखर पर फहराती हुई पताका दूर से ही दृष्टिगोचर हो रही थी। घंटा बजने का शब्द सुनाई दे रहा था। घंटे के शब्द के साथ शंख की गम्भीर ध्वनि भी लिप्त थी। उस समय प्रभातकाल था। एक ओर दर्पण के समान चन्द्रमा डूब रहा था, दूसरी ओर सौन्दर्य के समान सूर्य उदय ले रहा था।

ऋषि चुपचाप अपने मार्ग पर जा रहे थे। उसके मुखमंडल पर तपस्या का अपूर्व तेज जगमग कर रहा था। पथिक संभ्रम उनके लिए हट जाते। उनका मस्तक आप-से-आप झुक जाता। कोई उनकी ओर कुतूहल से देख भी लेता।

आगे बढ़ते हुए ऋषि राजमहल में पहुँचे और द्वारपाल को आज्ञा दी, ''राजकुमार मुचकुन्द को सूचित करो कि सौभरि ऋषि आपसे साक्षात्कार करना चाहते हैं।''

तनिक देर के पश्चात् ही सौभरि ऋषि राजकुमार मुचकुन्द के सामने विराजमान थे। दोनों में वार्तालाप चल रहा था। ऋषि ने अपनी बातें कहीं, तपस्या के विघ्नों के विषय में बतलाया। अनेक प्रकार के जो अनुभव उन्हें हुए थे, उनके बारे में भी कहा। अन्त में बोले कि मैंने अब निश्चय कर लिया है कि गृहस्थ-आश्रम में ही प्रवेश करूँगा और वहाँ रहकर ही परमात्मा की विविध लीलाओं को देखा करूँगा।

अपनी बात कहते हुए ऋषि तनिक रुक गए। फिर कुछ विचारते हुए उन्होंने कहा—"मैंने यह भी निश्चित किया है कि मैं तुम्हारी सहोदर कुन्तला से विवाह करूँगा।''

ऋषि के नेत्र इस समय चमक रहे थे।

ऋषि का प्रस्ताव सुनकर मुचकुन्द के नेत्र अँगार हो उठे। पर उन्होंने संयम से काम लिया। बोले, ''ऋषिवर, आपका शरीर विवाह के लिए अक्षम है!''

ऋषि ने सहसा उत्तर दिया, ''राजकुमार, मेरे पास योग की अनन्त शक्तियाँ हैं। शरीर मेरे लिए बाधा नहीं।''

और तब राजकुमार मुचकुन्द का क्रोध आप ही विलीन हो गया। उन्होंने तेज से दीप्त ऋषि के शरीर की ओर देखा, फिर आप ही आप सोचने लगे कि जो व्यक्ति अनिर्वचनीय अवस्था प्राप्त करने के पश्चात् भी उसकी बहन से विवाह करने के लिए आया हुआ है, वह एकबारगी उपेक्षा या क्रोध के योग्य नहीं हैं। पर फिर भी मन में शंका बनी ही थी! बोले, ...''विवाह आप चाहे जिससे करें; पर प्रश्न है कि आप परमात्मा की प्रेरणा से ऐसा करना चाहते हैं या अज्ञान की प्रेरणा से?''

ऋषि ने कहा, ''वत्स, ज्ञान और अज्ञान में तनिक- सा अन्तर होता है। यह एक दृष्टिकोण है। तुम्हारी दृष्टि में जो अज्ञान प्रतीत होता है, वह मेरी दृष्टि में एक ज्ञान है। तुम कदाचित् सोचते हो कि मैं प्रभु से विमुख हो रहा हूँ और मैं आशा करता हूँ कि गृहस्थ-जीवन में ही मैं प्रभु का सच्चा प्रकाश देख पाऊँगा। तुम समझते हो कि मैं अपनी तपस्या से च्युत हो चुका हूँ, पर मैं देखता हूँ कि मेरी तपस्या असीम हो चुकी है। बाहर से ज्ञान को देख सकना कठिन है।''

राजकुमार मुचकुन्द अवाक् होकर ऋषि की बातें सुन रहे थे। लगता था मानो वे विस्मय के सागर में जा गिरे हैं, जहाँ कोई सहारा नहीं, कोई कूल-किनारा नहीं। ऋषि की बातों को समझ सकना मुचकुन्द के लिए कठिन था। विस्मय से उनके नेत्र फैले हुए थे।

ऋषि कह रहे थे कि मेरी तपस्या में अब आगे बढ़ने की गति नहीं। वह अपनी पूर्णता को पहुँच चुकी है। अब गृहस्थ-आश्रम में प्रवेश करने पर आगे का मार्ग दिखलाई देगा।

सहसा राजकुमार मुचकुन्द ने कहा–"पर मुझे तो ऐसा प्रतीत होता है कि आपका यह आश्चर्यजनक प्रस्ताव सुनकर सम्राट कहीं आपके लिए वध की आज्ञा न दे डालें।"

ऋषि ने कहा, ''भय मेरे सम्मुख कोई चीज नहीं। भय से मैं विमुख नहीं हो सकता। मेरी जो इच्छा है, वह मैं कहूँगा। उनकी जो इच्छा होगी, वे करेंगे।"

और उनके अधरों पर एक मुस्कान की आभा छिटक गई।

राजकुमार मुचकुन्द ने पुनः प्रश्न किया, ''क्या आप सत्य ही समझ रहे हैं कि ज्ञानपूर्वक आप यह कर्म कर रहे हैं?''

ऋषि ने अपनी गम्भीर वाणी में कहा, ''अज्ञान मुझे धोखा नहीं दे सकता।''

मुचकुन्द ने पूछा–"पर इतने मुक्त और इतने असीम हो जाने के पश्चात् आपसे गार्हस्थ्य के बन्धन में कैसे रहा जाएगा?"

ऋषि ने कहा–''बन्धन समझ कर तो मैं आ नहीं रहा हूँ। मैं तो मुक्ति का मार्ग समझ कर गृहस्थ-आश्रम में प्रवेश करना चाहता हूँ। जिस प्रकार सभी गृहस्थ रहा करते हैं उसी प्रकार मैं भी रहा करूँगा।''

राजकुमार मुचकुन्द का विस्मय अभी तक दूर नहीं हुआ था। उन्होंने पूछा, ''पर आपसे अज्ञान का ऐसा जीवन कैसे बिताया जा सकेगा?''

ऋषि ने हँसते हुए उत्तर दिया, ''वत्स, ज्ञान और अज्ञान की बात बहुत बड़ी है। ज्ञान अपने भीतर है और अज्ञान भी अपने ही भीतर है। भीतर ठीक रहने पर बाहर सब कुछ ठीक हो जाता है। जीवन तो सबका बीतता ही है, मेरा भी बीत जाएगा।"

मुचकुन्द ने पूछा, ''पर क्या आपको उस जीवन से विरक्ति नहीं होगी?''

ऋषि ने कहा, ''विरक्ति यदि होती, तो मैं स्वेच्छापूर्वक स्वीकार करने के लिए आता ही क्यों? मैं तो गृहस्थ होने के लिए स्वेच्छापूर्वक यहाँ आया हूँ।''

मुचकुन्द ने कहा, ''गृहस्थों का जीवन जैसा घृणित और स्वार्थ से परिपूर्ण है वह आपसे सहन नहीं हो सकेगा।''

ऋषि ने हँसते हुए कहा, ''वहीं तो हमारी असली तपस्या होगी। मुझे उसे भी सहन करना होगा।''

राजकुमार मुचकुन्द के आश्चर्य का भी अन्त नहीं था। उन्होंने कहा, ''अच्छी बात है। आज आप मार्ग की थकावट दूर करें। कल इस सम्बन्ध में जो करना होगा, करेंगे।''

ऋषि ने कहा, ''नहीं राजकुमार, मैं आज ही सम्राट से साक्षात्कार करना चाहता हूँ। थकावट तो क्या, मेरे लिए शरीर भी बाधा नहीं है।''

उस दिन सायंकाल सौभरि ऋषि राजराजेश्वर मान्धाता के सम्मुख उपस्थित थे।

उस वल्कलधारी साधु की ओर देखकर विश्वविजयी मान्धाता ने प्रश्न किया, ''कहो ऋषि, क्या माँगते हो?''

मान्धाता की वाणी में गर्व ध्वनित हो रहा था। मानो वह ऋषि माँग ही क्या सकता है और मान्धाता क्या नहीं दे सकता?

सौभरि ऋषि ने कहा, ''मैं गृहस्थ-आश्रम में प्रवेश करने के लिए आपकी प्रिय कन्या कुन्तला को माँगने के लिए आया हूँ।''

मान्धाता समझ नहीं सके कि वे स्वप्न देख रहे हैं या वस्तुतः यह वाण प्रस्थी कौपीनधारी साधु उससे उसकी पुत्री की याचना का साहस कर रहा है। दाँत पीसकर बोले, ''दुःख है कि ब्राह्मण और ऋषि अवध्य होते हैं।''

"दुःख की इसमें कोई बात नहीं है राजन्, आपकी पुत्री अविवाहित है और मैं विवाह करना चाहता हूँ।''

मान्धाता के नेत्र इस समय आग बरसा रहे थे। उन्होंने अपने क्रोध को पीकर कहा, ''ऋषि, तुम नहीं जानते कि तुम किसके सम्मुख खड़े होकर उनकी पुत्री की याचना कर रहे हो।''

मान्धाता ने कहा, ''तुम्हें अपनी ओर भी देख लेना चाहिए था।''

ऋषि ने उत्तर दिया, ''वह मैंने विचार कर लिया है। मैं तपस्या के जिस विराट् शिखर से नीचे आकर तुमसे तुम्हारी पुत्री की याचना कर रहा हूँ, वही मेरे लिए ग्लानि की बात हो सकती है। इसलिए मैंने विचार किया कि जब नीचे उतरना ही है, तो जिसने विश्व की विजय की है, उसी की कन्या को लेकर मैं गृहस्थ–आश्रम में प्रवेश करूँगा।''

मान्धाता ने कहा ''क्या तुम मुझसे भी अपने को बड़ा समझते हो?''

सौभरि ऋषि ने उत्तर दिया, ''बड़े और छोटे का यहाँ प्रश्न ही नहीं है। कौन कितना बढ़ा है, इसका विचार कौन करेगा? वह कौन-सी कसौटी है जिस पर यह वस्तु परखी जा सकती है? मैं यहाँ विशाल और तुच्छ का विचार करने के लिए नहीं आया हूँ। जिस काम के लिए आया हूँ, वह आपसे कह चुका। अब मैं आपका उत्तर जानना चाहता हूँ।''

मान्धाता ने कहा, ''कल आना!''

और उन्होंने अपना मुँह दूसरी ओर घुमा लिया। आज वह विश्व-विजयी एक कौपीनधारी के सम्मुख परास्त हो रहा था। आज उसके समान अभागा संसार में कौन होगा?

14

महाराज मान्धाता का हृदय आज घायल हो उठा था। अपने समस्त राज्य के खो जाने पर भी वे इतने दुःखी नहीं होते। उनका रोम-रोम आज दुःखी था, क्षुब्ध था। लगता था जैसे प्राणों के भीतर एक तुमूल का कोलाहल मचा हुआ है, जैसे जीवन-पतंग की डोर कट गई है। झंझावत में पड़ी हुई किसी तितली के समान वे हो रहे थे। यह उनकी महत्ता का मानो प्रलयकाल था। कहाँ वे विश्वविजयी सम्राट और कहाँ एक नंगा संन्यासी। और वह आकर कहता है कि मैं तुम्हारी पुत्री से विवाह करूँगा! मान्धाता के मन में कितना क्रोध था, उससे भी अधिक लज्जा थी। जो सुनेगा, वही हँसेगा। मन में आता था कि अगर धरती फट जाती, तो वे उसमें समा जाते। वे अपने आपसे भी मानो लज्जित हो रहे थे। उनके–रोम-रोम में धिक्कार भरा जा रहा था। इस विश्व-विजय को धिक्कार है, उन असंख्य यज्ञों को भी धिक्कार है। एक तपस्वी, जिसके पास तिलमात्र भी भूमि नहीं, जीवनयात्रा का सम्बल जिसके पास केवल एक कमंडल है, वह मेरी पुत्री से विवाह करना चाहता है। और वह युवा भी नहीं, घोरतर वृद्ध है, जिसके शरीर से नश्वरता प्रत्यक्ष हो रही है। आह, मेरे इस जीवन को धिक्कार

है! मैं एक संन्यासी से भी गया बीता हो रहा हूँ। मान्धाता अपने क्रोध की आग से जले जा रहे थे, अपनी लज्जा से वे आप मरे जा रहे थे। क्या यही ईश्वर की सृष्टि है? क्या यही ईश्वर का न्याय है? क्या सृष्टि में सबसे बड़ा कर्म करनेवाले मान्धाता का यही महत्त्व है? लगता था मानो मान्धाता का हृदय कोई विदीर्ण कर रहा हो। वह विदीर्णता एक अनन्त काल की व्यथा है। न उस हृदय का कोई अन्त है और न उस व्यथा की कोई सीमा है। उनका इतना दुःख मन में जैसे समा नहीं पा रहा था। उनके मन में जीवित रहने की इच्छा नहीं हो रही थी। यह पराजित मुख किसे दिखला सकूँगा? यदि उनके सामने इस समय यमराज दिखलाई दे जाते, तो वे हर्ष के साथ अपने आपको उनके हाथ में सौंप देते।

उनके मन में आ रहा था कि किस प्रकार वे इन्दुमती के सामने सौभरि ऋषि का प्रस्ताव रख सकेंगे; और सुनते ही उस माता की छाती फट क्यों न जाएगी? और यह प्रसंग भी ऐसा न था कि गोपन करके रखा जा सके।

पर अन्तःपुर में मान्धाता ने देखा कि महारानी का मुखमंडल प्रचंड ताप में पड़े हुए कमल के समान कुम्हलाया हुआ है। उनका मन कातर हो उठा। बोले, ''मालूम होता है कि तुम बात सुन चुकी हो!''

महारानी के नेत्रों से अश्रु-कण झलक आए। उन्होंने सिर झुकाकर कहा, ''चँवरधारिणी से मुझे समाचार मिल चुका है।''

''तब? तुम्हारा क्या विचार है?'' महाराज मान्धाता ने पूछा।

महारानी ने एक दीर्घ निःश्वास परित्याग करके कहा, ''ओह, ईश्वर की सृष्टि में यह कैसा अन्याय है!''

मान्धाता दाँत पीसकर बोले, ''महारानी, आज मुझे क्रोध हो रहा है कि ऋषि तथा ब्राह्मण अवध्य क्यों हैं?''

इन्दुमती चुप रही। उन्होंने महाराज की बात का कोई उत्तर नहीं दिया।

मान्धाता आप ही आप कह रहे थे, ''ऋषियों और ब्राह्मणों को महत्त्व तो हमने ही दिया है। पर क्या वे महत्त्व को पाकर अन्याय भी कर सकते हैं। आज मैं उनके इस महत्त्व को अस्वीकार कर दूँगा।''

इन्दुमती ने सुना तो अवश्य; पर उसने इस बात का भी कोई उत्तर नहीं दिया।

मान्धाता के नेत्रों से इस समय अँगारे बरस रहे थे। होठ चबाते हुए वे कहने लगे, ''इन ऋषियों और ब्राह्मणों को किसी ने भी इतना महत्त्व नहीं दिया था, जितना मैंने दिया है। पर उस महत्त्व का आज क्या परिणाम हो रहा है? एक दरिद्र, तपस्या से पतित ऋषि हमारे पास आता और मुझसे ही मेरी पुत्री को माँगने का साहस करता है। और...और इन्दुमती, मैं उसका कुछ भी नहीं कर सकता। धिक्कार है उस जीवन को, धिक्कार है आज तक के मेरे किए हुए समस्त कर्मों को!''

महारानी ने देखा कि मान्धाता के जो नेत्र क्रोध से अँगार बन रहे थे, वही अब व्यथा से जलमय हो रहे हैं। आग और पानी का यह अद्‌भुत वाण इन्दुमती के हृदय में घनीभूत हो उठा। वह सहन न कर सकीं। बिलख उठीं। रोती हुई बोलीं, ''महाराज आप कातर न हों। यदि आप ही साहस छोड़ देंगे, तो हमलोगों की जाने क्या गति होगी?''

मान्धाता सचमुच कातर हो रहे थे। उनके नेत्रों की पलकें आँसुओं से लटपटा रही थीं।

महाराज ने कहा, ''अपने जीवन में मैं आजतक कभी इतना कातर नहीं हुआ था। पर आज ऐसा प्रतीत हो रहा है कि यदि मैं इस पृथ्वी पर न आया होता, तो अच्छा था।''

और वे अत्यन्त उद्विग्न भाव से कक्ष के भीतर चलने लगे थे। कभी इस ओर जाते, कभी उस ओर जाते। भीतर क्रोध साँप के समान फुँफकार रहा था और ऊपर व्यथा अपना चित्र बना रही थी।

सहसा सम्राट रुके। उन्होंने आज्ञा दी, ''राजकुमार मुचकुन्द को अभी इसी समय यहाँ बुलाओ!''

आज्ञा देने के बाद महाराज फिर उसी प्रकार उद्विग्न भाव से कक्ष के भीतर ही टहलने लगे। उनका सिर झुका हुआ था। रह-रहकर वे अपने अधर को दाँतों से चबा लेते थे।

राजकुमार मुचकुन्द आए और माथा नवाकर खड़े हो गए। मान्धाता ने तीव्र स्वर में पूछा, ''जो ऋषि तपस्या से पतित हो जाय, उसके साथ कैसा व्यवहार करना उचित है?''

राजकुमार मुचकुन्द ने कहा, ''पिताजी इसका निर्णय तो हम-आप नहीं कर सकते कि कौन तपस्या से च्युत है और कौन तपस्या के मार्ग पर है। यह बात वाह्य आचरण से नहीं जानी जा सकती है, इसे कोई नहीं कह सकता। इसकी कसौटी हमारे पास नहीं है। तपस्वी हमारे आपके बनाए हुए नियमों से परे हैं।''

मान्धाता ने फिर तीव्र स्वर में पूछा, ''तुमने सौभरि ऋषि का प्रस्ताव सुना है?''

मुचकुन्द ने मन्दस्वर से उत्तर दिया, ''सुना है।''

मुचकुन्द के इस उत्तर से मान्धाता को आश्चर्य हुआ। उन्हें कदापि यह आशा नहीं थी कि मुचकुन्द ने इस बात को सुन लिया होगा। उन्होंने पूछा, ''तब तुम इस विषय में क्या कहना चाहते हो?''

मुचकुन्द ने उत्तर दिया, ''सौभरि बहुत ही महान् योगी हैं। उनके द्वारा अन्याय नहीं हो सकता।''

आग में आहुति पड़ गई। मान्धाता गर्जना कर उठे, ''क्या तुम कहना चाहते

हो कि वह हमारी समता कर सकता है? तुमने उसे देखा है? वह भिक्षुक हमारी कुन्तला से विवाह करेगा? वह पुष्पित लता एक ठूँठ से बाँध दी जाएगी?''

मुचकुन्द ने उसी प्रकार शान्त भाव से कहा, ''ऋषि न अन्याय कर सकते हैं और न अनुचित।''

''तुम यहाँ से चले जाओ; अभी चले जाओ!'' मान्धाता अपने जीवन के सम्पूर्ण क्रोध से गरज उठे। उनकी वह तीखी ध्वनि कक्ष में गूँज गई। मान्धाता का चेहरा लाल हो रहा था और वे क्रोध से काँप रहे थे।

राजकुमार मुचकुन्द ने अपना मस्तक झुका लिया और वहाँ से जाने लगे। तब महारानी इन्दुमती आगे बढ़ गई, उसका हाथ पकड़ लिया और बिलखकर कातर स्वर में बोलीं, ''महाराज की व्यथा तुम समझ रहे हो मुचकुन्द! जाकर जरा उस साधु को समझाओ।''

मुचकुन्द ने कहा, ''माता, वे स्वयं ज्ञानी पुरुष हैं!''

इन्दुमती ने कहा, ''मुचकुन्द, ज्ञानी पुरुष बात शीघ्र समझते हैं। तुम जाकर उन्हें समझाने की चेष्टा करो।''

''हाँ, चेष्टा करने में तो मुझे कोई आपत्ति नहीं है!'' कहते हुए मुचकुन्द जाने को उद्यत हो गए।

सहसा मान्धाता ने कहा, ''ठहरो, मैं भी तुम्हारे साथ चलता हूँ।''

और सम्राट मान्धाता भी राजकुमार मुचकुन्द के साथ चल पड़े। दोनों चुपचाप जा रहे थे। दोनों में किसी ने भी किसी से कोई बात नहीं की। दोनों के मन में एक अद्‌भुत संग्राम चल रहा था। रात्रि अभी अधिक नहीं बीती थी; पर चारों ओर निस्तब्धता फैल रही थी। आकाश के तारे स्वप्नों के जाल के समान दिखलाई दे रहे थे। दूर कहीं से वाद्ययंत्रों की ध्वनि आ रही थी।

पर जिस दर्प से सम्राट मान्धाता ने सौभरि ऋषि के समीप जाने की बात कही थी वह दर्प उनके सम्मुख पहुँचकर रह नहीं पाया। ऋषि के समीप जाते ही मान्धाता के नेत्र छलछला आए। उन्होंने रुँधी हुई वाणी में कहा, ''ऋषिवर, यह दीन मान्धाता आपके समीप यह अनुरोध करने के लिए आया है कि ऋषि ने जो प्रस्ताव हमारे सामने रखा था, उसे लौटा लें।''

ऋषि चुपचाप बैठे हुए थे। उनके अधरों पर एक अविकसित मुस्कान की छटा थी। उन्होंने मान्धाता की ओर दृष्टि डाली और उनके अधरों की अविकसित वह मुस्कान सम्पूर्ण रूप से व्यक्त हो उठी। उन्होंने कहा, ''राजन्, गर्व किसी का नहीं रहता। यह एक सामान्य नियम है।''

मान्धाता ने आहत होकर कहा, ''ऋषिवर, आप मेरा सम्पूर्ण राजत्व ग्रहण कर लें, मेरा सारा धन ले लें; पर यह प्रस्ताव न रखें!''

सौभरि ऋषि ने कहा, "धन और राज्य के लिए तो मैंने यह प्रस्ताव आपकी सेवा में रखा नहीं था। मुझे प्रेरणा मिली है कि मैं गृहस्थ आश्रम में प्रवेश करूँ और इसीलिए मैंने आपके सम्मुख यह प्रस्ताव रखा।

मान्धाता फिर कुछ बोल न सके। वे सोच रहे थे, कहाँ उनकी कुन्तला और कहाँ ये ऋषि! एक ने यौवन के उद्यान में अभी-अभी प्रवेश किया है और दूसरा जीवन के वन से भी बाहर निकला जा रहा है। उन्होंने साहस बटोरकर कहा, "पर कदाचित् कुन्तला आपको पसन्द नहीं कर सकेगी।"

ऋषि ने हँसते हुए उत्तर दिया, "कदाचित् मेरा रूप देखकर आप ऐसा कह रहे हैं। पर यह रूप और यौवन एक बाहरी आवरण है। मैंने इस विषय पर अधिक विचार नहीं किया था। पर आपने इस ओर इंगित किया है, तो मैं भी आपको वचन देता हूँ कि जब तक कुन्तला को मै पसन्द नहीं आऊँगा तब तब उससे विवाह नहीं करूँगा।"

मान्धाता को आशा का एक मार्ग मिल गया। उन्होंने कहा, "कल प्रातःकाल कुन्तला आपकी सेवा में वरमाला लेकर आएगी। यदि उसे आप पसन्द आ गए, तो मुझे कोई आपत्ति नहीं है!"

ऋषि ने कहा, "यही होगा। आपकी इच्छा पूर्ण होगी। सब कुछ कुन्तला की पसन्द पर ही निर्भर करता है।"

उसके पश्चात् सम्राट मान्धाता जिस प्रकार आए थे, उसी प्रकार मुचकुन्द को साथ लेकर चले गए। ऋषि उनके जाने के पश्चात् भी मुस्कुरा रहे थे।

पर तनिक देरे के बाद ही ऋषि किसी सजीव पदार्थ की भाँति गम्भीर प्रतीत होने लगे। उनके मन में द्वन्द्व मच रहा था कि आज तक मैंने किसी भी सिद्धि से काम नहीं लिया है, आज लूँ या न लूँ? वे इसी विचार में खो रहे थे कि उस कक्ष में एक विचित्र प्रकार का प्रकाश फैलने लगा। ऋषि ने अवाक् होकर उस प्रकाश को देखा; फिर आप ही आप कह उठे, "तुम आती हो तो आ जाओ!"

और तुरन्त वह प्रकाश एक जगह सिमट कर घना होने लगा। प्रकाश के उस घनत्व ने क्रमशः एक नारी का रूप ग्रहण किया। वह अनिन्द्य सुन्दरी कायासम्पत् नामक सिद्धि थी। उसके मुखमंडल पर असाधारण सौन्दर्य का हास था और उस हास में एक अद्भुत प्रकाश था। वह ऋषि के सम्मुख घुटने टेककर बैठ गई और हाथ जोड़कर आज्ञा की प्रतीक्षा करने लगी। उसका मस्तक ऋषि के सामने दासी के समान झुका हुआ था।

ऋषि ने कहा, "मैंने गृहस्थ-आश्रम में प्रवेश करने का संकल्प कर लिया है और राजराजेश्वर मान्धाता की पुत्री कुन्तला से विवाह करना चाहता हूँ। पर यह वृद्धावस्था और यह रूप मेरे मार्ग में बाधक हो रहा है। अतएव, मैं तुमसे चाहता हूँ कि मुझे

ऐसा रूप दे दो, जिसे राजकुमारी कुन्तला पसन्द कर ले!"

आज्ञा पाने पर कायासम्पत् का मस्तक और भी अधिक झुक गया। फिर वह एक प्रकाश के रूप में परिवर्त्तित होने लगी। उसका सम्पूर्ण रूप उसी प्रकाश में खो गया। फिर वही प्रकाश ऋषि के चारों ओर घिरने लगा उसी प्रकाश में लीन होने लगी। उनका रूप क्रमशः परिवर्त्तित होने लगा और थोड़ी देर के पश्चात् उनका वह वृद्ध रूप जाने कहाँ जा छिपा। अब वे एक तेजस्वी युवक दिखलाई दे रहे थे। गौरवर्ण का दिव्य शरीर, बड़ी-बड़ी आँखें, हास से दमकते हुए अधर। वह पुराना ऋषि जाने कहाँ जा चुका था।

प्रातःकाल राजकुमारी कुन्तला ने द्वार खोला, तो वह रूप देखकर ठिठक गई। उसके नेत्र आश्चर्य से फैल उठे, अधरों पर मुस्कान उलझ गई। उसने बिना किसी दुविधा के माला ऋषि के गले में डाल दी और उनके चरणों का स्पर्श किया।

कुन्तला की बहनों ने इस दृश्य को आश्चर्य और उत्कंठा से देखा। मान्धाता के छाती में मानो तीर लग गया। सबसे पीछे राजराजेश्वरी इन्दुमती खड़ी थीं। उनके नेत्र आँसुओं से भींग रहे थे।

राजकुमारी कुन्तला ने सौभरि ऋषि को पसन्द कर लिया था। समस्त राजधानी में यह समाचार विद्युत–गति से फैल गए। विवाह के बाजे बजने लगे, विवाह की तैयारियाँ होने लगीं।

15

जब तक नाभाग का घाव नहीं भरा, भद्रा बराबर उसके सामने बनी रही। वह इस प्रकार सेवा करती रही, मानो वह सेवा की ही साक्षात् मूर्ति हो। नाभाग मन ही मन आश्चर्य से सोचा करता था कि नारी भी क्या विचित्र पहेली है। एक ओर तो यह प्राण लेती है और दूसरी ओर प्राणों का दान भी करती है। वह ऐसा सोचता कि इस नारी के एक हाथ में अमृत का पात्र है और दूसरे हाथ में विष का भाँड़। यह हलाहल भी दे सकती है और अमृत भी। पर यह क्या देगी, एक रहस्य है, जिसे जान सकना कठिन है।

जब भद्रा कोई कार्य करती, तो नाभाग उसकी ओर देखता रहता। जब भद्रा उसकी ओर मुस्कुराकर देखती, तो नाभाग घबड़ा जाता। वह दूसरी ओर मुँह फेर लेता या कोई दूसरी बात बना देता।

वह कुटीर से बाहर भी निकलने लगा था। बाहर निकलता हुआ जरा इधर-उधर घूम आता। उसे कभी-कभी अपने गुरु की याद आती। वह सोचता कि दुर्बल शरीर

लेकर भी वे जल के भीतर ऐसी तपस्या कर रहे हैं कि कभी आते ही नहीं। कभी सोचता कि यदि गुरुदेव आ जाएँगे, तो वे भद्रा को यहाँ देखकर अवश्य अचम्भा करेंगे। फिर उसे याद आता कि उसके गुरु की प्रवृत्ति के आलोक में उन्हें सब-कुछ मालूम हो गया होगा। पर वह समझ नहीं सकता था कि भद्रा को उसके पास देखकर गुरुदेव अच्छा समझेंगे या बुरा मानेंगे। फिर वह आप-ही-आप कह उठता था कि जो हो, वह तो यहाँ है ही, जब गुरु आएँगे, तब देखा जाएगा।

मगर पवन के झकोरे की तरह जब-जब एक बात उसके मन में आती, तो वह घबरा जाता। उस समय वह ऐसा लगता था कि प्रवृत्ति के आलोक से गुरुदेव को पता है कि कुटीर में आजकल एक नारी उपस्थित है और इसी कारण वे यहाँ नहीं आते। ऐसा विचार मन में आते ही उसका हृदय ऐंठने-सा लगता।

पर फिर उस उद्विग्न मन में एक बात और आ उठती। वह सोचता कि जिस प्रवृत्ति के आलोक में मेरी सच्ची स्थिति का भी पता मिल गया होगा कि मैं कैसी अवस्था में था और भद्रा ने मेरी कितनी सेवा की है। कहें तो कह सकते हैं कि अब जो बाकी जीवन बचा हुआ है वह भद्रा का ही दिया हुआ है।

नाभाग को स्मरण होता कि भद्रा उससे कह रही थी कि जब वह कुटीर में नाभाग के घायल होने के बाद आई तो उस समय उसके क्षतों पर वनस्पति का लेप लगा हुआ था। अवश्य ही गुरुदेव यहाँ पधारे होंगे, अन्यथा शरीर के क्षत पर लेप दूसरा कौन लगा जाता?

कभी उसके मन में आता कि जल के भीतर डुब्बी लगाकर देखे कि गुरुदेव किस अवस्था में हैं। पर शरीर की दुर्बलता के कारण ऐसा नहीं कर पाता था।

जो भी हो; लेकिन इतनी बात अवश्य थी कि नाभाग को अब भद्रा का रहना खलता नहीं था। वह आश्वासन के समान नाभाग के मन को छूती थी। वह मन ही मन उसका बहुत ही कृतज्ञ था। यदि वह स्वयं भी जाने का प्रस्ताव रखती, तो नाभाग उसे कदापि स्वीकार नहीं कर सकता था।

भद्रा अपने यहाँ से अजाओं को लेती आई थी। नाभाग को उसका दुग्ध प्रिय मालूम होता था। इसके अतिरिक्त उसके बनाए हुए भोजन में विचित्र तृप्ति का स्वाद था। भद्रा उसे सभी भाँति उपयोगी प्रतीत होती। नाभाग कभी हँस देता और कहता, "तुम व्यर्थ ही मेरे लिए कष्ट उठाती हो भद्रे? जो एक बार तुम्हारा नहीं हो सका, वह फिर दुबारा भी तुम्हारा नहीं हो सकेगा।"

भद्रा हँस देती, "तुम समझते हो कि मैं तुम्हें अपनाने का प्रयत्न कर रही हूँ, पर यह तुम्हारी भूल है। मेरे मन में अब तुम्हें अपनाने की लेशमात्र भी चिन्ता नहीं है। मैंने जो किया वह पहले तो दया से द्रवीभूत होकर किया था और अब स्नेहवश विवश होकर कर रही हूँ। अन्यथा मैं अब तक कब के जा चुकी होती।"

और नाभाग के हृदय में आश्चर्य का एक सागर उमड़ने लगता। उस अछोर समुद्र में डूबता-उतराता वह सोचने लगता कि यह कैसा आश्चर्य है कि पहले जिसने अपनाने का प्रयत्न किया, उसने फिर हत्या की भी चेष्टा की। हत्या का प्रयत्न करके फिर उपचार भी किया और जीवन का दान भी किया और अब फिर वही नारी निःशंक भाव से कह रही है कि मेरे मन में अब तुम्हें अपनाने की लेशमात्र भी चिन्ता नहीं है। अब वह जो कुछ कर रही है, केवल ममता से कर रही है।

नाभाग उससे पूछता, "भद्रे, ऐसा तो तुम कहती हो; पर यदि मैं यहाँ से चला जाऊँ, तो क्या तुम्हें बुरा नहीं लगेगा।"

भद्रा उत्तर देती, "अभी तुम्हारे कहीं जाने का प्रश्न ही नहीं उठता, क्योंकि तुम दुर्बल हो। पर जब तुम सबल हो जाओगे, तब तुम्हारे जाने से पहले मैं ही कहीं चली जाऊँगी।"

नाभाग पूछता, "कहाँ जाओगी भद्रे? क्या अपनी उसी कुटिया में?"

भद्रा दृढ़ कंठ से इस बात का उत्तर देती, "कुटिया तो यहाँ से बिलकुल निकट है। यदि चाहूँ, तो दिन भर में बीस बार वहाँ जा सकती हूँ और तुम्हारी सेवा में कोई व्याघात नहीं पड़ सकता। पर जब जाना होगा, मैं वहाँ नहीं जाऊँगी। मैं तो इस वन को छोड़ कहीं दूर, अति दूर चली जाऊँगी।"

नाभाग पूछता, "वह कौन-सा स्थान होगा?"

भद्रा इसके उत्तर में कहती, "मैं नहीं जानती कि मैं कहाँ जाऊँगी और किस स्थान पर जाऊँगी, पर इतना अवश्य कह सकती हूँ कि मैं यहाँ से किसी दिन निश्चय ही चली जाऊँगी। कम-से-कम किसी ऐसे स्थान पर तो अवश्य ही जाऊँगी, जहाँ तुम न पहुँच सकोगे और न जान सकोगे।"

नाभाग कातर-सा होकर कहता था, "मेरे लिए तुम इस वन को क्यों छोड़ोगी, मेरे लिए तुम्हें त्याग करने की आवश्यकता नहीं। मैं स्वयं इस वन को छोड़कर कहीं अन्यत्र चला जाऊँगा।"

इसके उत्तर में भद्रा का कंठस्वर तीखा हो जाता। अधरों की हँसी के बीच की ओट लेने पर भी स्वर की तीव्रता काँटे के समान चुभ जाती थी। वह कहती, "नाभाग, तुम मेरे जीवन की समस्त अभिलाषाओं को नष्ट कर देने वाले हो। मैं तुम्हें न देखना चाहती हूँ और न जानना चाहती हूँ। यदि इस वन में रह जाऊँगी, तो प्रतिदिन तुम स्मृति में आते रहोगे। मैं ऐसा नहीं चाहती अपनी पराजय को कोई अंगीकार करना नहीं चाहता। इस बात को जानना भी नहीं चाहती कि तुम मेरे जीवन में कभी आए थे। मैं तुम्हें किसी दूर देश में जाकर भूल जाना चाहती हूँ और सचमुच भूल जाऊँगी।"

भद्रा की ध्वनि में जिस दृढ़ता का आभास था, उससे प्रतीत होता था कि वह

जो कुछ कह रही है, सच कह रही है। उसका निश्चय दृढ़ है। अपनी बात से वह टल नहीं सकती।

पर इससे नाभाग के मन में एक विचित्र प्रकार की चोट लगी। वह न तो उसके प्रथम प्रेम का रहस्य समझ पाया था और न इस वर्तमान विरक्ति का भेद ही समझ सकता था। यद्यपि उसके शरीर का घाव ठीक हो गया था; पर उसके मन में एक विचित्र प्रकार का घाव बनता जाता था। वह यह भी निश्चय नहीं कर पाता था कि अब क्या करना चाहिए।

एक दिन की बात है। कुटीर के समीप के एक पेड़ के नीचे नाभाग के मन में भद्रा के जीवन की पूर्वकथा आ रही थी। उसने कहा, ''भद्रे, मुझसे और तुममें एक बात का महान् अन्तर है। मैं परमात्मा को मानता हूँ और तुम उनके अस्तित्व को भी अस्वीकार करती हो। इस सम्बन्ध में तुमने जो अपनी जीवन-कथा सुनाई थी, आज मैं वही याद कर रहा हूँ।''

भद्रा ने किंचित् मुस्कुरा कर कहा, ''तो कहो, मेरे जीवन के भीतर भी तुम परमात्मा की कोई कृपा देखते हो?''

''हाँ भद्रे, तुम्हारे उस जीवन में भी परमात्मा का प्रकाश है। यदि वे किरात तुम्हें देव-कन्या नहीं समझते, तो यह निश्चय था कि वे तुम्हारी हत्या कर डालते।''

इस बात पर भद्रा हँसने लगी। हँसती हुई बोली, ''उन किरातों के अज्ञान में भी ईश्वर का प्रकाश था? अज्ञान में भी ईश्वर? विचित्र यह ईश्वर है! मैं न इसे समझती हूँ और न समझना चाहती हूँ।''

नाभाग ने कहा, ''भद्रे यदि तुम मेरे गुरु को एक बार फिर देख पातीं तो तुम्हारे हृदय का अविश्वास दूर हो सकता।''

पेड़ से काँपते हुए पीले पत्ते गिर-गिर जा रहे थे। आकाश में ऊपर मेघ थे और क्षितिज मेघविहीन नीला दिखलाई दे रहा था। सहसा भद्रा चौंककर बोल उठी, ''तुम्हारे गुरु आज तक नहीं आए? तुमने कहा था कि वे इसी सरोवर के जल में बैठकर तपस्या कर रहे हैं।''

नाभाग ने चिन्तित भाव से उत्तर दिया, ''तपस्या के लिए सरोवर में ही बैठे थे। फिर आए नहीं। पता नहीं कि क्या बात है। मेरे शरीर में इतनी शक्ति नहीं कि जल के भीतर पैठकर गुरुदेव का पता पा सकूँ। यदि मेरे आग्रह से तुम यह काम कर सकती तो, मैं तुम्हारा आभार मानता।''

भद्रा ने हँसकर कहा, ''जल के भीतर पैठकर देखने की ही बात है न! यह कार्य मैं बड़ी सरलता से कर सकती हूँ। इसके लिए आभार-प्रदर्शन की आवश्यकता नहीं। तुम कुटीर में जाकर बैठो। मैं जल के भीतर देखकर थोड़ी देर में आती हूँ।"

नाभाग ने कहा, ''यदि गुरुदेव की समाधि गहरी हो गई हो, तो फिर उन्हें बाहर

निकालकर लाना ही होगा। बाहर निकालकर उपचार करने से वे प्रकृत स्थिति में लौट आएँगे।''

भद्रा ने कहा, ''तुम्हारा यह कार्य भी बड़ी सरलता से हो जाएगा।''

नाभाग कुटीर में चला गया। वहाँ बाहर बैठकर वह विचार करने लगा कि सचमुच गुरुदेव को गए हुए बहुत दिन बीत गए। कहीं उन्होंने मेरा परित्याग तो नहीं कर दिया? आह, तब इस अधम की क्या गति होगी? नाभाग का हृदय धड़कने लगा। वह कुछ सोच भी नहीं सका कि क्या करे और क्या न करे। अपने गुरु के बारे में उसे बड़ी चिन्ता हो रही थी। वह चाहता था कि गुरु आ जाएँ, तो वह उनसे कहे कि इस वन को छोड़कर चलिए; किसी दूसरे स्थान पर रहा जाय। उसे यह भी आशा थी कि परिस्थिति को देखकर वे नाभाग की प्रार्थना स्वीकार कर लेंगे। वह यह भी चाहता था कि भद्रा के जाने से पहले ही उससे विदा माँगकर इस वन से बाहर चला जाय। थोड़ी देर के पश्चात् भद्रा ने आकर समाचार सुनाया कि तुम्हारे गुरुदेव वहाँ नहीं हैं। नाभाग इस समाचार को सुनते ही सन्न हो गया।

भद्रा कह रही थी, ''मुझे यह आशंका पहले से ही थी कि वे यहाँ नहीं हैं। यदि होते, तो कभी अश्वय आते।''

नाभाग ने अवाक्-उद्विग्न के समान पूछा, ''तो वे गए कहाँ?''

भद्रा ने कहा, ''इस बात को मेरी अपेक्षा तुम ही अधिक बतला सकते हो।''

इस संवाद से मानो नाभाग के वक्षस्थल में तीर-सा लग गया। उसका मर्म घायल हो उठा। उसने अपने मन में समझ लिया कि गुरु की अनुमति के बिना ही मैंने भद्रा को यहाँ आश्रय दिया है और इसी कारण गुरुदेव मुझसे रुष्ट हो गए हैं। नारी के प्रति उनकी असीम घृणा थी। उसी घृणा के वशीभूत होकर वे कुटीर में न आ सके।

नाभाग के मन में होने लगा कि वह तीव्र स्वर में चिल्ला उठे कि गुरुजी, आपने मुझे ठीक से नहीं समझा है। आपका भ्रम मिथ्या है! पर यह बात उसके मन में ही घुमड़कर रह गई भद्रा की उपस्थिति में वह कुछ कह नहीं सका।

नाभाग ने कहा, ''मेरे गुरु आज तक मुझसे रुष्ट नहीं हुए थे।''

भद्रा ने हँसकर कहा, ''पर मेरे कारण वे रुष्ट हो गए!''

नाभाग ने बात सँवारने के ढंग पर कहा, ''यह तो कहा नहीं जा सकता कि वे मुझसे किस कारण रुष्ट हैं, अथवा यह भी नहीं कहा जा सकता कि मुझसे रुष्ट ही हो गए हैं। मेरे मन में होता है कि वे गए कहाँ?''

भद्रा उसी प्रकार मुँह पर हँसी लिए हुए बोली, ''यदि मैंने भी योग की साधना की होती, तो तुम्हें बतला देती कि तुम्हारे गुरुदेव इस समय कहाँ हैं।''

नाभाग ने चोट खाकर कहा, ''योग का तत्त्व उपहास की वस्तु नहीं है भद्रे।''

क्रोध के मारे उसकी आँखें लाल हो उठीं और अधर फड़कने लगे।

भद्रा ने कहा, ''मैं योग का उपहास तो नहीं कर रही हूँ। योगिजनों को सब कुछ विदित होता है। आकाश में, अन्तरिक्ष में क्या हो रहा है, सब कुछ वे जानते हैं। वे सिद्धियों के साथ वार्तालाप कर सकते हैं, अपने शरीर के द्वारा ही वे आकाश में उड़ सकते हैं, वे पराए शरीर में प्रवेश कर सकते हैं। योगियों को कोई भी पदार्थ दुर्लभ नहीं। इसी कारण मैंने कहा कि यदि मैंने योग की साधना की होती, तो निश्चय ही तुम्हें बता देती कि तुम्हारे गुरुदेव इस समय कहाँ हैं; बल्कि मैं यह भी बतला सकती थी कि तुम्हारे गुरुदेव ने किस कारण इस स्थान का परित्याग किया।''

नाभाग सर्वांग जल उठा। भ्रदा का प्रत्येक वाक्य उसके हृदय में तीर की तरह चुभ गया। वह आहत होकर बोला, ''भद्रे तुम्हारे हृदय में तनिक भी दया नहीं है।''

भद्रा ने कहा, ''यदि मेरे हृदय में दया होती, तो मैं तुम्हें त्रिशूल से मारने का प्रयास ही क्यों करती? पर मैं तुम्हारे गुरु के समान निर्मम भी नहीं हूँ, जो सब कुछ जानते हैं, सब समझते हैं; जो त्रिकालदर्शी हैं; पर वे बिना तुमसे कुछ कहे-सुने यहाँ से जाने कहाँ चले जाते हैं। मेरे मन में आता है कि जब योग की इन महती विभूतियों को पाकर भी साधारण जन के समान तुम्हारे गुरु रहा करते हैं, तो फिर साधारण जन होकर ही रहना अच्छा क्यों नहीं है? गुरु के इतने योग्य शिष्य होकर भी आज तुम यह सोच रहे हो कि कुटीर के भीतर एक नारी के प्रवेश की सच्ची बात को गुरु ने एक भ्रम के रूप में ग्रहण किया है, तो फिर इतर जीवों के समान ही भ्रम और भय का जीवन बिताना क्या बुरा है?''

नाभाग ने चिल्ला कर कहा, ''भद्रे, तुमने मेरे गुरुदेव को समझा नहीं है। वे अति महान् हैं। तुम जब उन्हें देख लोगी, तब तुम्हारे मुँह से ऐसे वचन नहीं निकलेंगे।''

भद्रा ने कहा, ''मैं तुम्हारे गुरुदेव को देखने की आवश्यकता नहीं समझती। जो दृष्टि तुम्हें मिली है, वही दृष्टि तुम्हारे गुरुदेव के भीतर विशाल हो उठी होगी।''

नाभाग ने लाल-लाल नेत्रों से उसकी ओर देखते हुए पूछा, ''इसका अर्थ?''

भद्रा ने कहा, ''इसका अर्थ एकदम सरल है। जिस प्रकार तुम नारी को घृणा की दृष्टि से देखते हो उसी प्रकार तुम्हारे गुरु नारी को और भी अधिक घृणा की दृष्टि से देखते होंगे। इससे अधिक और कोई विशेष बात उनमें होगी, ऐसा मेरा अनुमान नहीं है।''

नाभाग अब इस अप्रिय प्रसंग को और भी अधिक बढ़ने देना नहीं चाहता था। उसने कहा, ''हटाओ इन बातो को। पर मैं इतना अवश्य कहूँगा कि तुमने बिना जाने मेरे गुरुदेव के प्रति अन्याय किया है। जो हो, अब बताओ कि मैं क्या करूँ?''

भद्रा ने इसके उत्तर में हँसकर कहा, ''योगिजनों को मैं परामर्श क्या दूँ? तुम्हारे सम्मुख सभी मार्ग खुल हुए हैं। चाहे तो तुम इसी स्थान पर गुरु का नाम लेकर पड़े

रहो, या मन माने तो जहाँ-तहाँ परिभ्रमण करके अपने गुरुदेव को खोजते फिरो। कहीं-न-कहीं तो अवश्य होंगे। सबसे बड़ी बात तो यह है कि मैं नहीं समझती कि तुम्हें क्या करना चाहिए। पर इतना अवश्य समझती हूँ कि मुझे इस स्थान को छोड़कर अन्यत्र चली जाना चाहिए।''

नाभाग ने आश्चर्य से चकित होकर पूछा, ''ऐसा क्यों?''

यद्यपि अभी वह मन में चाह रहा था कि भद्रा यहाँ से कहीं चली ही जाय, तो अच्छा है। कम-से-कम इतनी कटूक्तियाँ तो सुनने को न मिलेंगी। पर फिर भी जब भद्रा ने स्वयं वहाँ से जाने का प्रस्ताव किया, तो नाभाग के मन में एक आश्चर्य-सा मालूम हुआ। यद्यपि भद्रा के इस प्रस्ताव से उसके मन में हर्ष होना चाहिए था, तथापि उसका मन विषाद के बादलों से घिर गया।

पर भद्रा के मुखमंडल पर हर्ष–विषाद का आभास तक न था। उसके अधरों पर जिस प्रकार मन्द मुस्कान बराबर बनी रहती थी, उसी प्रकार बनी रही। कसौटी पर कनक-रेखा के समान उस मुस्कान को तनिक और भी खींचकर भद्रा ने कहा, ''मैं तो न तुम्हारे बुलाने पर आई थी न तुम्हारे कहने से जा रही हूँ। मैं स्वयं तुम्हारे पास आई थी और स्वेच्छापूर्वक ही यहाँ से जा रही हूँ। इससे तुम्हारे मन में हर्ष होता हो अथवा विषाद, मैं इसकी चिन्ता नहीं करती। मुझे आज ही यहाँ से चली जाना है।''

''आज ही?" नाभाग ने चकित होकर पूछा, ''कब?''

भद्रा ने उसी प्रकार अपनी वाणी में मुस्कान मिलाकर कहा, ''जब आज ही जाना है, तो अभी जाना चाहिए!''

नाभाग ने भद्रा की इस बात पर कुछ भी नहीं कहा। वह इस नारी को न समझ सका है न समझ सकेगा। सम्भवतः यह उसके मन को दुःखी और खिन्न बनाने में ही अपनी सार्थकता समझती है। इसी कारण वह सर्वदा आगे बढ़कर उसके मन पर चोट मारती है। जब पूरी तरह आक्रमण सफल नहीं होता, तो मन को छोड़कर शरीर पर भी वह त्रिशूल से आघात कर डालती है। नारी को समझ सकना कठिन ही नहीं, दुस्तर भी है। प्रेम न पा सकी, तो अब पूर्ण रूप से विरक्ति पाना चाहती है। मानो विरक्ति में भी स्मरण तो उसे रखना ही पड़ेगा। रहस्यमयी रमणी!

बात बदलकर नाभाग ने कहा, ''तब अभी तुम्हारा कहाँ जाने का विचार है?''

भद्रा ने कहा, ''मानो तुम मुझसे नहीं, अपने आप से भाग रहे हो?''

''ऐसा ही समझो!''–भद्रा की हँसी नाभाग की हँसी के साथ मिल गई।

हवा बह रही थी। पवन के झकोरों में पड़कर आसपास के पेड़ के पत्ते भी हँस रहे थे। नाभाग और भद्रा की हँसी बन्द हो जाने के बाद उन पेड़ों से हँसी का स्वर झरता ही रहा।

16

फिर रात हुई। उस काली मखमली रात में जैसे किसी ने चमचम सितारे जड़ दिए। किसी भूली हुई कहानी की मायाविनी राजकन्या-सी–जो किसी अदृश्य टापू से अदृश्य होकर चली थी–वनफूलों के घने सुवास को बखेरती हवा भटक आई। कभी वह मन्द-पदचिरण करती, कभी उतावलेपन के साथ चलकर अपना भूला हुआ मार्ग पाने का प्रयास करती। पेड़ के पत्तों-पत्तों से वह उलझ पड़ती। वह कुछ कह रही थी, कुछ सुन रही थी। अल्हड़ नादान वह कभी वाचाल बनती, कभी रूठ जाती और कभी रुककर अनमनी-उदास जैसे किसी भूली हुई बात को सोचने लगती। तब झींगुर के स्वर उससे बातें करते, तब फूलों का सुवास उसे कुछ याद दिलाता। फिर वह जैसे तन्द्रा से चौंकती और चकित हिरणी की भाँति चलने लगती।

गम्भीरता के समान सर्वत्र शान्ति व्याप्त थी। कभी कोई भटकती हुई चिड़िया बोल देती, कभी कोई वनवाराह इधर से उधर दौड़ जाता। उसके बाद सब कुछ झींगुर के स्वर-जाल में उलझा–जैसा का तैसा–शान्त, नीरव, चुपचाप बना रहता। लगता था झींगुर की ध्वनि में ही नीरवता मुखर हो गई है।

कुटीर में धूनी जल रही थी। उसके अगार अन्धकार के घाव के समान दिखलाई दे रहे थे। भद्रा बैठी थी और नाभाग भी उसी के स्थान पर बैठा हुआ कुछ सोच रहा था। अपने को वह विचित्र परिस्थिति में पा रहा था। उसे लगता था मानो किसी तरंगित विशाल महासागर में पड़ा तिरता हुआ वह छोटा-सा एक घोंघा है। कहीं कोई ओर-छोर नहीं। कहाँ से आ रहा है और कहाँ वह जा रहा है, इसका भी पता नहीं। क्या करे, यह भी कुछ समझ में नहीं आता...

और उसके सामने बैठी है भद्रा। नारी मानो स्वयं पहेली है और स्वयं ही वह उसका उत्तर भी है। प्रश्न समझना तो कठिन है ही, उत्तर को समझना भी कम गूढ़ नहीं। आज उससे बोलते हुए भी नाभाग को भय मालूम हो रहा था। भद्रा के व्यवहार तथा बातचीत से उसे कम चोट नहीं लगी थी। इक्षुदंड मीठे रस से भरा होता है; पर उसी इक्षुदंड से प्रहार किए जाने पर क्या चोटें नहीं लगतीं? उसका हृदय किसी मार की पीड़ा से बेचैन था; वह स्वयं भी नहीं बतला सकता था कि कैसी यह चोट है। वह अव्यक्त चोट उसके मन को कातर कर रही थी। हृदय में एक हलचल थी; लेकिन जिस प्रकार वह चोट, न जाने, किस मर्म पर लगी थी, जिस प्रकार उस चोट का कारण अज्ञात था, उसी प्रकार मन की वह हलचल भी अज्ञात थी। कुछ कह सकना कठिन था। यह सब जितना सरल था, उतना ही गूढ़। सरल इतना जैसे जूही की कली और गूढ़ इतना जैसे उस जूही की कली से चोट लग गई हो और व्यथा से तन-मन प्राण झर गए हों।

अँगारों के स्थिर प्रकाश में भद्रा का चेहरा ताम्र के समान रक्ताभ प्रतीत होता था। ओह, जिस प्रकार वह भद्रा को देख सकता है, उसी प्रकार वह उसके अन्तर को भी देख सकता! स्त्रियों को यदि विधाता ने पारदर्शी बनाया होता, तो कितना अच्छा होता? कब वे कुज्झटिका के समान खड़खड़ा उठेंगी और कब शरद् के आकाश की भाँति निर्मल बन जाएँगी, इसका कोई विधान नहीं!

अँगारों के स्थिर प्रकाश में भ्रदा का चेहरा तपे हुए ताँबे की तरह दमक रहा था। उसकी आँख अर्द्धोंमीलित थीं। उसके मन के गूढ़ आकाश में भावनाओं के बादल एक दूसरे को रेलते पेलते उमड़े चल आ रहे थे। वह सोच रही थी कि अपने धूलिधूसरित जीवन को स्वयं कहाँ-से-कहाँ ले आईः यदि उसने नाभाग को न देखा होता, तो कितना अच्छा था? यदि नाभाग को देखकर भी उसने उससे बातें न की होतीं तब भी कितना सुन्दर था। जीवन का उसका वह अकेलापन कितना मधुर था!...पर इस अप्रिय परिचय के बाद फिर उस निःसंगता को प्राप्त कर सकना कठिन है। शरीर किसी स्थान पर क्षत हो जाय, तो उसका चिह्न बनकर सदा के लिए बना ही रह जाएगा जिसे उसने उत्तरीय जानकर गले से लपेटना चाहा था, वह फाँसी का फन्दा बन गया! बार-बर प्रयास करती कि नाभाग से कुछ भी नहीं कहे और वहाँ से वह निकलकर कहीं दूर, अति दूर चली जाय। पर, न जाने क्या होता कि कुछ दूर आगे जाकर भी वह फिर वहीं लौट आती। पता नहीं यह किस चुम्बक का प्रभाव था। पता नहीं, वह चाहती क्या थी!

आज उसके हृदय के किसी भी रन्ध्र से नाभाग के प्रति प्यार की ध्वनि नहीं निकलती थी। वह तो जैसे उसकी चरम लज्जा का एक जीवन्त इतिहास था। परिचय के पहले दिन ही नाभाग ने भद्रा के प्यार को ठुकरा दिया था और उसी दिन से वह उससे पूरी तरह घृणा करती थी; पर वह घायल और मरणासन्न से घृणा नहीं कर सकी, पीड़ित से घृणा नहीं कर सकी, और वह दुर्बल से भी विरक्त नहीं हो सकती। कुछ करे, तो वह कैसे? कहीं जाए भी, तो किस भाँति! जिस सर्प के भय से वह भागना चाहती है, उसी ने उसके दोनों पैरों को अपने बन्धन में बाँध-सा लिया है। जीवन में ये विषधर भुजंग आते ही क्यों हैं? इस बन्धन को तोड़ना ही होगा। झटका देकर, झककोर कर, किसी प्रकार भी इस विषमय बन्धन से परित्राण पाना ही होगा। चला ही जाना होगा।

लेकिन इधर नाभाग अच्छा हो रहा था। शरीर में बल भी आ चला था। पीत मुखमंडल पर एक आभा छाती जा रही थी। आज जब उसने अपने गुरुदेव की खोज की, तो भद्रा को लगा कि नाभाग का मन ही सबल हो उठा है। पर उसके गुरु की याद आते ही भद्रा का मन विरक्त और घृणा से भर उठा। वह मन-ही-मन चंचल हो उठी। क्यों वह अपने गुरुदेव का नाम जपता रहता है, जिसने मरणासन्न अवस्था

में भी उसकी सुधि न ली? लेकिन जब सरोवर में पैठकर खोजने से भी नाभाग के गुरु का पता नहीं लगा, तब उसके मन में एक हिंसक आनन्द उमड़ आया, लो जिस गुरु को खोजते हुए तुम इतने व्यग्र हो, वह है कहाँ? उच्छिष्ट की भाँति तुम्हें त्याग कर वह तो चला गया; न जाने कहाँ, किस ओर! उसके मन में हुआ कि वह ठठाकर हँसती रहे, हँसती रहे और तबतक हँसती रहे जबतक नाभाग उस हँसी से चिढ़कर सदा के लिए उसके सामने से चला न जाय। पर उसने अपने आपको अपने अधीन किया। पहले जो बातें हुई, हास-परिहास की तरह हो गईं। फिर अब वह सोच रही है कि व्यर्थ ही वह अपने हृदय की इस दावाग्नि में क्यों जली जा रही है? अब नाभाग स्वस्थ्य-सबल हो चुका। अब मेरी कोई आवश्यकता नहीं। फिर मैं यहाँ से चल ही क्यों न दूँ? जितनी दूरी पर रह सकूँगीं, उतना ही अच्छा होगा। जंगल में क्रुद्ध व्याघ्र और सर्पों से घिरी रहूँ, मरुभूमि में प्यासी भटकती मरूँ, तब भी मन को इतना कष्ट नहीं होगा। फिर मैं देर क्यों कर रही हूँ। यहाँ से चली क्यों नहीं जाती? भद्रा अपने मन में इसका कोई उत्तर खोजकर भी नहीं पा रही थी। हृदय के क्षितिज में कोई कुररी हो रही थी। न जाने क्यों!

सचमुच ही नाभाग अब अपने गुरुदेव के बारे में सोच रहा था। उसकी समझ में आता ही नहीं था कि सरोवर से निकलकर उसके गुरुदेव गए, तो कहाँ गए। कहीं जाने की बात होगी तो वे उसे सूचना अवश्य देते। उसके मन में धारणा थी कि अब वह इतना तुच्छ नहीं कि गुरुदेव उसे अपदार्थ की भाँति छोड़कर चले जाएँ। पर फिर भी गुरुदेव ने उसे छोड़ दिया था और चले गए थे। वस्त्र को स्वच्छ करते समय जिस प्रकार वह निचोड़ा जाता है, उसी प्रकार उसका हृदय ऐंठा जा रहा था। वह अत्यन्त कातर हो गया था। उसकी आँखों में आँसू भर आए थे, जिन्हें वह भद्रा के सामने प्रकट नहीं होने देना चाहता था। चित्रलिखित-सा वह बैठा था; पर जब उसके मन में व्यथा की आँधी उमड़ती, आँखों में आँसू आते, तो वह अपना चेहरा दूसरी ओर फेर लेता।

और भद्रा समझ रही थी कि यह घृणा है। बार-बार यह मुँह क्यों फेर लेता है? सचमुच इसे मेरी उपस्थिति अप्रिय है। यह मेरी ओर दृक्‌पात भी नहीं करना चाहता। कुछ सोचकर उसने कहा, "नाभाग, यदि मैं इसी समय यहाँ से चली जाऊँ, तो कैसा हो?"

सुनने को तो नाभाग ने भद्रा की बात सुन ली; परन्तु उसका कंठ भर्राया हुआ था। सारा अन्तःकरण आर्द्र-सा हो गया था। यदि उस समय वह कुछ बोलता, तो उसका रुदन व्यक्त हो उठता, आँखों में बँधे हुए आँसुओं का बाँध टूट पड़ता। उसने अपने आपको बोलने से रोका। भद्रा की बात उसके मन में उसके त्रिशूल की अपेक्षा भी अधिक घातक पड़ी। वह कुछ कहना चाहता था, फिर भी कह नहीं सका। यदि

भद्रा उस अन्धकार में स्पष्ट देख पाती, तो देखती कि नाभाग की मुख-मुद्रा नितान्त कातर हो गई है और आँखों में एक प्रकार की अद्‌भुत व्यथा भर आई है।

और जब नाभाग ने उसकी बात को कोई उत्तर नहीं दिया, तो भद्रा ने इसे स्पष्ट अवज्ञा मान ली। यदि इस व्यक्ति के मन में किसी कोने में भी मेरे लिए कोमल भावना होती, तो यह चुप क्यों रह जाता? यह तो चले जाने का स्पष्ट निर्देश है। इतना भी नहीं हुआ कि कह दे, "अभी क्यों जाती हो भद्रे रात बीत जाने दो, तब चली जाना!"

भद्रा ने कहा, "तो मैं जाती हूँ!"

उसके कोमल स्वर में भी क्रोध की कठोरता झनझनाती हुई बज गई। लेकिन फिर भी नाभाग ने उसकी बात का कोई उत्तर नहीं दिया। उसकी तीव्र इच्छा हो रही थी कि वह भद्रा को जाने से रोक ले। उसका हाथ पकड़ ले और बिलख-बिलख कर रोता रहे। उसके समान अभागा कौन होगा?

भद्रा उठ गई। लपककर उसने अपना त्रिशूल उठाया और उस अन्धकार में चल पड़ी। नाभाग के हृदय से एक आह उठी और वह आह स्वर में सम्पूर्ण हो गई। अन्धकार में आगे बढ़ती हुई भद्रा ने भी उस आह को सुना।

एक क्षण के लिए भद्रा को ऐसा लगा कि मानो नाभाग की कातर आह ने उसके चारों ओर एक घेरा-सा बना दिया है, और वह आगे नहीं बढ़ सकती। वह तनिक ठिठकी। इस व्यथा-भरी आह का अर्थ समझना ही होगा, लेकिन उसके पैर रुके नहीं, चलते ही गए।

भद्रा कह सकती थी कि आगे क्यों बढ़ती गई; परन्तु वह कदापि नहीं कह सकती थीं कि वह फिर पीछे की ओर क्यों लौट पड़ी। वह क्रुद्ध थी। शीघ्रतापूर्वक वह फिर लौटकर कुटीर के पास आ गई। नाभाग उस समय भी मस्तक झुकाए हुए अपनी चिन्ता में लीन था। भद्रा कुटीर में नहीं गई। तीखे स्वर में उसने बाहर से ही कहा– "पशु भी उपकार मानते हैं नाभाग; लेकिन तुमने मनुष्य होकर भी जिस प्रकार मेरा अपमान किया है, उस अपमान को देखो। वह इस अन्धकार से भी बढ़कर है। नाभाग, तुमने मेरे साथ जिस प्रकार का नीच व्यवहार किया है, उसका प्रतिफल तुम्हें अवश्य मिलेगा; अवश्य ही मिलेगा।"

नाभाग ने सिर उठाकर देखा। अन्धकार के कारण भद्रा दिखलाई नहीं दे रही थी। पत्तों की चरमराहट की ध्वनि से उसने अनुभव किया कि भद्रा जा रही है। सहसा वह उठ गया और दौड़ पड़ा। तनिक दूर जाते ही उसने तारों के प्रकाश में देखा कि भद्रा जा रही है। वह दौड़ता हुआ भद्रा के पास पहुँचा। उसका हाथ पकड़ लिया और उसे पीछे की ओर खींचने लगा। रुलाई से फफकते हुए स्वर में उसने कहा, "भद्रे, तुम नहीं जा सकतीं। यहाँ से कभी नहीं जा सकतीं!"

भद्रा ने झटके के साथ अपना हाथ छुड़ाना चाहा; परन्तु नाभाग की मुट्ठी दृढ़ थी। वह झकझोरती रही कि हाथ छूट जाय; परन्तु फिर भी नाभाग पुरुष था और भद्रा नारी। बल में उससे हार माननी पड़ी; परन्तु उसने तत्काल नाभाग के हाथ में अपना दाँत गड़ा दिया। उसका हाथ ढील, पड़ा। भद्रा छूट गई और भाग निकली।

आगे-आगे भद्रा और पीछे-पीछे नाभाग!

लेकिन पूरी शक्ति के साथ दौड़कर भी भद्रा भाग नहीं सकी। आगे वह एक झाड़ी से उलझी और गिर ही जाने वाली थी कि पीछे से पहुँचकर नाभाग ने उसे उठा लिया। भद्रा ने रोष के स्वर में कहा, ''नहीं मुझे छोड़ दो!''

नाभाग ने उसी प्रकार उत्तर दिया, ''नहीं-नहीं, तुम अभी नहीं जा सकतीं, नहीं जा सकतीं। रात अँधेरी है और वन्य-जन्तुओं का भय।"

भद्रा ने चिल्ला कर कहा, ''मुझे छोड़ दो। मुझे जाने दो।''

नाभाग उसे लेकर कुटीर की ओर चला! बोला, '''तुम्हें नहीं जाना होगा, नहीं जाना होगा।''

भद्रा उसकी पकड़ से बचने के लिए जोर-जोर से मचलने लगी। अगर वह किसी प्रकार छूट जाय, तो भाग निकले। अपने शरीर को वह इस प्रकार संचालित कर रही थी मानो कोई धनुष की प्रत्यंचा को जल्दी-जल्दी चढ़ा रहा हो और उतार रहा हो। पर नाभाग ने उसे दृढ़तापूर्वक उठाकर अपने कन्धे पर लाद लिया और कुटीर की ओर बढ़ चला।

भद्रा तीव्र स्वर में चिल्लाई, ''मुझे छोड़ दो। मुझे छोड़ दो!''

नाभाग ने दृढ़ गम्भीर स्वर में कहा, ''कह दिया कि नहीं छोडूँगा।'

तनिक और भी शक्ति लगाकर भद्रा ने देखा कि नाभाग से छूट सकना कठिन है, तो फिर वह निश्चेष्ट हो गई। उसके कन्धे पर पड़ी रही। कुछ बोली भी नहीं।

नाभाग चुपचाप चल रहा था। भद्रा ने कहा, ''मुझे उतार दो! मैं स्वयं तुम्हारे साथ चलती हूँ।''

नाभाग ने कहा, ''नहीं-नहीं, तुम भाग जाओगी।"

भद्रा ने हँस कर कहा–"सच कहती हूँ, नहीं भागूँगी।''

नाभाग ने उसी प्रकार परिहास के साथ कहा, ''तो फिर पुरुष जाति का ही क्या विश्वास!''

और नाभाग अपने मन में सोच रहा था कि लोग इसी प्रकार एक दूसरे के ऊपर दोषारोपण करते हैं; परन्तु स्वयं अपने ऊपर ही किसका कितना विश्वास है? अन्तर्यामी के सिवा इस बात को कौन जान सकता है? उसने मन ही मन अपने गुरुदेव का ध्यान किया। हे गुरुदेव बल दो! आत्मशक्ति उत्पन्न करो! आत्म-विश्वास दो!

नाभाग के कन्धे पर भद्रा शिथिल-सी पड़ी थी, पर नाभाग ने कुछ ऐसा अनुभव किया मानो वह बेचैन है और हाँफ रही है। नाभाग के पैर हल्के-से होकर कुटीर की ओर बढ़ रहे थे।

कुटीर में पहुँचकर नाभाग ने उसे अपने कन्धे पर से उतार दिया। भद्रा चुप थी। चुपचाप उतर कर उसी स्थान पर जा बैठी, जहाँ वह इस घटना से पूर्व बैठी हुई थी। धूनी के अँगारे चमक उठे। साथ ही साथ भद्रा का चेहरा भी चमक उठा। उसके चेहरे पर किसी प्रकार के विकार का भाव नहीं था। ऐसा लगा रहा था मानो इस बीच कोई भी घटना हुई ही न हो। अन्तर यही था कि पहले उसके पहले उसके चेहरे पर चिन्ता थी, अब चिन्ता का घनत्व हट गया था। वह झुक गई और फूँक-फूँक कर अग्नि को प्रज्वलित करने लगी।

नाभाग ने पूछा, "तुम मुझसे रुष्ट हो, भद्रे!"

भद्रा ने हँस दिया, "नहीं-नहीं, तुमसे मैं रुष्ट नहीं!"

और उसकी हँसी रुकी नहीं। बात समाप्त करके भी वह हँसती ही रही। ऐसा लग रहा था मानो फूलों की वीथिका में हवा चल रही हो। उसकी वह हँसी नाभाग के मन में भी चमक गई। लगता था मानो वह खिलखिलाहट उसके मन-प्राणों से निकल रही है। कहा नहीं जा सकता है कि हँसी के कारण उसकी आँखों में आँसू आ गए या धूनी से उठने वाले धुएँ के कारण। पर उसकी आँसू छलक आए। उसने उसी हँसी के साथ प्रश्न किया, "तुमने समझा था कि मैं तुमसे रुष्ट हो गई हूँ। पर आज मेरे समान कोई प्रसन्न नहीं। आज मैंने अपने आपको सार्थक जान लिया। आज मेरा अहोभाग्य है!"

"यह कैसे?"—नाभाग ने प्रश्न किया। वह मन-ही-मन घबड़ा रहा था। भद्रा ने कहा, "तुम समझते हो कि तुमने मुझे पकड़ लिया; पर यथार्थ बात तो यह है कि आज मैंने ही तुम्हें पकड़ लिया!"

नाभाग को रोमांच हो आया। उसने गुरुदेव का ध्यान किया। यह क्या है गुरुदेव? यह कैसी बात? क्या सचमुच भद्रा ने मुझे पकड़ लिया है? गुरुदेव?...उसे ऐसा लगा कि मानो वह निःशक्त हो गया हो, जैसे उसके पास का सबल ही चला गया हो।

और भद्रा की हँसी कुटीर में छलक रही थी। लगता था मानो वह हवा के समान हल्की हो उठी हो, मानो उसकी हँसी अपने भीतर समा नहीं पाती। वह हँसी जा रही थी। उस हँसी में सारिका के स्वर की मिठास और गिलहरी की स्वरों की बुलबुलाहट ढुलक रही थी। विचित्र प्रकार की उसकी हँसी थी वह! यह स्पष्ट था कि उसकी उस अविरल हँसी में किसी रहस्य का पर्दा खुलता जा रहा है।

पर सहसा यह क्या हो गया? ऐसा लगता था मानो पर्वत फटा जा रहा हो, धरती

दरककर चिथड़े-चिथड़े हुई जा रही हो। मानो वन का सन्नाटा अपनी सम्पूर्ण शक्ति के साथ चीत्कार कर उठा हो। वन पर्वत फटने लगे हों, कुटीर हिलने लगा हो, पेड़-पत्ते हिलने लगे हों। हृदय आतंक से काँप उठा। यह सिंह की गर्जना थी।

नाभाग ने कहा, "यह सिंह है!"

भद्रा ने उत्तर दिया, "समीप ही है।"

और फिर वन-पर्वत काँप उठा। अबकी फिर घोर गर्जना हुई; लेकिन गर्जन के इस स्वर में भिन्नता थी। भद्रा आतंकित होकर फुसफसाहट के स्वर में बोली, "यह हाथी मालूम होता है!"

नाभाग ने धीमें स्वर में कहा, "मालूम होता है दोनों लड़ रहे हैं!"

निमिष मात्र में ही दोनों का सम्मिलित गर्जन प्रलय के क्रोध के समान गूँजने लगा। नाभाग का हृदय पीपल के पत्ते की तरह काँप रहा था। ऐसा लगता था मानो दो पर्वत परस्पर टकरा रहे हों, मानो दो दैत्य गर्जन करते हुए लड़ रहे हों। गर्जन के इस स्वर में कहीं निस्तार नहीं, कहीं आश्रय नहीं, कहीं आश्वासन नहीं। वन के पशु भी आतंक से इस प्रकार सिमट गए थे, मानो अपने-आप में उनका कोई अस्तित्व नहीं। गर्जन की प्रतिध्वनियाँ ही उस विभीषिका का मानो, चित्र बनाती जा रही थीं; जैसे कोई पछाड़ रहा हो, कोई उछाल रहा हो, कोई घायल हो रहा हो, कोई गिर रहा हो, जब कभी उस गर्जन में अल्प-विराम आता, तब लगता मानो नदी-नाले, पर्वत-घाटियाँ उस गर्जन से टूटकर शून्य में लीन हुई जा रही हैं। ऐसा लगता था मानो किसी का भी अस्तित्व इस संसार में नहीं रहेगा।

इसी प्रकार गजराज और वनराज का युद्ध कुछ देर तक चलता रहा। उन स्वरों की विभीषिका का अन्त नहीं था। फिर इसके बाद सब कुछ शान्त हो गया। ऐसा लगा, मानो वह गर्जन किसी स्वप्न की कल्पना हो। अब-सब कुछ शान्ति के समुद्र में लीन था।

एक फीकी हँसी के साथ नाभाग ने भद्रा के कन्धे को थपथपाते हुए कहा, "तुम भयभीत हो गई थीं न?"

और उसने पाया कि उसका शरीर अचानक सिहरते हुए रोमांच से भरा जा रहा है। एक विचित्र मुक्ति उसके मन में भरी आ रही है। वह बेचैन हो उठा। फिर उसने कहा, "तुम डर गई थीं न! क्यों?"

भद्रा ने नाभाग का हाथ पकडकर कहा, "मालूम होता है जैसे तुम निर्भीक निरान्तक पर्वतशिला के समान अचल ही बने रहे!"

नाभाग ने कहा, "मुझे तो लगता था कि पर्वत और शिलाएँ सब भयभीत हो गई हैं।"

और वह अनुभव कर रहा था कि उसके हाथ के जिस स्थान को भद्रा ने स्पर्श

करके पकड़ रखा है, उस स्थान पर एक आत्यंकित सुख सिमट रहा है। न जाने वह कैसा सुख था!

इसी समय मनुष्यों का कातर क्रन्दन सुनाई पड़ा। दो मनुष्य ''त्राहि-त्राहि'' पुकारते हुए वहाँ आ पहुँचे। उनके हाथों में मशालें जल रही थीं। उन्होंने कहा, ''महात्मन्, आश्रय दो। हम पथ भूल चुके हैं। हमारे हाथी को यहाँ सिंह ने मार डाला। आश्रय दो महात्मन्, अभयदान करो!''

नाभाग ने भद्रा के हाथ से अपना हाथ छुड़ा लिया और कहा–''आओ अतिथि! तुम मेरे आश्रय में हो। भय नहीं विश्राम करो।''

रात्रि अधिक हो चली थी। ऐसा लगता था मानो अब रात्रि की निस्तब्धता घनी हो गई। कहीं कोई नहीं। निरोध के समान उमड़ा हुआ अन्धकार था। आकाश में तारागण थे, जैसे असम्भव की झील में सम्भव के कमल खिले हों।

17

दोनों अतिथि स्वस्थ हुए। मन का आतंक दूर हुआ। नाभाग ने उनकी सुविधाएँ जुटा दी थीं। भद्रा उनकी सेवा में तत्पर थी। वे परिश्रांत थे। आश्रय पाकर प्रसन्न हुए और अलसाने लगे। नींद आना ही चाहती थी।

नाभाग उनके सामने बैठ गया और कहने लगा, ''प्रिय अतिथिगण आपके आने से हम कृतार्थ हुए। मेरा नाम नाभाग है। मैं सौभरि ऋषि का शिष्य हूँ। इस समय आप उनकी ही कुटिया में विश्राम कर रहे हैं। अब आपलोग अपना परिचय दें। किस दिशा से पधार रहे हैं और किस दिशा को आपलोग प्रस्थान करेंगे?''

सहसा एक पथिक आश्चर्यचकि होकर चिल्ला उठा, ''यही सौभरि ऋषि की कुटिया है?'' उसके स्वर में आश्चर्य था।

नाभाग ने स्थिर भाव से कहा, ''हाँ अतिथि, यह सौभरि ऋषि की कुटिया है। मैं उसी महात्मा का शिष्य हूँ।''

उस व्यक्ति ने कहा, ''मैं उन्हीं सौभरि ऋषि के विवाह से आ रहा हूँ।''

नाभाग ने अविश्वास के साथ कहा, ''यह असम्भव है। मेरे गुरुदेव और विवाह-बन्धन!''

नाभाग अविश्वास के साथ हँसने लगा। भद्रा ने भी चौंककर उन अतिथियों की ओर देखा। बोली–"आपलोग यह क्या कर रहे हैं?''

''हाँ देवी; सत्य कहता हूँ!'' उस अतिथि ने कहा–"सौभरि ऋषि ने साकेत की राजकन्या कुन्तला का पाणिग्रहण किया है। मैं वहीं से आ रहा हूँ।''

नाभाग समझ नहीं सका कि वह स्वप्न देख रहा है कि या इन दोनों व्यक्तियों का मस्तिष्क ही विकृत हो गया है। भद्रा के चेहरे पर जैसे किसी ने विस्मय का प्रलेप चढ़ा दिया हो। नाभाग ने कहा, ''अतिथि, मुझे विश्वास नहीं होता कि मेरे गुरुदेव गृहस्थआश्रम में जा सकते हैं। भला कहो तो; वे वृद्ध हैं, योगी हैं, तपस्या में लीन रहने वाले ऋषि हैं। उन्हें किसी राजकन्या से क्या तात्पर्य?''

अतिथि ने कहा, ''परन्तु मैं जो कहा रहा हूँ, सत्य कहता हूँ। योगिराज सौभरि ने महाराज मान्धाता की कन्या कुन्तला से विवाह किया है। उस विवाह के अवसर पर मैं वहीं उपस्थित था। अतएव मैं जो कह रहा हूँ, सत्य को साक्षी देकर कह रहा हूँ।''

नाभाग चुप। जैसे उसके हृदय और जिह्वा से किसी ने शब्द ही छीन लिए हों। भद्रा नाभाग की ओर देखती हुई उसके प्रति सहानुभूति से विगलित हुई जा रही थी।

उस अतिथि ने कहा, ''महात्मन् आप सौभरि ऋषि के शिष्य हैं। आपको मैं सारी बातें बतलाता हूँ। हमलोग वत्स देश के व्यापारी हैं। कौशांबी मेरा निवास-स्थान है। हमलोग वहीं से भाँति-भाँति के समान लेकर साकेत की ओर गए थे। वहीं मालूम हुआ कि महाराज मान्धाता की राजकन्या, कुन्तला से योगिराज सौभरि का विवाह हो रहा है। पहले तो वस्तुएँ क्रय कर ली गईं और हमलोगों ने विवाह का समारोह देखा, तो फिर कुछ कहना नहीं था। हमलोगों ने योगिराज के दर्शन भी किए, जो नितान्त वृद्ध होते हुए भी आज योगबल से युवा हैं। उस प्रकार का दिव्य रूप सम्पन्न युवा मैंने अपने जीवन में कभी नहीं देखा था। अहो, योगबल की महिमा अपरम्पार है। आप धन्य हैं कि आपको ऐसा दिव्य महात्मा का शिष्य होने का सौभाग्य मिला। आपके भीतर भी उसी प्रकार की अलौकिक सिद्धियाँ भरी पड़ी होंगी। कौन जानता कि आप कितने अगाध हैं! हम लोग तो अज्ञजन हैं। आपलोगों की महिमा समझ नहीं पाते। केवल आप लोगों को प्रणाम करते हैं और सन्तुष्ट रहते हैं। हमलोग भला और कर ही क्या सकते हैं?''

नाभाग के हृदय में उस अतिथि की बातें बिच्छू के डंक के समान लगीं। ऐसा लगा मानो वह उस पर व्यंग्य के वाण चला रहा हो। उसने तिलमिला कर पूछा, ''क्या सचमुच ऐसा हुआ है?''

अतिथि ने कहा, ''हाँ महात्मन्, ऐसा ही हुआ है!''

इसके बाद फिर न नाभाग ने कोई प्रश्न किया और न अतिथियों ने ही कुछ कहा। इस घोरतम अरण्य में भी आश्रय पा जाने के कारण उनका मन आश्वत हो गया था। वे तुरन्त ही सिंह के पंजे से निकले थे। हाथी के ऊपर से कूद-कूद कर किसी तरह प्राण बचाए थे। वे थके हुए थी थे। तत्काल ही उन्हें नींद आ गई।

परन्तु नाभाग को चैन नहीं था। जिस धरती पर वह खड़ा था, वह उसके पैरों

के नीचे से निकल चुकी थी। अब वह अगाध में डूब रहा था। उसके हृदय को यह विश्वास ही नहीं होता था कि किसी नारी के साथ उसके गुरुदेव का सम्बन्ध हो सकता है। वह इस बात को समझ भी नहीं पाता था और सोच भी नहीं सकता था। व्यथा से भरे उसके मन को सान्त्वना की आशा भद्रा से भी नहीं थी। इस समय वह भद्रा से कुछ बोलना भी नहीं चाहता था। वह जानता था कि वह उसके गुरु से घृणा करती है। इस अवसर पर बोलते ही कूटक्तियों से छेद देगी।

पर नाभाग के दुःख से आज भद्रा स्वयं दुखी थी। उसे भी आशा नहीं थी कि नाभाग के गुरुदेव तपस्या से एकाएक गृहस्थाश्रम के गर्त्त में चले जाएँगें; पर उपाय भी नहीं था। न इस सम्बन्ध में नाभाग कुछ कर सकता था और न भद्रा ही कुछ कर सकती थी। उसने नाभाग से कहा, ''प्रिय नाभाग, रात्रि अधिक जा चुकी। सो जाओ। निद्रा लो। कल इस विषय में बातचीत होगी।''

नाभाग ने क्रोध से दाँत किटकिटा कर कहा, ''जी तो चाहता है कि अभी तत्काल गुरुदेव के सम्मुख पहुँच जाऊँ और पूछ लूँ कि तुमने यह क्या किया?''

अपने गुरुदेव के प्रति उसकी सम्पूर्ण श्रद्धा सिकता की दीवार के समान गिर पड़ी थी। आज उसके सर्वस्व गुरुदेव भी उसके अपने नहीं रहे। उन्होंने यह क्या कर लिया?

भद्रा ने कहा, ''निद्रा लो नाभाग; विश्राम करो।''

परन्तु नाभाग को नींद नहीं आई। यह वैराग्य, प्रभु के प्रति यह भक्ति, योग की यह साधना, क्या सब झूठ ही है? क्या राजराजेश्वर मान्धाता की कन्या से परिणय ही चरम सत्य है? जिस गृहस्थाश्रम को उन्होंने विरक्ति के साथ छोड़ दिया था, उसमें ही जाने का उन्माद क्या योग की अन्तिम परिणति है? फिर यह योग ही क्या? यह साधना ही क्या? यह भक्ति ही क्या और एकान्त-निवास ही क्या?

भद्रा को भी नींद नहीं आ रही थी। वह व्यर्थ ही इधर-उधर करवट बदल रही थी। मन में वह जान रही थी कि अभी इस अप्रिय प्रसंग के अतिरिक्त और कोई बात नहीं उठ सकती। फिर इस बात को बढ़ाने से लाभ ही क्या? पर नींद उसे भी नहीं आ रही थी। आँखें खुली हुई थीं और इस अन्धकार में वह कुछ देख लेना चाहती थी। परन्तु अन्धकार में किसी को भी कुछ दिखलाई नहीं देता। वह भी देख नहीं सकी।

प्रभात होने के बहुत पूर्व ही नाभाग ने उसे पुकारा, ''भद्रे, सो रही हो क्या?''

भद्रा ने उत्तर दिया, ''जाग तो रही हूँ! बात क्या है?''

''साकेत चल सकती हो?''

भद्रा ने पूछा, ''इसी समय?''

नाभाग ने कहा, ''जब जाना ही है, तो अभी क्यों न चला जाय?''

भद्रा बोली, "रात अभी कई पहर बाकी है।"

नाभाग ने श्लेष में कहा, "मुझे तो ऐसा लगता है कि इस रात्रि में प्रभात कभी होगा ही नहीं। इसीलिए विचार कर रहा हूँ कि फिर प्रभात के सम्बन्ध में विचार ही क्यों करूँ?"

भद्रा कुटीर के भीतर ओट से सोया करती थी। नाभाग के साथ उसका वार्त्तालाप बाहर और भीतर से हो रहा था। भद्रा के करवट बदलने की आहट आई। फिर उसने कहा, "तनिक रुके रहो, मैं आती हूँ।"

नाभाग उसकी प्रतीक्षा करने लगा। उसके अतिथि भी नींद में ही पड़े थे। नींद में एक की नाक घरघरा रही थी। विचित्र प्रकर की वह घर्राहट थी। लगता था जैसे दो अरने लड़ रहे हों, जैसे घरघराता हुआ कोई रथ जा रहा हो। यदि नाभाग की मानसिक स्थिति स्वस्थ होती, तो इस घरघराहट को सुनकर वह अवश्य ही हँस पड़ता। और उसके दूसरे अतिथि भी कम नहीं थे। वे सोते हुए भी क्या-क्या कहे जा रहे थे। लगता था जैसे किसी प्रेत से वे उसी की भाषा में शास्त्रार्थ कर रहे हों। बोली अस्पष्ट थी वह बोली कुछ इस प्रकार लग रही थी जैसे पानी में डूबता हुआ व्यक्ति कुछ कह रहा हो। टूटे हुए शब्द, अस्पष्ट ध्वनि। और दोनों अतिथि गहरी नींद में बेसुध थे।

रात अभी तक घनी थी। चहचही चिड़िया बीच-बीच में बोल देतीं। झींगुर का स्वर अभी चुप था। दूर पर झरने के पानी की 'झर-झर' इस प्रकार सुनाई दे रही थी मानो कह रही हो कि तुम मुझे भूल ही चुके। मैं जाने कब से निरन्तर स्वर की चचहकी चला रही हूँ। अभी हवा उसी ओर से आ रही थी।

भद्रा शीघ्र ही जाने के लिए प्रस्तुत होकर नाभाग के पास पहुँच गई। उसके हाथ में त्रिशूल था। तारों के प्रकाश में स्पष्ट और अस्पष्ट बहुत कुछ दिखलाई दे रहा था।

भद्रा ने कहा, "चलो!"

पर नाभाग चुप था। जाने का प्रस्ताव सुनकर भी उसने कुछ नहीं कहा। चलने को प्रस्तुत नहीं हुआ।

भद्रा ने पूछा, "असमंजस क्या है?"

नाभाग ने कहा, "सोच रहा हूँ कि यदि ये पथिक जाग जाते, तो इनसे और भी बातें मालूम हो सकती थीं।"

भद्रा ने कह, "जितना मालूम हो चुका है, उतना ही यथेष्ट है। अब और जानकर क्या करोगे? बाकी सब अपने गुरुदेव से पूछ लेना। सबसे अधिक प्रमाणित बातें वे ही बतला सकेंगे।"

नाभाग को ऐसा लगा मानो अब भी भद्रा उससे व्यंग्य में ही बातें कर रही हो। पर उसकी कंठ-ध्वनि में व्यंग्य का आभास नहीं था। उसने सोच कि कदाचित् भद्रा

का स्वभाव ही इसी प्रकार का है। यह इसी तरह वार्त्तालाप करती है।

नाभाग ने कहा, "सोच रहा हूँ कि जाकर ही क्या होगा। जो होना था, हो चुका। उनसे मिलकर ही क्या होगा और उसकी बातें सुनकर ही क्या होगा। योगबल तो उनका अब वैसा होगा नहीं। घट चुका होगा। उनकी बातों में अब अमृत का तत्त्व नहीं बच पाया होगा।"

भद्रा ने कहा, "पर चल चलने में तुम्हें आपत्ति क्या होती है? मैं कह रही हूँ कि ज्ञानीजन अज्ञान कदापि ग्रहण नहीं कर सकते।"

परन्तु नाभाग का ध्यान भद्रा की बातों की ओर नहीं था। वह चुपचाप खड़ा था। कुछ सोच रहा था। इसी प्रकार कुछ समय व्यतीत हो गया। भद्रा जाने को जिस प्रकार उत्सुक थी, नाभाग उतना ही अनिच्छुक हो रहा था।

फिर भी वह मन-ही-मन समझ रहा था कि साकेत गए बिना निस्तार नहीं। जाना वहाँ होगा ही। जिन्हें समाधि में लीन देखा करता था, उन्हें गृहस्थी में लीन होते हुए भी देख लूँ। उसे अपने चारों ओर का वातावरण विचित्र प्रकार का मालूम हो रहा था। लगता था जैसे यहाँ सब-कुछ व्यर्थ के रहस्यों से परिपूर्ण है। जैसे सबका अर्थ है, पर वह अर्थ ही निरर्थक है। सम्पूर्ण वास्तविकता, उस व्यर्थ की क्लिष्ट कल्पना-सी प्रतीत हो रही थी। जैसे सब मिथ्या है। यह आकाश और तारे, पवन और प्रकाश, सूर्य और चन्द्रमा, जीव और जगत्, वास्तविकता और कलपना, सब-कुछ मिथ्या है। नीचे मिथ्या की धरती है, ऊपर मिथ्या का आकाश है। इस मिथ्या में कुछ सत्य नहीं।...ब्रह्म? क्या ब्रह्म भी मिथ्या है?...नाभाग जैसे चौंका, मानो किसी स्वप्न से जाग उठा हो। उसने कहा, "तो चलो भद्रे; चल-चलें, चलकर देखें कि कितना सत्य है और कितना मिथ्या है।"

और भद्रा आगे-आगे चल पड़ी। नाभाग ने उसका अनुसरण किया। चलते-चलते भद्रा ने कहा, "मैं तुमलोगों की तरह ब्रह्म को ही सत्य और जगत् को मिथ्या नहीं मानती। अगर ब्रह्म सत्य है, तो सब सत्य है और अगर सब मिथ्या है, तो ब्रह्म भी मिथ्या है।"

नाभाग ने आश्चर्य से चकित होते हुए कहा, "तुम तो ब्रह्म मानती ही नहीं।"

भद्रा ने कहा, "जबसे तुम्हारे संसर्ग में आई हूँ, मैं भी कुछ-कुछ मानने लगी हूँ।"

और नाभाग ने विस्मित होकर विचार किया कि जब से वह भद्रा के संसर्ग में आया है, तब से कुछ-कुछ विश्वास खोता जा रहा है। रात जो समाचार उसने सुना, उससे तो उसके विश्वास और धारणाओं का मानो प्रलय ही हो गया। नाभाग का सम्पूर्ण शरीर सिहरकर कंटकित हो गया। नाभाग ने पूछा, "तुम क्या मानती हो?"

भद्रा ने कहा, "जीव को भी मानती हूँ, जगत् को भी मानती हूँ। ऐसा लगता है जैसे कोई हमें लेकर खेल कर रहा हो, लीला कर रहा हो। और उसी को ठीक-ठीक

नहीं जानती।''

नाभाग ने पूछा, ''तो फिर प्रलय तुम किसे कहोगी!''

भद्रा ने कहा, ''सूक्ष्म स्थूल होकर प्रकट होता है, फिर सूक्ष्म हो जाता है। यही प्रलय है। इस प्रकार का खेल तो निरन्तर चल रहा है!''

तब नाभाग ने चौंककर कहा, ''परन्तु आज दिन को तुम दूसरी बात कह रही थी।''

भद्रा ने कहा, ''लेकिन आज रात को भी मैं दूसरी ही बात सोच रही थी।''

दोनों चले जा रहे थे। वहाँ वन में पगडंडी भी नहीं थी; परन्तु सारे पेड़-पत्ते मानो परिचित्त–से थे, जैसे वहाँ की राई-रत्ती धरती नापी हुई थी। दोनों का इस बात का पूर्ण ज्ञान है कि कहाँ काँटों की झाड़ी है, किधर कँटीले पेड़े हैं, किधर ऊँचाई है, किस ओर गड्ढे हैं और किधर को राह बनाई जा सकती है। तारों का प्रकाश था ही। अन्धकार की इच्छा के समान और प्रकाश की कल्पना के समान उतना ही प्रकाश उन दोनों को पर्याप्त था।

जब वे लोग एक नदी के तीर पर पहुँचे, तो आशा के समान तिरता हुआ प्रकाश पूर्व के आकाश में फैल रहा था। उनके पीछे गुपचुप लाली चली जा रही थी। भद्रा ने देखा, नाभाग का मुखमंडल अभी तक मानो अन्धकार से भरा है।

18

दीर्घ यात्रा के समान सौभरि ऋषि अपने जीवन को अपनी इच्छा के अनुसार बलात् खींचते लिए जा रहे थे। तपस्या पर तपस्या करते गए, फिर भी चित्त की उस वृत्ति का विरोध नहीं हुआ। संयुक्ताक्षर के समान किसी प्रकार उसी खिंचाव के साथ घुलते मिलते लीन होते साकेत पहुँच गए। वहाँ राजराजेश्वर मान्धाता से मिले। उनसे कन्या की याचना की। अपनी सिद्धि से लाभ उठाया। युवक बने और फिर विवाह हो गया।...

सौभरि ऋषि सोचकर भी नहीं समझ पाते कि यह सब कैसे हो गया। वे स्वयं इस बात को नहीं जान सके कि जीवन का नूतन अध्याय कब सामने आकर खुल गया। ऋषि हतबुद्धि हो उठे।

स्वप्रकाश को देखनेवाले ऋषि अपने तेज से छूट पड़े थे, ज्ञान-गगन से जैसे वे टूट पड़े थे। उन्हें ऐसा लगता था मानो वे सूक्ष्म हुए जा रहे हों। स्थूल, स्थूल, और भी अधिक स्थूल; पूर्ण रूप से स्थूल, और भारी! जैसे वे पारे के समान भारी होकर आकाश से उल्का की भाँति गिरे जो रहे हों। वे घबरा जाते। फिर अपनी आँखें

खोलते; वे देखते कि परम सुन्दरी कुन्तला अपने पति की सेवा में लीन है। उसका मुखमंडल भोजपत्र के समान पीताभ हो गया है। फिर ऋषि के नेत्र बन्द हो जाते हैं। वे अनुभव करने लगते कि वे नीचे जा रहे हैं। शून्य में गिरते हुए वे ऊर्ध्व से पतन की ओर जा रहे है। नीचे भी धरती नहीं। गिर रहे हैं, तो गिर भी नहीं पाते, गिर कर चूर-चूर नहीं हो जाते। ऋषि चौंककर फिर नेत्र खोलते। उसकी मुखमुद्रा करुण तथा विचलित दिखाई देती। वे पुनः देखते कि कुन्तला उनकी सेवा में तन्मय है। ऋषि उसकी ओर एकटक देखने लगते। वह उनसे पूछती, "अभी कैसा प्रतीत हो रहा है?"

ऋषि इसका उत्तर नहीं देते। कुछ कह सकने से पहले ही उनके नेत्र बन्द हो जाते, और फिर वही दृश्य आता। गिर जा रहे हैं, गिरे जा रहे हैं। अन्धकार घोर अन्धकार!...उस अन्धकार में कुन्तला के मुखमंडल पर उजाला-सा फैलता हुआ दीखता। वे नेत्र खोलते, फिर कुन्तला को अपने सम्मुख पाते। कुछ कहना चाहते, पर कुछ कह सकने के पूर्व ही उनकी आँखें बन्द हो जातीं।

कुछ दिनों के बाद ऋषि का यह भाव जाता रहा। वे अपने भीतर पाते कि जो निर्गुण होकर भी सगुण है, वह आ गया है। पास ही कहीं छिपा हुआ है, और खेल कर रहा है। लगता जैसे यह गोपन ही उसकी प्रकटता है। गोपन में ही वह प्रकट होता है। जो प्रगट है, उसमें वह गोपन हो जाता है।...

कुन्तला को देखकर वे अपने मन में ऐसा अनुभव करते, मानो हृदयमंदिर में जिस देवी की पूजा निरन्तर चल रही थी, उसी देवी का प्रत्यक्ष आविर्भाव हो गया है। वे मुग्ध-से हो जाते हैं। कहते, "मैंने तुम्हें कष्ट दिया है क्यों?"

कुन्तला सिर हिला देती, "कष्ट? कहाँ कष्ट? अपको पाकर मैं अपने भाग्य को सराहती हूँ।"

यह आत्मसमर्पण; निर्मल-निश्छल आत्मसमर्पण! उन्हें लगता कि यह योगियों के भी सीखने की वस्तु है। इस कुन्तला से सीखो कि किस प्रकार प्रेम-भाव से आत्मसमर्पण किया जाता है। उन्हें कुन्तला के भीतर से शक्ति का आविर्भाव होता हुआ–सा प्रतीत होता। लगता मानो चराचर की सारी शक्ति इसी कुन्तला के भीतर पुंजीभूत हो गई है। उनका हृदय मौन हो जाता। इस शक्ति के अतिरिक्त वे कुछ सोच भी नहीं सकते। उनका मस्तक झुक जाता। कितना अभाव था उनमें? क्रमशः उन्हें अपने आप से भिन्न नहीं मालूम मालूम होती। लगता जैसे वे स्वयं कुछ भी नहीं। उनकी सारी शक्ति यही कुन्तला है। इसके अतिरिक्त यदि और कुछ भी हो सकता है, तो वह सब कुछ शून्य है। शून्य के अतिरिक्त और कुछ भी नहीं।

जब वे अकेले में होते, तो उनके ध्यान में प्रभु अवतरित होकर कहते कि क्या मैं नहीं हूँ? मैं तो सभी स्थानों में हूँ। मेरा प्रकाश तू देख। यह तेरे आत्मप्रकाश से भी अधिक है या नहीं? और उस तेज को देखकर ऋषि कह उठते "नहीं-नहीं; इतना

प्रकाश मैं सहन नहीं कर सकता। यह अगाध प्रकाश है। इसे समेट लो!" तब वह प्रकाश सिमट जाता। एक हास की मन्द ध्वनि सुनाई देती और जैसे तपे हुए सुवर्ण का–सा प्रकाश तिर जाता। अन्तरिक्ष से कोई पूछता, "इतना प्रकाश चाहिए?" और ऋषि आत्मतुष्ट होकर कहते, "बस, केवल इतना ही प्रकाश चाहिए!"

फिर वह प्रकाश जैसे ऋषि के होठों पर घिर आता, नेत्रों में चमक जाता।

अब वे अपने को सूक्ष्म के समान हल्का अनुभव करते। उनके अन्तर का अन्धकार हट चुका था। अन्दर और बाहर का द्वन्द्व भी नहीं था। कुन्तला से वे बातें करते। वह मुस्काती हुई उस वार्त्तालाप को सुनती ओर फिर भी कुछ कह देती।

संसार सुन्दर प्रतीत होता। ऐसा लगता मानो सौभरि ऋषि ने गृहस्थ आश्रम में नया जीवन प्राप्त किया हो। उस कृच्छ जीवन की अपेक्षा यह जीवन सर्वांग सुन्दर है। उन्हें लगता जैसे वे नये सिरे से जी रहे हों। सबसे बड़ी बात तो यह थी कि यहाँ से इस जीवन में भी वे परमात्म प्रकाश के दर्शन उसी प्रकार करते। इस प्रकाश में उन्हें विविधता दृष्टिगोचर होती। वहाँ भली-बुरी सभी बातों में परमात्मा उसी प्रकार विराजमान हैं, जिस प्रकार वह प्रकाश और अन्धकार दोनों में विराजमान रहता है। ऋषि को यह सब बहुत मनोहर मालूम होता। प्रत्येक वस्तु को वे कुतूहल से देखते। इस भाँति देखते मानो इस पहले-पहल देख रहे हो। उनकी उस दृष्टि में मानो कुन्तला अज्ञात रूप से विराजमान रहती, जैसे वह उनकी दृष्टि की शक्ति बन गई हो, मस्तिष्क के विचार बन गई हो।"

कभी वह कुन्तला से कहते, "मैं तुमसे भिन्न नहीं मालूम होता। ऐसा लगता है, जैसे मैं कुछ भी नहीं और तुम सब-कुछ हो!"

कुन्तला तनिक सकुचाती हुई-सी कहती, "मुझे भी ऐसा ही लगता है। एक दिव्य अनुभूति, एक अपूर्व तन्मयता।"

सौभरि ऋषि मंत्रमुग्ध से कह उठते, "दो भिन्नताओं में एक ही भिन्नता। वाह रे प्रभु! कितने आश्चर्य की बात है। वह यहाँ भी है। यहाँ तो वह उसी दिव्य ज्योति के साथ है। भला देखो तो, यहाँ भी वह उसी परिपूर्ण आनन्द को बिखेर रहा है। अहा इस संसार को उसने कितना मनोहर बना दिया है। यदि मैं यह नहीं जानता, तो कदाचित् कुछ भी नहीं जानता।

उनकी ऐसी बातें सुनकर कुन्तला को हँसी आ जाती और सौभरि ऋषि को अपना यह जीवन भगवान् के प्रसाद के समान मालूम होता था। कौन कह सकता है कि वे अध्यात्म से पतित हो गए हैं? कौन कह सकता है कि वे प्रभु की कृपा से दूर हैं? यहाँ तो नाना लीलाओं के साथ, नाना प्रकार के हाव-भाव के साथ भगवान् उन्हें दर्शन दे रहे हैं। यहाँ जो भाव है, वह जाग्रत चैतन्य से ऊपर का भाव है। लगता है जैसे सम्पूर्ण चेतना इन्द्रधनुष के समान रंगीन हो गई है। वह अनुभव करने के योग्य

ही भाव है, कहकर इसे व्यक्त नहीं किया जा सकता।

सौभरि ऋषि मन-ही-मन कह उठे—अहो, मैं कैसा विचित्र था? प्रभु की कृपा श्रावण की झड़ी की भाँति हृदय को घेरकर बरसने लगती, पर उस बारिधारा में प्रसन्न होने के बदले मैं उसे छोड़ मरुस्थल की ओर लपक जाता था। बस, अपने पीछे पागल था। अपने को ही जानने के पीछे व्यस्त था। कस्तूरी-मृग की भाँति अपनी ही खोज करते दौड़ रहा था। यदि प्रभु को खोजता, तो इतनी कठिनाई नहीं होती। उस चिदानंद के प्रति आत्मसमर्पण करना तो जानता ही नहीं था। ज्ञान पाकर भी मैं कितना अबोध था? आत्मसमर्पण के बिना भी क्या सच्चा आनन्द मिल सकता है? प्रभु ने सच्चे दर्शन यहाँ आकर दिए हैं। लगता है कि पहले केवल मैं ही था। उस 'तुम' के बिना अपूर्ण बना भटक रहा था। जब 'तुम' को मैंने सब कुछ सौंपा, तो फिर लीला देखो, कि 'तुम' ही मैं बन गया! वहाँ बोध होता था, यहाँ अनुभव होता है!

कुन्तला कभी-कभी उनसे कहती—"आर्यपुत्र, आप मुझे योग सिखला दें!"

सौभरि ऋषि कहते, ''योग तो अब आकर मैंने सीखना आरम्भ किया है। इससे पहले जो मैंने पाया था, वह वियोग था। वह अपने को ही पाने का एकांगी प्रयत्न था। जो मिलावे, वही योग है। मिलन!...मिलन!...और मिलन!...

और अपनी बात अधूरी ही छोड़कर आनन्द में विभोर हो जाते।

सरिता की धारा जब ढलान पाकर उसी ओर मुड़ जाती है, तो मोड़ खाने के बाद उसकी धारा बड़े वेग से प्रवाहित होने लगी। वह इस प्रकार वेग- से चल पड़ती है कि महासागर मिले, तो अभी ही उनमें लीन होकर एक हो जाय। यही स्थिति सौभरि ऋषि की थी। जगत् के जीवन के साथ वे शीघ्रतापूर्वक मिल जाना चाहते थे। वे यह अनुभव करना चाहते थे कि आनन्द और जीवन के इस महासागर में वे एक बूँद बनकर ही नहीं, बल्कि यहाँ के सम्पूर्ण जीवन के साथ घुल गए हैं। उनसे भिन्न कहीं कुछ भी नहीं है। सब उनमें हैं और वे ही सब हैं।

राजमहल के भीतर पड़ा रहना उन्हें अब भाता नहीं था। वे इस बात की कामना प्रकट करते कि कुन्तला को लेकर अब जीवन का आरम्भ किया जाय। इसके बिना अब उन्हें कुछ भी अच्छा नहीं लगता था।

एक दिन उन्होंने कुन्तला से कहा, ''अब तो यहाँ मुझे लगता है कि जैसे कहीं आकर मैं आबद्ध हो गया हूँ, संकीर्णता में जकड़ा हुआ हूँ। लगता है कि जैसे यहाँ अपना विकास नहीं हो रहा है। कुछ ऐसा प्रतीत होता है कि यहाँ जीवन-दर्शन एकांगी है। इनमें विस्तार, लाना होगा। अब बूँद बनकर रहा नहीं जाता। इस महासागर में मिल ही जाना होगा।''

कुन्तला सिर झुका कर सुनती रही। अब वह ऋषि की बातों का अर्थ भी समझ लेती थी। समझ गई कि पतिदेव ससुराल में पड़े रहना नहीं चाहते। चाहते हैं कि

जीवन को अपने ही ढंग पर मानव-समुदाय के साथ आरम्भ किया जाय। उसने उल्लास के साथ कहा, "आपकी ही इच्छा पूर्ण होगी। जब आदेश हो दासी प्रस्तुत है।"

सौभरि ने कहा, "दासी शब्द पर मुझे आपत्ति है। तुम अपने को दासी क्यों कहती हो?"

कुन्तला ने कहा, "आर्यपुत्र, अपने को छोटी समझने पर ही तो इस बात का पूरा आनन्द आता है कि मुझ सरीखे को भी आपने गौरव से भर दिया है। अपने को छोटी समझने पर आत्मसमर्पण में सहायता पाती हूँ। फिर आत्मसमर्पण का मार्ग संकीर्ण नहीं रह जाता। वैसे तो मैं भी जनाती हूँ कि इस विराट् सत्ता में छोटा क्या और बड़ा क्या!"

जिस दिन की यह बात थी, उसके दूसरे ही दिवस आ गए अम्बरीष। वे कुन्तला के बड़े भ्राता थे। बड़े दर्प के साथ चला करते थे। अकड़कर बैठते थे, मस्तक उठाकर वार्त्तालाप करते थे। कड़कता हुआ कंठस्वर था। आकर उन्होंने आसन ग्रहण किया। बैठकर बोले, "सौभरि, एक बात सुनकर तुम्हें अवश्य प्रसन्नता होगी।"

सौभरि ने जिज्ञासा प्रकट की, "आर्य, वह कौन-सी बात है जिसे सुनकर मैं प्रसन्न हो जाऊँगा?"

अम्बरीष ने गौरव के साथ कहा, "हमारे पिताजी सोच रहे हैं कि आपको प्रधान सेनापति का पद दिया जाय!"

अम्बरीष ने अनुमान किया था कि इस आशातीत संवाद को सुनते ही सौभरि उछल पड़ेंगे। पूरी तरह गद्गद् हो जाएँगे। मुँह से बोली भी नहीं निकलेगी। विस्मय-विस्फारित नेत्रों से बस वे उनकी ओर देखते ही रह जाएँगे।

पर जब इस बात का कोई प्रभाव सौभरि पर नहीं पड़ा, तब अपने अनुमान के प्रतिकूल अम्बरीष का चेहरा आश्चर्य से भर गया और वही विस्मय-विस्फारित नेत्रों से सौभरि की ओर देखने लगे।

मानो किसी अनजान की भाँति सौभरि ने पूछा, "तो सेनापति बनकर मुझे करना क्या होगा?"

अम्बरीष ने तनिक तीव्र स्वर में कहा, "युद्ध करना होगा। और क्या करना होगा?"

"पर यह तो हत्या का कार्य है!"–सौभरि ने कहा।

"हाँ, हत्या तो होगी; परन्तु शत्रुओं की हत्या होगी; विदेशियों की हत्या होगी। जब तुम्हारी सेनाएँ विदेशी राज्यों पर अधिकार जमाने के लिए उन्मत्त की भाँति चल पड़ेंगी, तो समस्त संसार में एक लहर-सी दौड़ जाएगी।"

सौभरि ने कहा, "आर्य मुझे तो यह समझना पड़ेगा कि विदेश क्या है। विदेश

किसे कहते हैं?''

अम्बरीष ने कहा, ''जो अपना देश नहीं, वही तो विदेश होता है न!''

उसे आश्चर्य हो रहा था कि इतने बड़े योगी बनते हैं, ज्ञानी कह जाते हैं, पर इन सामान्य बातों का भी पता इन्हें नहीं। यह भी नहीं जानते कि विदेश किस कहते हैं!। अपनी बात समाप्त करने के पश्चात् अम्बरीष ने फिर तत्काल ही कहा, ''अपने-अपने देश की सीमा होती है। उस सीमा के पार विदेश होता है।''

सौभरि ने कहा, ''आर्य, मैं तो यही जानता हूँ कि अज्ञान की सीमा होती है। उस सीमा को पार करके मनुष्य ज्ञान की सीमा में प्रवेश करता है। इस प्रकार अज्ञान, तृष्णा आदि की सीमा के विषय में समझता हूँ, पर आप देश की जिस सीमा के विषय में कह रहे हैं, उसे मैं नहीं समझ पाता। मेरी समझ में ही नहीं आता कि देश-देश की सीमाएँ होती हैं, तो फिर वह होती ही क्यों हैं?''

अम्बरीष ने मन ही मन कहा कि जब तुम इतनी जरा-सी बात नहीं समझते, तो फिर समझोगे भी नहीं। उसे अपने पिता के प्रति रोष हो रहा था कि इतने महत्त्वपूर्ण पद के लिए ऐसे अज्ञ व्यक्ति का उन्होंने निर्वाचन ही क्यों किया। जल रखने के लिए आँच में तपा हुआ पक्का घड़ा चाहिए। बार्जार भी नहीं कहीं वन का शासन सँभाल सकता है? उसने कहा, ''आप भी कैसी बातें कर रहे हैं? जो देश है, वह देश ही रहेगा और जो विदेश है, वह विदेश ही कहा जाएगा। यह विभेद बना है और बना रहेगा।''

सौभरि ने कहा, ''उसी विभेद को तो मैं सोचकर भी समझ नहीं पाता क्या विदेश में दूसरे प्रकार के मानव होते हैं? क्या विदेश की धरती मिट्टी से नहीं बनी होती है? क्या वहाँ का जल किसी दूसरे प्रकार का होता है? मैं पूछता हूँ कि क्या वहाँ की मानवता भी दूसरी होती है?''

''क्या विदेश की मिट्टी दूसरे प्रकार की होती है?'' सौभरि की इस बात पर अम्बरीष ने मन ही मन कहा कि तुम स्वयं ही मिट्टी हो। मिट्टी के अतिरिक्त तुम कुछ भी नहीं हो। उसने प्रकट कहा, ''सौभरि, सीमाएँ हैं। वे बनी हैं और बनी रहेंगी।''

''वही बात तो मैं समझ नहीं सकता, आर्य!'' सौभरि ने कहा, ''सीमाएँ हैं, तो क्यों हैं? उन्हें किसने बनाया? क्या वह भी परमात्मा का कोई आदेश है? ईश्वर ने जगत् को बनाया। पर्वत और महासागर बनाए, समस्त मानव को सिरजा; परन्तु उन्होंने देश-देश में भेद नहीं डाला, सीमाएँ नहीं बनाईं। यह तो हम-तुम हैं जो कहे जाते हैं कि यहाँ तक हमारी सीमाएँ और इसके बाद दूसरे की सीमा आरम्भ होती है। यह भ्रान्ति है, मिथ्या है। मैं मिथ्या को छोड़ना चाहता हूँ। उसे ग्रहण करके व्यर्थ बोझ क्यों ढोता चलूँ? आर्य, मैं मिथ्या को नहीं मानता।''

''पर जब लोगों ने इस प्रकार की सीमाएँ मान ली हैं, तो अब उसी को लेकर चलना होगा!''–अम्बरीष ने कहा।

''यह आवश्यक नहीं है।'' सौभरि ने कहा ''लोगों ने प्रर्वचना को स्वीकार कर लिया है, तो इसका अर्थ यह नहीं कि उसी मिथ्या को बराबर के लिए हम ढोते फिरें। सत्य को ही सभी भाँति स्वीकार करना होगा। मिथ्या को मानकर उसके लिए प्राण उत्सर्ग कर देना कोई अर्थ नहीं रखता।''

अम्बरीष ने अन्यमनस्क भाव से कहा, ''परन्तु अपनी और दूसरे राज्यों की सुविधा तो देखनी ही पड़ती है!''

सौभरि बोल उठे–"किसका राज्य? कहाँ का राज्य? राज्य की ये सारी बातें झूठी हैं। सारी धरती परमात्मा की है, सारा राज्य परमात्मा का है। सारी सम्पत्ति परमात्मा की है, सारी शोभा भी उसी की है!''

अम्बरीष ने कहा, ''सौभरि, तुम तो कुछ मानते ही नहीं!''

सौभरि ने मुक्कुराते हुए कहा, ''मानने के योग्य सारी बातों को तो मानना ही पड़ता है। जो बात नहीं मानने की है, उन्हें मैं नहीं मान पाता। हृदय उसे स्वीकार ही नहीं कर सकता।''

अम्बरीष ने कहा, ''सौभरि, तुम्हारे न मानने से क्या होता है? अपने देश और राज्य की सीमाओं को तो सभी मानते हैं। इसके बिना काम नहीं चल सकता। परमात्मा की बात तुम कर रहे हो, पर क्या परमात्मा कभी संसार का राज्य चलाने के लिए आया करता है?''

सौभरि ने कहा, ''परमात्मा में इतना विश्वास होना चाहिए। यदि सब कुछ परमात्मा के हाथ छोड़ दें, तो फिर राज्य का प्रबन्ध और भी सुन्दर हो जाय। सर्वत्र सुख और आनन्द उमड़ता रहे; पर लोग परमात्मा पर भरोसा रखते ही नहीं, ऊपर से घोषणा करते हैं कि हम राज्य चला रहे हैं। कितनी विराट् प्रवंचना है? सबसे छल करते हो और अहंकार के साथ कहते हो कि हमारा राज्य है।''

अम्बरीष मन ही मन सोच रहा था कि इसी कारण राजद्रोही के लिए दंड का विधान है। इस बकवास से निस्तार पाने के लिए उसने कहा, ''जब तुम राज्यों की बात करते हो, उनके शासन की बातें कहते हो, तो मुझे लगता है कि तुम किसी मिट्टी के राज्य के बात कर रहे हो। लेकिन धरती का राज्य मिट्टी का नहीं, वहाँ मानव भी रहते हैं, और सब पर शासन करना पड़ता है। सबको नियमानुकूल चला सकना साधारण कार्य नहीं। यह तुम्हारी तपस्या से भी महत् कार्य है। आज सारे संसार के नरेश उनकी अधीनता मानते हैं। सारे संसार की धरती उनकी है।''

सौभरि ने कहा, ''इस दिग्विजय की आवश्यकता ही क्या थी। उनसे किसने कहा था कि अक्षौहिणी सेनाओं को सजाओ और अस्त्र-शस्त्र लेकर जहाँ-तहाँ दिग्विजय

करते चलो? सारे संसार के राज्य-संचालन का बोझ उनसे लेने के लिए किसने कहा था? यह कौन-सा अत्यन्त आवश्यक कार्य था?''

अम्बरीष ने विचलित होकर कहा, ''प्रत्येक व्यक्ति में एक विशेष प्रकार का गुण होता है। उस गुण के विकास के बिना वह रह ही नहीं सकता। दिग्विजय भी उसी विशेष मनुष्य का ही विशेष गुण है।''

सौभरि ने कहा, ''यह निचले स्तर की वस्तु है, निम्न कोटि की प्राप्ति है। जिसे आप विशेष प्रकार का गुण बतला रहे हैं, वह अन्धकार से आता है। अंहकार और भेदज्ञान से मुक्ति पानी होगी, तभी मानव ऊँचा उठ सकता है।"

निचले स्तर की वस्तु...निम्न कोटि की प्राप्ति...सारे संसार के राज्य संचालन को भी निम्न स्तर की बात बतला रहे हैं। उसके मन में सौभरि के प्रति एक विचित्र प्रकार के आदर का भाव उमड़ रहा था; फिर भी सौभरि उसे उपयोगी नहीं प्रतीत हो रहे थे। एक नितान्त सुन्दर प्रतिभा, जिसे किसी कलाकार ने बड़े ही मनोयोगपूर्वक गढ़ा है, वह देखने की वस्तु हो सकती है, घर की रखवाली का भार उसे नहीं दिया जा सकता। जिसे वह ज्ञान समझता है वह यथार्थतः अज्ञान का एक विराट रूप है। यह काल्पनिक चित्र बनाता है, निश्चय ही इसका बनाया हुआ चित्र सुन्दर है; परन्तु उस चित्र के मानव क्या सचमुच ही सत्य हैं? वास्तविक जगत् में उनका क्या उपयोग हो सकता है? सौभरि सेनापति होने के नितान्त अयोग्य है, निश्चित रूप से अयोग्य है।

''तुम किसी देश की मिट्टी का ही बना क्यों समझते हो?'' अम्बरीष ने कहा, ''प्रत्येक देश का अपना–अपना एक अलग विचार है। भले ही वह विचार तुम्हारी दृष्टि में अज्ञान हो; परन्तु वह विचार तो है ही। मान लो, वह अज्ञान की प्रेरणा से ही तुम्हारे राष्ट्र पर चढ़ आवे, तब तुम क्या करोगे?''

''अज्ञान को दूर करना होगा।'' सौभरि ने कहा।

अम्बरीष ने सहसा सौभरि की ओर दृष्टि डाली। कितना भोला है! कल्पना की समस्या बनाता है और कल्पना से ही उसे हल करता है। वास्तव में इसके सामने इतना अल्प है कि यह सूर्य के प्रकाश को भी दीप जलाकर देखना चाहता है। उसने कहा, ''सौभरि, यदि वह तुम्हारी कल्पना के अनुरूप न हो, यदि वह अज्ञान को ही ज्ञान मानता हो, और तुम्हारे राष्ट्र के जन-जीवन को मारने-मिटाने के लिए कृतसंकल्प हो...''

सौभरि ने बीच में ही कहा, ''तो वह आत्महीन है। आत्महीन ही पशुबल पर विश्वास करते हैं। आत्मबल रखनेवाला ऐसे आत्महीन का दमन करेगा, उन्हें सदा सर्वदा के लिए मिटा देगा, क्योंकि वे आत्मा पर विश्वास नहीं करते, मानवता के सद्‌गुणों पर विश्वास नहीं करते, पशु की तरह ही जीते और पशु की भाँति ही मरते हैं। ऐसे आत्महीनों को निश्चित रूप से नष्ट कर डालना उचित होगा।''

अम्बरीष ने कहा, ''परन्तु वह हिंसा होगी?''

सौभरि ने कहा, ''अज्ञान, स्वेच्छाचारिता और पशुबल के सम्मुख सिर झुकाना पाप होगा।''

''तब?''

''आर्य अम्बरीष, आत्मबल को छोटा बनाकर मत देखो। निर्बल कभी आत्मवान नहीं हो सकता। तुम्हारे पास इतना बड़ा मनोबल होना चाहिए कि अज्ञान का प्रतिकार कर सको, तुम्हारे पस इतना बड़ा बाहुबल होना चाहिए कि पशुबल के आगे कभी झुक न सको। आत्मबल बच्चों का खेल चरम ज्ञान का नवनीत है। निर्बल इसे प्राप्त नहीं कर सकते। यह चंचल चित्त में बार-बार विद्युत् की भाँति चमक उठनेवाला संशय भी नहीं है। यह एक उपलब्धि है, जिसे बलवान ही प्राप्त कर सकते हैं। उसके सामने पशुबल पर आस्था रखनेवाला हिंसक पशु टिक नहीं सकता, उसे परास्त होना ही पड़ेगा।''

अम्बरीष ने सोचकर कहा, ''मगर यह उपलब्धि हम सांसारिक जीवों के काम के लायक नहीं। यह मार्ग टेढ़ा है।''

''आर्य, आपको यह मार्ग टेढ़ा प्रतीत होगा, क्योंकि आपके हृदय से शरीरबल, और शस्त्रबल का निराकरण नहीं हुआ है।'' सौभरि ने कहा, ''जब शरीर-बल, बाहु-बल और विचार-बल समान उच्च स्तर पर आते हैं, तभी यह उपलब्धि हो सकती है।''

अम्बरीष ने हँसकर कहा, ''फिर भी मुझे आपकी यह उपलब्धि व्यवहारिक नहीं प्रतीत होती।''

वार्त्तालाप का विषय भी अपना लक्ष्य छोड़कर इधर से उधर जा रहा था। सौभरि की बातें विचित्र तो अवश्य थीं, पर अम्बरीष के काम के लायक नहीं थीं। फिर मन ही मन अपने को उनके सामने अत्यन्त छोटा अनुभव कर रहा था। निम्न स्तर की बात! महान् से महान् को वे निम्न कोटि की बात कर रहे हैं!...उसके बद्धमूल विश्वासों की नींव हिलती हुई-सी जान पड़ने लगी; वह इस प्रकार के वार्त्तालाप में लीन होना नहीं चाहता था। फिर कभी अवकाश के समय ये बातें की जा सकती हैं। उसने बात को समाप्त करने के अभिप्राय से पूछा, ''तो आप सेनापति का पद स्वीकार नहीं कर सकते?''

उत्तर अम्बरीष को विदित था। वह जान रहा था कि सौभरि इस बात का क्या उत्तर देंगे। फिर भी वह सुनना चाहता था कि सौभरि के मुँह से क्या वचन निकलता है।

सौभरि ने स्थिर भाव के साथ, स्थिर मुस्कान के साथ कहा—"आर्य, निम्न स्तर की वस्तु को स्वीकार करते हुए मुझे संकोच होता है।''

"तो वही बात मैं पिताजी को सूचित कर रहा हूँ।" अम्बरीष वहाँ से उठ गए।

सौभरि ने उनकी बात का कोई उत्तर नहीं दिया। वे स्थिर भाव से उसी प्रकार बैठे रहे। उनके अधरों पर अनिवर्चनीय मुस्कान थी।

कुन्तला जाने क्या सोचती हुई वहीं पर चित्रलिखित सी खड़ी रही। वह सौभरि की ओर निर्निमेष दृष्टि से देख रही थी। पर सच्ची बात तो यह है कि वह देखकर भी नहीं देख रही थी। उसका मन जाने कहाँ था, जाने वह क्या सोच रही थी।

19

मान्धाता को यह सब कुछ असह्य मालूम हो रहा था। अपने ही भीतर वे अपने आपको अत्यन्त तुच्छ तथा हीन पा रहे थे। जो कुछ हो रहा था मानो उन पर उनका कोई वश नहीं था। वे कुछ कर भी नहीं सकते थे। द्रष्टामात्र बनकर रहने से उनका मन नहीं मानता था। जिस कुन्तला को वे प्राणों से भी अधिक प्यार करते थे, उसे एक कौपीनधारी साधु को सौंप देना पड़ा था। और वह सौभरि भी जैसे कोई उड़ता हुआ पंछी था। किसी बात को अपने से लगने तक नहीं देता था। धारणाएँ उसकी विचित्र, चाल-ढाल, विचित्र। उसके पास सब कुछ जैसे असाधारण था और किसी से भी कुछ मेल नहीं खाता था। सेनापति का पद स्वीकार करने के लिए कहा गया, तो सौभरि उससे मुकर गए, अस्वीकार कर दिया। वाणिज्य-व्यवसाय के लिए मान्धाता अशेष धन देने को प्रस्तुत थे, पर उसने इस पर भी नकारात्मक सिर हिला दिया। कहने लगे कि इस व्यापार से होता ही क्या है? व्यापार दूसरी वस्तु है। परमात्मा सृष्टि का व्यापार करता है। कितना विराट व्यापार है उसका? धन-संग्रह करना हमारी प्रवृत्तियों में नहीं। धन का संग्रह 'करके मैं करूँगा ही क्या? धातु और पत्थर के इन टुकड़ों को जमा करके मनुष्य धनाढ्य कैसे हो सकता है, यही बात मेरी समझ में नहीं आता। क्या धन से ज्ञान मिलता है? धन क्या सच्चा आनन्द देता है? नहीं-नहीं वह तो अंहकार की प्रवृत्तियों को बढ़ाता है। मनुष्य के पास तो ज्ञान का धन होना चाहिए। पत्थर और धातुओं का संग्रह करके मनुष्य स्वयं अपने लिए जैसे अष्टधातु की बेड़ियों का संग्रह करता है।...मान्धाता इन बातों का उत्तर भला क्या देते? वह तो कहता था कि मोतियों की अपेक्षा मटर के दाने कहीं अधिक उपयोगी तथा महत्त्वपूर्ण होते हैं।

मान्धाता की यदि किसी बात का सन्तोष था, तो इसी का कि कुन्तला को कभी दुःखी नहीं पाते थे। उन्होंने महारानी इन्दुमती से भी पूछकर इस बात का पता लगाया था कि वह क्या सचमुच सुखी है या ऊपर-ऊपर हँस दिया करती है? इन्दुमती इस

बात का उत्तर देती कि अपने पति को पाकर, वह सभी भाँति उनके ही अनुकूल है तथा सुखी है। उसका मुख कभी म्लान नहीं होता।

मान्धाता को इस बात से आश्चर्य होता कि जिन संस्कारों के बीच कुन्तला इतने दिनों तक पली, वे संस्कार उसके भीतर से किस प्रकार धुल गए। उन्हें लगता कि जिस कुन्तला को इतने दिनों से देखते आ रहे हैं, मानो यह कुन्तला अब नहीं। वह कर्पूर-गुटिका के समान अपनी सुगन्धि के साथ उड़ गई। उसके स्थान एक अपरिचित लड़की दिखाई दे रही है जो कुन्तला है। उसने स्वेच्छापूर्वक इस योगी को स्वीकार किया। अब उसके साथ सुखपूर्वक रहती है। उसके मुखमंडल पर कभी विकार का भाव नहीं आता। और मान्धाता को लगने लगता मानो वे संसार को कुछ भी नहीं जानते। जिसे उन्होंने जन्म दिया उसे भी नहीं जानते।

राजनीति की बात थी। सेनापति के पद का सन्देश लेकर अम्बरीष को जाने के लिए कहा गया था। बात थी कि यदि स्वयं अम्बरीष इस पद के प्रति लोभ प्रकट करता, तो एक काँटा आप-से-आप दूर हो जाता। सौभरि को फिर कोई दूसरा पद देने की व्ययवस्था की जाती। पर आश्चर्य की बात तो यह थी कि सौभरि के अस्वीकार कर देने पर भी अम्बरीष ने उस पद के प्रति किसी प्रकार का लोभ नहीं दिखलाया। जब मान्धाता को विदित हुआ कि सौभरि ने कहा था कि यह सब निचले स्तर की बातें हैं, तो क्रोध के मारे वे दाँत पीसने लगे थे!

अब मालूम हुआ कि कुन्तला ससुराल जाएगी। यह भी कितनी विचित्र बात है। इस धरती पर कहाँ है उसकी ससुराल? कहाँ है वह स्थान, जहाँ वह जाकर आश्रय लेगी? कैसी है वह ससुराल?

उन्होंने कुढ़कर कहा, "यह सब क्या उन्माद है? क्या कुन्तला की ससुराल कहीं है भी? कहाँ वह जाएगी?"

इन्दुमती ने कहा, "वे यहाँ से जाएँगे और पेड़ों के नीचे बसेरा लेंगे। कहीं किसी स्थान पर एक कुटी का निर्माण करेंगे और वहीं रहा करेंगे।"

मान्धाता ने गर्जन करके कहा, "उन दोनों को यहाँ असुविधा क्या है? वह सौभरि यहाँ से जाना क्यों चाहता है?

इन्दुमती ने कहा, "सौभरि कहते हैं कि साधारण जीवन में जो महत्ता है, वह यहाँ सुलभ कहाँ?"

मान्धाता ने पूछा, "इसका अर्थ?"

इन्दुमती ने कहा, "इसका अर्थ यही है कि वे राजसुख नहीं चाहते, पद-मर्यादा नहीं चाहते। साधारण जन बनकर रहने में ही उन्हें महत्ता तथा गौरव का बोध होता है।"

मान्धाता ने कुपित भाव से कहा, "लेकिन कुन्तला ने कभी साधारण तुच्छ जीवन

नहीं बिताया। वह इस प्रकार कैसे रह सकेगी?''

इन्दुमती ने उत्तर दिया, ''कुन्तला अपने पति की छाया के समान है। वह अपने पति का ही अनुसरण करेगी।''

''इससे उसे प्रसन्नता मिल सकती है?''

''हाँ नाथ, वह इसमें ही सुखी रहेगी।''

मान्धाता अवाक् हो उठे। उनकी कुन्तला पेड़ों की छाया में जाकर ही प्रसन्न होगी। यह महारानी कहती क्या हैं। यह कैसे सम्भव हो सकेगा? उनकी इच्छा हो रही थी वे चीत्कार कर उठें और कह दें कि यह नहीं हो सकता, कदापि नहीं हो सकता। कुन्तला यहाँ से नहीं जा सकती। जिसे जाना हो, यहाँ से चला जाय; पर कुन्तला नहीं जाएगी। उनके मस्तिष्क में एक ही बात वृत्त बनाकर चक्कर काटने लगी कि कुन्तला किस प्रकार उस असाध्य जीवन में जाकर खप सकेगी?

कुछ स्वस्थ होकर उन्होंने पूछा, ''तुमने कुन्तला से पूछा था?''

इन्दुमती ने कहा, ''मैंने स्वयं नहीं पूछा; इस बात को निश्चित रूप से जानती हूँ कि वह अपने पति के साथ ही जाएगी।''

मान्धाता का मस्तक झुक गया। वे सोचने लगे कि उनके महान् जीवन में यह किस प्रकार का बवंडर आ गया। देखते-ही-देखते वे किस प्रकार आप ही गिर पड़े। देवता भी जिस दुर्लभ पद पर पहुँचने की कामना करते हैं, उससे भी महान् पद उन्होंने पाया था। फिर यह हो क्या गया? वे किस प्रकार संसार की दृष्टि से नीचे गिर पड़े। आज लोग उनकी महत्ता को कितना क्षुद्र मान रहे होंगे?

चोट खाए हुए स्वर में मान्धाता ने पूछा, ''तो कुन्तला जाएगी?''

इन्दुमती की आँखों में आँसू की निर्मल बूँद छलक आई। उसने कहा, ''हाँ नाथ, कुन्तला जाएगी।''

एक लम्बी श्वास फेंककर मान्धाता ने कहा, ''देखना चाहिए कि क्या—क्या होता है। चलो, यह भी हो जाय। कुन्तला को विदा कर दो। वह ससुराल जाएगी। सारे विश्व की विजय करने वाला मान्धाता की पुत्री की ससुराल कहीं नहीं है; पेड़ के नीचे उसकी ससुराल होगी। एक पर्णकुटी में वह अपना जीवन बिताएगी। यहाँ संसार के सबसे विशाल प्रासाद में उसका पिता चैन से सोया करेगा और वह वहाँ हवा की साँय-साँय सुन कर भी भयभीत होती रहेगी।''

मान्धाता बोलते जा रहे थे और इन्दुमती अपने उत्तरीय से आँसू पोंछती जा रही थी। विधाता ने उसे कितना बड़ा दंड दिया है?

दूसरे दिन प्रातःकाल ही कुन्तला जानेवाली थी। इधर दूर्वादल पर ओस की बूँदे ढुलक रही थीं और उधर कुन्तला अपनी सहोदराओं के साथ गले मिलाकर रो रही थी।

फिर कुन्तला ने अपने आँसू पोंछे। अपनी बहनों से कहा, ''तुम लोग यह न समझना कि मैं इस जीवन को प्राप्त करके बहुत दुःखी हूँ। मुझे इस बात का गौरव है कि मैं सत्य का आनन्द प्राप्त करने जा रही हूँ।''

उनकी बात सुनकर उसकी सहोदराएँ रो रही थीं और पवन के झकोरों से विचलित दीप-शिखा की भाँति अपना सिर धुन रही थीं। यदि वे उस समय कुन्तला को बहुत अधिक दुःखी देखतीं; तो कदाचित् उन्हें इतना क्लेश नहीं होता।

बुझे हुए स्वर्ण-प्रदीप की भाँति महारानी इन्दुमती निष्प्रभ हो रही थीं। उनके नेत्रों से बहते हुए आँसू रुकते ही नहीं थे। जब कुन्तला जाते समय उन्हें प्रणाम करने को झुकी, तो उन्होंने उसे इस प्रकार जकड़कर पकड़ा कि उसे छोड़ती ही न थीं! इसी अवस्था में उन्हें मूर्छा आ गई।

और जब उनकी मूर्छा टूटी, तो कुन्तला वहाँ से जा चुकी थी। महारानी इन्दुमती इतने जोर से हाहाकार कर उठीं कि लगा जैसे अब इनके प्राण भी न बचेंगे। लेकिन मनुष्य कितना लचीला होता है? वह कितना सह सकता है?

वह रो रही थीं और उनकी पुत्रियाँ उन्हें सान्त्वना दे रही थीं।

इधर सौभरि ने जाकर एक पेड़ के नीचे अपना बसेरा बनाया। कुन्तला चुपचाप उनकी ओर देखती हुई उनके आदेश की प्रतीक्षा कर रही थी।

सौभरि ने पूछा, ''तुम दुःखी तो नहीं हो?''

कुन्तला ने कहा, ''नहीं नाथ, मैं दुःखी नहीं हूँ। साधारण जीवन ही तो सब-कुछ है। धन जिसके पास जितना है, उसके पास बस उतना ही है। पर इस जीवन की तो सीमा ही नहीं। यह साधारण कहा जाने वाला जीवन ही असाधारण और असीम है।''

सौभरि के अधरों पर एक मुस्कान मचल उठी। नेत्रों में आनन्द का एक ज्वार उठ आया।

जिस पेड़ के नीचे उन्होंने डेरा लगाया था, वह महुए का पेड़ था। उसके फूल की मादक गन्ध चारों ओर की हवा में व्याप्त थी। कुन्तला को तो ऐसा लग रहा था कि उसे नया जीवन मिला है। उसे लगता था मानो वह पवन के समान उड़ी जा रही हो, प्रकाश के समान फैल रही हो।

प्रातःकाल के समय जब वेद की ऋचाओं के समान सूर्य ने अनेकानेक किरणों को पृथ्वी पर फेंका, तो उसे लगा कि यह उनके लिए किसी दिव्य जीवन का सन्देश है। बहती हुई हवा उसे जैसे कुछ सुना रही थी और आकाश मानो उन सन्देशों का चित्र बना रहा था।

''दिग्विजय!'' सौभरि ने कहा, ''धरती को प्राप्त करने के लिए दिग्विजय की आवश्यकता ही क्या है? उसे तो प्रेम से प्राप्त करना चाहिए। जिसके पास काम की

धरती है, वह प्राण जाने पर भी उस धरती को नहीं दे सकता। लेकिन जिसके पास अपनी धरती का उपयोग नहीं, वह स्वेच्छापूर्वक दे सकता है।"

कुन्तला ने हँसकर कहा, "सो वही आपकी दिग्विजय होगी।"

सौभरि ने कहा, "किस प्रकार तुम उसे दिग्विजय कह सकती हो। उसका यथार्थ बोध तो दिग्विजय शब्द से नहीं हो सकता।" और तनिक देर के पश्चात् वे वहाँ से उस धरती को माँगने के लिए चले गए थे।

कुछ दिनों के पश्चात् वहाँ पर कुटी की दीवार दी जाने लगी। सौभरि कर सकता है, उसके लिए वह दूसरों पर निर्भर क्यों रहता है? दूसरों पर ही निर्भर रहकर वह अनावश्यक वस्तुओं का संग्रह करता है और जीवनभर के लिए दुःखी बना रहता है। यदि वहाँ हीरे और मोतियों का ढेर होता, तो चिन्ता भी कम नहीं होती। उसके लिए पहरेदार आवश्यक थे उसकी भली-भाँति देखभाल की आवश्यकता थी। पर परिग्रह में कितना सुख है, इसे लोग नहीं जानते। श्रम में कितना आनन्द है, इसे भी नहीं समझते।

कुन्तला उनकी बात सुनती जाती, काम करती जाती और मुस्काती जाती। उसके उस जीवन में मुस्कान का ही प्रभात का और मुस्कान की सन्ध्या थी। जब रात होती तो आकाश में तारों की मुस्कान भर जाती और कुन्तला की मुस्कान छिप जाती।

क्रमशः गाँव के लोग भी सौभरि के समीप आने लगे। सौभरि उनसे जीवन के तत्त्व की बातें करते। उनकी बातें लोगों के हृदय में चाँदनी के समान शीतल प्रकाश बिखेर देतीं। सबके सम्मुख सौभरि एक दृष्टान्त थे। वे लोगों के सामने उदाहरण बनकर पहुँचे थे। उपदेशक बनकर नहीं।

गाँव के लोग अब सौभरि को काम करने नहीं देते। स्वयं ही दीवार उठाने के पीछे लग गए। वे अपना अहोभाग्य मान रहे थे कि एक दिव्य पुरुष उनके गाँव में बसेरा ले रहा है। वे परस्पर इस बात की चर्चा बड़े गौरव के साथ किया करते थे।

दीवार बनी। खपड़े चढ़े। भाँति-भाँति के चित्रों से दीवार को ग्रामीण कलाविदों ने सजाया। दोनों उसी कुटीर में रहने लगे।

अकस्मात् एक दिन व्यक्ति आया। उसने सौभरि के चरणों पर अपना सिर रख दिया और कातर होकर रोने लगा। वह नाभाग था।

भद्रा समीप ही खड़ी होकर आश्चर्य तथा कुतूहल से कुन्तला की ओर देख रही थी।

सौभरि ने नाभाग को उठाकर गले से लगाया। प्रसन्नता के स्वर से बोले, "तुम आ गए नाभाग!"

"हाँ...!"

नाभाग बहुत-कुछ कहना चाह रहा था, पर उसका कंठ उसका साथ नहीं दे पाता

था। आँखों के आँसू बहते जा रहे थे। वह चिल्लाकर कहना चाह रहा था कि गुरुदेव, आपने यह क्या कर लिया! पर इस प्रकार जो वह कुछ कह नहीं पाया, यह एक प्रकार से ठीक-ठीक ही हुआ।

सौभरि ने नाभाग से स्वयं ही कहा, ''तुम यहाँ कुछ दिन रहो। उसके बाद सब कुछ तुम्हें स्वयं ही मालूम हो जाएगा।''

सौभरि की वाणी सुनकर नाभाग चौंक उठा। यह तो तपस्या के अमृत से भीगा हुआ स्वर है। इस वाणी में स्वर्ण की-सी शान्ति और सुख है। नाभाग ने केवल इतना ही समझा था कि उसके गुरुदेव तपस्या से च्युत हो चुके हैं, नीचे गिर गए हैं। वह अवाक् होकर सौभरि की ओर देखने लगा। फिर भी वह कुछ कह नहीं पाया। उसकी वाणी अब भी मौन थी। इस मौन में ही उसे कुछ ऐसा अनुभव हुआ जैसे वह कुछ पा रहा है। उसे निराश नहीं होना पड़ेगा।

और तब भ्रदा आगे बढ़ी और सौभरि के चरणों का स्पर्श किया। फिर जब वह कुन्तला के चरणों को छूने के लिए आगे बढ़ी, तो कुन्तला लाज से गड़ी जा रही थी।

सौभरि ने पूछा, ''यह कौन है नाभाग?''

नाभाग ने कहा, ''गुरुदेव, अब तो हम लोग यही हैं। समय पर सब मालूम हो जाएगा।''

भद्रा मन्द-मन्द मुस्कुरा रही थी।

20

नाभाग मानो बुझा हुआ प्रदीप था। जब सौभरि के समीप आया, तो उसी प्रकार प्रकाश से परिपूर्ण हो उठा, जिस प्रकार एक दीपशिखा को छूते ही दूसरा जल उठता है। महान् और अलौकिक सिद्धियों को छोड़कर साधारण कहा जानेवाला जीवन अपना लेना तपस्या से भी बहुत बड़ी साधना है। साधारण जीवन सुलभ तो अवश्य है, पर चमत्कारों का परित्याग करके चमत्कारहीन बन जाना एक महान् चमत्कार है। नाभाग इस बात को जितना सोचता, उतना ही गुरुदेव के प्रति उसकी भक्ति उमड़ आती। अपने अन्तर में वह एक दिव्य प्रकाश को भरता हुआ- सा पाता। लगता कि वह अगर-धूम की भाँति इस जड़ जगत् से ऊपर उठ गया है। उसे ऐसा मालूम होता मानो वह शंखघोष के समान चारों ओर फैलता जा रहा है। उसे सर्वत्र जीवन उमड़ता हुआ–सा दृष्टिगोचर होता। लगता कि आकाश से, अन्तरिक्ष से प्रकाश की भाँति सर्वत्र जीवन झड़ रहा है। नीचे से पृथ्वी की सतह को भेदकर भी जीवन उगा आ रहा है। जीवन के इस महान् क्षेत्र में मृत्यु कहाँ? मृत्यु यहाँ कहीं नहीं। नए से नूतन

होते हुए फिर उसका रूपान्तर हो जाता है। नित्य नवीन होकर जीवन उसी प्रकार कली से फूल बनता है और फल बनकर जीवन के क्षेत्र में जीवन के बीज बिखेरता हुआ अपना नया जीवन प्राप्त करता है। ओह, यहाँ किस अमित परिमाण में अविरत जीवन झड़ रहा है, यह कौन कह सका है या कौन कह पाएगा? सर्वत्र जीवन ही जीवन है। उस जीवन में अपना और पराए का भेद नहीं। वह वही है। वही अपना है और वही सबका है। वह नित्य नूतन है। जीव के अतिरिक्त यहाँ और है ही क्या? वह जीवन रंग-बिरंगा होकर नित्य नये खेल खेल रहा है। नाम और रूप का मेला लगा हुआ है। पर सब कुछ वही है। किसी रूप में वह हँस रहा है, किसी रूप में वह रो रहा है, सिसक रहा है। कहीं हँसी का प्रभात होता है और कहीं सिसकन की चाँदनी खिलती है। वही किसी रूप में दुःख पा रहा है और किसी रूप में दुःख दे रहा है। विचित्र यह लीला है। इसका समाधान नहीं। कहीं वह उन्मुक्त आकाश की भाँति खुला है, कहीं अज्ञान के अन्धकार के कारागार में बन्द है। नाम अलग है; रूप दूसरा है, पर है वही एकदम वही!...सबके बीच सतोगुण, तमोगुण और रजोगुण का जाल फैला है। उसी जाल में वे उलझे हुए हैं। एक जाल फँसा हुआ दूसरे को समझ नहीं पाता। कितनी विचित्र यह लीला है!!...विश्वंभर, तेरी यह कैसी लीला है!!...सब तुम ही तुम हो!!...

फिर नाभाग अपने गुरु को देखता कि उसके गुरु तपस्या को छोड़कर सिद्धियों को छोड़कर, कैवल्य से भी मुँह मोड़कर एकदम छोटे बन गए हैं। नाना प्रकार से भगवान् के उन नाना रूपों की पूजा कर रहे हैं। किसी वृद्धा का वे पानी भर देते हैं, किसी भटकते हुए पथिक को वे राह बतला आते हैं। कहीं झगड़ा छुड़ाते हैं और कहीं रोगी की शुश्रुषा करते हैं। भगवान् की पूजा इससे बढ़कर क्या हो सकती है? सेवा-रूपी इस पूजा को भगवान जिस रूप में पाते हैं, उसी रूप में उसे स्वीकार करते हैं और आशीर्वाद देते हैं। अद्भुत है यह पूजा, यह सेवा!...!!

नाभाग मंत्रमुग्ध-सा हो जाता। एक दिव्य वातावरण में डूबता-उतराता वह गद्गद् होकर गुरु को देखकर कह उठता, ''स्रोत आज सागर हो उठा है!''

भद्रा के होठों पर हास उमड़ आता। वह भी इस दिव्य अनुभव में मानो स्वतः भाग ले रही थी। वह कहती, ''मुझे तो ऐसा जान पड़ता है कि मनुष्य को यह जीवन और यह तन इसीलिए मिलता है।''

नाभाग कहता, ''ठीक कहती हो भद्रा! ज्ञान का दिव्य अनुभव ही मनुष्य को इतर प्राणियों से श्रेष्ठ बनाता है। मनुष्य हाथी के समान बलशाली नहीं, पिपीलिका के समान कार्यकुशल नहीं। न उनके पास भृङ्गी सा कौशल ही है। अन्य प्राणियों की तुलना में मानव छोटा पड़ता है, श्रेष्ठ नहीं हो पाता। पर मनुष्य ज्ञान का दिव्य अनुभव कर सकता है, इसी कारण वह श्रेष्ठ है। उसी महत्ता इसी में हैं।''

भद्रा कहती है, ''मनुष्य के जीवन का उद्देश्य भी इसी प्रकार का होना चाहिए कि वह ज्ञान का दिव्य अनुभव करता हुआ संसार में विचरण करें।''

नाभाग इसका उत्तर देता, ''परन्तु मैं तो यही देखता हूँ कि संसार उसी ओर जा रहा है, जिस ओर उसे नहीं जाना चाहिए। अपार्थिव को छोड़कर वह पार्थिव को पकड़ता है और अनुभव करता है कि उसे कुछ मिल गया है। वह अपने हाथ में सोने का एक टुकड़ा उठाता है और चिल्लाकर इस बात की घोषणा करता है कि मेरे हाथ में एक मूल्यवान वस्तु आ गई है। मैं यह किसी को न दूँगा। जब तक यह मेरे हाथ में रहेगा, तब तक मैं महान् रहूँगा और जब मेरे पास से यह चला जाएगा, तब मैं छोटा हो जाऊँगा। यह विचित्र धारणा है। यहाँ ज्ञान का लवलेश भी नहीं। वे इसी को धन मानते हैं।''

भद्रा कहती, ''धन तो वह है जो आकर नहीं जाय। विद्या धन है ज्ञान धन है। यथार्थ धन तो वही है जो देने से बढ़ता है। ऐसा धन किसी काम का नहीं जो देने से घट जाता हो और फिर एक दिन समाप्त भी हो जाता हो।''

नाभाग हँस देता, ''उनके उस सुवर्ण-धन को चोर चुरा सकते हैं, जो चाहे ले जा सकते हैं। यह भी क्या कोई धन हैं, यह भी संसार की कोई धारणा है? इस धारणा को लेकर संसार कष्ट और भ्रम में घूमता रहेगा।''

भद्रा कुछ सोचने लगती, फिर कहती, ''नाभाग, जीवन के प्रकाश को पाकर भी मैं जाने किस अन्धकार में भटक रही थी? सब कुछ अपने पास ही था; पर कुछ भी देख नहीं सकती थी। परन्तु जब से तुम्हारे गुरुदेव को देख रही हूँ, मुझे विचित्र से भी विचित्र अनुभव हो रहे हैं। ऐसा लगता है मानो मुझे क्या जीवन प्राप्त हुआ है। ऐसा मालूम होता है मानो कोई दुःस्वप्न देख रही थी, फिर यहाँ आते ही जैसा एकाएक नींद खुल गई।''

नाभाग हँसता। उसके मुखमंडल पर प्रसन्नता की प्रभा चमक जाती। वह प्रसन्न होता कि केवल मैंने ही नहीं, भद्रा भी उसी प्रकार के दिव्य अनुभवों में लीन है। नाभाग कहता, ''मेरा भी यही हाल है भद्रे! न जाने कितने दिनों से अपने गुरुदेव को देखता आ रहा हूँ। मेरे सम्मुख ही उन्होंने कठोर-से-कठोर साधना की है। किन्तु आज उन्हें कितना महान् देख रहा हूँ; उस प्रकार स्पर्शमणि के समान महान् उन्हें कभी देखा नहीं था। सोच भी नहीं सकता था।"

भद्रा कहती थी, ''असाधारण की महत्ता तो नेत्रों में चुभ-सी जाती है, पर साधारण में कितनी बड़ी महत्ता कितनी सहज ओर सुलभ है इसे लोग जानने का प्रयत्न नहीं करते। लेकिन यदि दिव्य जीवन कहीं है, तो बस यही है। नाभाग, मैं तुम्हें नहीं बतला सकती कि मैं कैसा अनुभव कर रही हूँ। मैं नहीं कह सकती कि बिना माँगे ही आप-से-आप मुझे कितना मिलता जा रहा है। ऐसा लगता मानो मैं स्वयं ही

कोई दिव्य सन्देश हूँ।''

नाभाग कहता, ''भद्रे, मेरा भी वही हाल है। मैं भी वैसा ही अनुभव करता हूँ, वैसा ही देखता हूँ और वैसा ही पाता हूँ।''

समय के सागर में ज्वार और भाटे आते तथा चले जाते। किसी दिव्य अनुभव के समान दिन आता, किसी भावना के समन सन्ध्या घनीभूत होती और किसी भ्रम की छाया के समान रात्रि का अन्धकार भी आ उपस्थित होता। ऐसा लगता मानो समय आ रहा है और जा भी रहा है। सौभरि अपनी उस पूजा में लगे थे। सेवा ही उनकी पूजा थी, सेवा ही उनी साधना थी; वे सेवा की ही तपस्या कर रहे थे। सेवा का फूल चढ़ाकर वे भगवान् की उपासना करते थे। दुःखी- आपद्ग्रस्त प्राणियों की सेवा में उन्हें बहुत ही दिव्य अनुभव होता। ऐसा लगता मानो स्वयं भगवान् स्वेच्छा से दुःखी बनकर सौभरि की सेवा ग्रहण कर रहे हैं। वह दुःखी जब सेवा पाकर सौभरि की आशीर्वाद देता, तो ऐसा लगता मानो स्वयं परमात्मा ही सन्तुष्ट तथा प्रसन्न होकर आशीर्वाद दे रहे हैं। वह आशीर्वाद मानो किसी आकाशवाणी के समान अन्तरिक्ष से आता हुआ सुनाई देता।

एक दिन रात हो चुकी थी। तारों के बीच चन्द्रमा इस प्रकार जाता हुआ दिखाई दे रहा था, मानो रानियों के बीच पटरानी घूम रही हो। बीच-बीच में कोई चिड़िया टुट्-टुट् इस प्रकार बोल देती, जैसे शान्ति के समुद्र में स्वर के बुद्-बुद् उठ रहे हों। कुटीर के पास सौभरि बैठे हुए थे और सौभरि के पास नाभाग बैठा हुआ कुछ विचार कर रहा था।

सहसा नाभाग ने अपना सिर उठाकर कहा, ''यह नहीं हो सकता गुरुदेव! जब सेवा के मार्ग पर चल रहे हैं, तो फिर सेवा के लिए ही अन्याय-अनाचार से लड़ना होगा। लड़े बिना कल्याण नहीं। कल्याण को, शुभ को, लाँछित करके रखना ठीक नहीं। कल्याण यदि ठीक है, तो फिर उसके लिए अकल्याण से लड़ना ही होगा। गुरुदेव, अन्याय देखा नहीं जाता। अन्याय से लड़ने के बदले मुकर जाना मुझे कायरपन प्रतीत होता है।''

सौभरि ने कहा, ''अन्याय नहीं नाभाग; यह तमोगुण है। यह अज्ञान है। लड़कर तो तुम किसी को ज्ञान नहीं दे सकते। यह तो स्वयं आगे बढ़कर ग्रहण करने की वस्तु है। यह किसी को बरजोरी नहीं दिया जा सकता।''

नाभाग ने आवेश में आकर कहा, ''परन्तु गुरुदेव, यह अज्ञान कँटीले झाड़ की तरह इस प्रकार क्यों बढ़ता है और क्यों सत्य को बलपूर्वक दबा देता है?''

सौभरि हँस उठे। उनके नेत्र मानो चमकने लगे। उन्होंने आकाश की ओर इंगित किया और बोले, ''नाभाग, वह देखो। मेघ का एक छोटा-सा टुकड़ा है। वह आगे बढ़ेगा और चन्द्रमा को ढँक लेगा। ऐसा ही होता है। यह एक खेल है। इसे खेल ही

जानो और खेल ही मानो। इससे अधिक मानोगे, तो हृदय में घाव की तरह टीस उठती रहेगी। यह सारी सृष्टि की लीला है। यह अन्याय और न्याय का उत्थान और पतन भी उसी प्रकार की एक आँखमिचौनी है। इसे बहुत महत्त्व मत दो।''

नाभाग और सौभरि के बीच जो वार्त्तालाप चल रहा था, इस प्रसंग का एक छोटा-सा इतिहास है। यह समीप के ग्राम की एक घटना है। पास के ग्राम में एक वृद्ध पुरुष रहता था। उसका नाम था आषाढ़। मेघनाद नामक उसका एक पुत्र था, जो किसी समय अपने पिता से झगड़ा करके घर से भाग गया था। फिर उसका कोई सन्धान नहीं मिला। एक भ्रातृपुत्र था, वही उसकी सेवा किया करता था। वह तथा उसकी स्त्री दोनों मिलकर वृद्ध आषाढ़ की सेवा करते तथा उसे सुख से रखते थे। अब से कई मास पूर्व आषाढ़ को व्याधि ने घेर लिया। वृद्ध-आश्रम शरीर। वैद्य आए; उपचार हुआ; परन्तु मृत्यु के सामने किसी की नहीं चल पाई। आषाढ़ देख रहा था कि अन्तिम समय आकर उपस्थित है। कंठ रुद्ध हुआ जा रहा था। उस अन्त समय में उसने कहा, ''मेरे पुत्र का पता नहीं। कहा भी नहीं जा सकता कि मेघनाद जीवित है अथवा मन चुका। उसकी कोई आशा नहीं। यदि कहीं होगा भी तो अबतक जो नहीं आ सका, वह फिर भविष्य नहीं क्या आवेगा? अतएव मेरी जो चल तथा अचल सम्पत्ति है, उसे मैं परण को देता हूँ। तुम लोग दान-पुण्य करते हुए उसका उपभोग करना।''

उसके पश्चात् उस वृद्ध, की साँस उखड़ गई। कुछ समय तक तो वह ऊपर की साँस लेता रहा, फिर प्राण पखेरू पिजड़ा छोड़कर उड़ गया।

अब उसकी सम्पत्ति का स्वामी था, वही उसका भ्रातृपुत्र परण। सब कुछ ठीक-ठिकाने से ही चल रहा था। इसी समय एक दिन एकाएक, जाने कहाँ से उसका पुत्र मेघनाद आ पहुँचा। देखने पर उसे जान सकना भी कठिन था कि यह वही मेघनाद है, जो किसी दिन अपने घर को छोड़कर भाग चुका था। उसने अपने आगमन के साथ-ही-साथ सुना कि उसका पिता परलोकवासी हो चुका है तथा उसका पितृव्यपुत्र परण ही उसकी सम्पत्ति का अधिकारी है। उसका हृदय रोष से भर आया। वह कौन है जो मेरे पिता की सम्पत्ति पर अपना अधिकार करे? जो कुछ है, सब मेरा है। परण का इस सम्पत्ति पर कोई अधिकार नहीं। और उसने बरजोरी की। जिस सम्पत्ति को उसके पिता के घर से परण ताथा उसकी स्त्री को खदेड़कर निकाल दिया। उसके जो पशु थे, उन्हें उसे अपना घोषित करना आरम्भ किया। उसी के अश्व पर सवार होकर वह भ्रमण करने को निकालता था और उसी के वृषभों को लेकर वह उसकी धरती पर हल जोतने के लिए जाया करता था। ग्राम-निवासी उसके इन अत्याचारों को देखते हुए जल जाते। उन्हें उसके कार्य अच्छे नहीं दिखलाई देते। यह अनैतिकता सहन नहीं होती। वे देखते थे कि परण अपने घर से निकाला जाकर निरीह के समान

पेड़ के नीचे पड़ा हुआ है। परण की पत्नी शोक से व्याकुल होकर सारे ग्राम में बिलखती फिर रही है और मेघनाद उसी घर में सुखशय्या लगाकर सोया हुआ है। लोगों ने मेघनाद को समझाना आरम्भ किया कि जब तुम्हारे पिता ने ही स्वेच्छापूर्वक अपनी सारी सम्पत्ति दे दी है, तो तुम फिर इस पर अधिकार करने के लिए क्यों आते हो?

मेघनाद इस बात पर क्रोध प्रकट करता हुआ कहता था कि पिता की सम्पत्ति मेरी है। न्यायतः इस पर मेरा अधिकार होना चाहिए। इस सम्पत्ति में परण का कोई अधिकार नहीं। उसने अनैतिक रूप से मेरी सम्पत्ति का इतने दिनों तक उपभोग किया है। मेरी इस सम्पत्ति क लिए परण कोई नहीं!

परन्तु लोग इस बात का प्रतिवाद करते। कहते, ‘‘पुत्र कहने मात्र से ही पुत्र के कर्त्तव्य की इतिश्री नहीं हो जाती। पुत्र का अपना भी कुछ कर्त्तव्य होता है। तुमने पुत्र के कर्त्तव्य का पालन नहीं किया। उस कर्त्तव्य का पालन किया है परण ने। तुम तो घर-बार छोड़कर जाने कहाँ कहाँ भटकते थे और यहाँ परण तन-मन लगाकर तुम्हारे पिता की सेवा करता था। अब इतने दिनों के बाद तुम आते हो और बरजोरी करते हो कि सारी सम्पत्ति मेरी है। इधर परण को वह सम्पत्ति तुम्हारे आने के पहले ही मिल चुकी थी। उसने अपने पिता की सम्पत्ति में से भी अपने लिए कोई भोग नहीं लिया। परण का कहना था कि जब मैं आषाढ़ की सम्पत्ति का अधिकारी हो रहा हूँ, तो फिर अपने भाइयों से भी अपने लिए क्यों भाग माँगता फिरूँ? उस समय न तुम थे और न तुम्हारा पता था। परण ने उस धरती को पाकर उसे अपने श्रमबिन्दुओं से सींचा। तुम्हारे पिता से पाए हुए पशुओं का उसने भाई के समान पालन किया। उस समय भी तुम नहीं थे। तुमने अपना कोई भी कर्त्तव्य नहीं किया। न अपने पिता के प्रति और न पिता के पशुओं के प्रति, न धरती के प्रति ही। फिर सहसा एक दिन तुम आँधी के समान यहाँ दौड़ आए। नोच-खसोटकर विचारे परण को गृहहीन बना दिया। बरजोरी करके उसके धरती ले ली और पशुओं पर अपना अधिकार कर लिया है। तुम्हें धरती छोड़ देनी पड़ेगी, पशुओं को छोड़ देना पड़ेगा तथा घर भी त्याग देना पड़ेगा।’’

इस बात को सुनते ही मेघनाद मेघ के समान गर्जन करने लगा। तीव्र स्वर में कहा, ‘‘मेरी धरती है, मेरे पशु हैं, मेरा घर है। मैं उन्हें नहीं छोड़ सकता। परण तो क्या; मैं अपनी सम्पत्ति किसी को भी नहीं दे सकता!’’

बात बढ़ती गई प्रतिवेशियों ने परण को उकसाया कि तुम भी सिसकते हुए पड़े न रहो। आगे बढ़ो और बल-प्रयोग करके उस सम्पत्ति पर अपना अधिकार कर लो। परण को सहारा मिला। वह आगे बढ़ा। मेघनाद को घर छोड़ना पड़ा। वह बाहर निकाल दिया गया। कहने को तो अब परण का अधिकार उस सम्पत्ति पर हो गया;

परन्तु उस अधिकार का सामंजस्य ठीक निभ नहीं पाया। जिस समय परण खेती पर जाकर जहाँ अपना अधिकार करता, उस समय मेघनाद दौड़ता हुआ उसके घर में आता और घर पर अपना अधिकार कर लेता। फिर जिस समय परण उसे घर के अधिकार से वंचित करता, उस समय वह खेती पर जाकर अपना अधिकार दिखलाना आरम्भ कर देता। फल होता कि किसी पर किसी का अधिकार ठीक से जम नहीं पाया। घर टूटने लगा, पशु भूखे रहने लगे, खेती ऋतु आए बिना ही काट डाली गई। मेघनाद चीत्कार करता और अपने प्रतिवेशियों को सुनाकर कहता, ''तुम लोग सभी परण की सहायता करते हो; पर स्मरण रखना कि न्यायतः पिता की सम्पत्ति पर एक मात्र मेरा ही अधिकार हो सकता है। मैं तुम लोगों से भय नहीं करता। तुम्हें जो करना हो, करो। मैं भी तो देख लेना चाहता हूँ कि तुम लोगों की सहायता कहाँ तक है, और मेरी शक्ति कहाँ तक है!''

लोग समझाते–बुझाते, नीति-अनीति की व्याख्या करते ; परन्तु जिस प्रकार जल पर कुछ लिखना कठिन है, उसी प्रकार मेघनाद के हृदय पर किसी भी बात को बैठा सकना कठिन है, उनकी बातें सुनकर उल्टे झुंझला उठता। मुँह को विकृत बनाकर कहत, ''जाओ-जाओ, तुम्हें जो करना हो, कर लो। भयभीत करने लिए दूसरे व्यक्तियों का सन्धान करो! मेघनाद तुमलोगों से नहीं डरता!''

अन्त में समस्या जब बहुत उलझ गई, तो उसे हल करने के लिए गाँव के लोग बैठे। पंचायत के द्वारा न्याय किया जाने लगा। सौभरि भी बुलाए गए थे। उन्होंने परण से पूछा, ''आषाढ़ ने जो सम्पत्ति तुम्हें दी है, उस सम्पत्ति के अतिरिक्त भी कोई तुम्हारी सम्पत्ति है?''

परण ने पहले तो नकारात्मक रूप में सिर हिला दिया, फिर हाथ जोड़कर निवेदन किया, ''नहीं, उसके अतिरिक्त हमारे पास न किसी प्रकार की चल सम्पत्ति है और न अचल।''

फिर वही प्रश्न मेघनाद से पूछा गया। सौभरि ने पूछा, ''तुम्हारे पिता की सम्पत्ति के अतिरिक्त भी तुम्हारी कोई अपनी सम्पत्ति है?''

मेघनाद ने उत्तर दिया, ''सौभरि, आप ज्ञानी हैं, समाधि लगाते है। आप तो सब कुछ जानते हैं। हमलोग केवल आँख से ही देख सकते हैं, परन्तु आप तो ज्ञान से भी देख सकते हैं। आपकी महिमा को कोई कैसे जान सकता है?''

सौभरि ने कहा, ''मैं अपने विषय में तुमसे नहीं पूछ रहा हूँ। मेरा जो प्रश्न है, तुम उसका उत्तर दो।''

मेघनाद ने कुटिल हास के साथ मुख को विकृत बनाते हुए कहा, ''महोदय, क्या मैं भी आपके समान किसी स्रमाट् की पुत्री से विवाह करने के लिए गया हुआ था, जो मेरे पास किसी प्रकार की सम्पत्ति आ जाती? मैं तो विदेश में था। वहाँ सम्पत्ति

किसलिए संजोता? मैंने वहाँ किसी प्रकार की सम्पत्ति नहीं की। आपके समान मेरा भाग्य कहाँ? न मान्धाता के समान कोई सम्राट ही मुझसे प्रसन्न हुए और न परमात्मा ही प्रसन्न हुआ। यहाँ तक पिता जी भी प्रसन्न नहीं थे। मेरा अधिकार भी वे बरजोरी दूसरे को देते गए।''

मेघनाद के इस अशिष्ट उत्तर से नाभाग को रोष हुआ। उसके नेत्र लाल हो उठे। उसने चिल्लाकर कहा, ''मेघनाद, अशिष्ट उत्तर देने का तुम्हें कोई अधिकार नहीं! तुम केवल उतना ही उत्तर दो, जितना तुमसे पूछा जा रहा है।''

सौभरि ने इंगित से नाभाग को मना किया। नाभाग को रोककर बोले, ''मेघनाद, तुम्हारा उत्तर मैं सुन चुका। अब मैं यह जानना चाहता हूँ कि तुम्हारी इच्छा क्या है?''

''मेरी इच्छा?'' मेघनाद ने मुँह सिकोड़कर कहा, ''सुनिए महोदय, मेरी इच्छा आपके समान तपस्या से च्युत होने की नहीं। मैं पिता की सारी सम्पत्ति पर अधिकार चाहता हूँ। बस!''

नाभाग ने आँखें निकालते हुए चीत्कारपूर्वक कहा ''तुम्हें तिलमात्र भी भूमि नहीं मिल सकती।''

सौभरि ने फिर नाभाग को रोका। मेघनाद से बोले, ''मेघनाद, मैं देख रहा हूँ कि तुम मुझ पर व्यंग्य-पर-व्यंग्य कसे जा रहे हो। इसका कारण क्या है?''

मेघनाद ने कहा, ''आप व्यंग्य सोचते हैं, पर मैं सचमुच ही आपसे घृणा करता हूँ। मैं इस बात को भली–भाँति जानता हूँ कि आप यहाँ न्याय के लिए नहीं, अन्याय के लिए बुलाए गए हैं। अब आपको भी मैं देख लूँगा!''

मेघनाद की ओर से कटूक्तियों के वाण चलते ही रहे, सौभरि उससे विचलित नहीं हो सके। अन्त में ग्रामवासियों के साथ मिलकर उन्होंने यही न्याय किया कि इस सम्पत्ति के अतिरिक्त इन दोनों के पास अन्य कोई सम्पत्ति नहीं। अतएव मेघनाद की आवश्यकता के अनुकूल उस सम्पत्ति का भाग करके मेघनाद को दे दिया जाय।

इस न्याय को सुनकर सभी प्रसन्न हुए। लोगों ने कहा, ''चलो, यह भी अच्छा ही है। दोनों का कल्याण हुआ!''

उसके बाद चल और अचल सम्पत्ति को दोनों की आवश्कयता के अनुसार बाँट दिया गया। परण के साथ उसकी स्त्री थी। एक बालक भी था। इधर मेघनाद अकेला था। इसी कारण उसे उस सम्पत्ति का भाग कम मिला। मेघनाद का असन्तोष इससे और भी अधिक उग्र हो उठा। वह फिर उसी प्रकार का कार्य करने लगा जैसे वह पहले किया करता था। जब परण खेती पर जाता तो वह उसकी स्त्री को मारकर घर से उसे निकाल देता तथा बलपूर्वक घर पर अपना अधिकार कर लेता। फिर जब उसके बाद परण आकर उसे अपने घर से खदेड़ता, तो वह खेतों की ओर दौड़ता तथा वहाँ की वनस्पतियों को बर्बाद करता।

सो अभी वही प्रंसग था। इसी विषय की वार्त्ता सौभरि तथा नाभाग में चल रही थी। इसी प्रंसग पर नाभाग ने पूछा था कि गुरुदेव, यह अज्ञान क्यों इस प्रकार बढ़ता है और क्यों इस प्रकार सत्य को दबा देता है?

सौभरि कह रहे थे, ''बरजोरी धरती पर अधिकार करने की बात जब करते हो, तो फिर तुम केवल मेघनाद के विषय में ही क्यों विचार करते हो? उन राजाओं तथा सम्राटों के विषय में क्यों नहीं सोचते, जो दूसरे राज्यों पर अभियान करते हैं। वहाँ की निरीह प्राज का सर्वनाश करते हैं। हत्या में निरत रहते हैं, पापाचार में लिप्त रहते हैं तथा बलपूर्वक अपना अधिकार जताते हैं। नाभाग क्या तुमने कभी इस बात को भी सोचा है?''

नाभाग ने इस बात का कोई उत्तर नहीं दिया। उसने केवल मस्तक हिला दिया। वह आश्चर्य से अपने गुरु की ओर देख रहा था। उसकी आँखों में विस्मय का भाव था।

सौभरि ने कहा, ''यदि कोई साधारण व्यक्ति किसी प्रकार का अन्याय करता है, तो क्रोध से तुम्हारे नेत्र रक्तिम हो उठते हैं। परन्तु उन साधारण व्यक्तियों की अपेक्षा जो महान् हैं, वे भी उन पर क्या कम अन्याय करते हैं? फिर उनसे भी महान् व्यक्ति होते हैं। वे भी कम अन्याय नहीं करते। नाभाग, तुमने क्या कभी इस विषय पर सोचा है?''

नाभाग ने मस्तक हिला दिया कि उसने इस पर कभी विचार नहीं किया था। फिर तत्काल ही उसने अपना सिर उठाया और कहा, ''अन्यायियों को दंड मिलना चाहिए। अवश्य मिलना चाहिए।''

सौभरि हँसने लगे। मृदु हास के साथ उन्होंने कहा, ''परन्तु कौन दंड दे और किसे दे? साधारण व्यक्तियों की अपेक्षा जो असाधारण व्यक्ति होते हैं, वे राजाओं के मित्र होते हैं, उन्हें कौन दंड देगा? वे तो राजाओं की सहायता करते हैं और राजाओं से सहायता पाते हैं।''

नाभाग ने कहा, ''इससे तो कहता हूँ गुरुदेव, कि संसार में न्याय का राज्य होना चाहिए, प्रेम का राज्य होना चाहिए, भगवान् का राज्य होना चाहिए।''

सौभरि ने कहा, ''परन्तु उसका मार्ग क्या है? छल-प्रपंचों में गिरकर तुम भगवान् का राज्य बसाओगे किस प्रकार? कीचड़ में लोट जाने पर शरीर में कीचड़ लगेगा ही।''

नाभाग ने उत्सुकतापर्वूक प्रश्न किया, ''परन्तु गुरुदेव, संसार में सतोगुण का राज्य होगा कैसे?''

सौभरि ने कहा, ''सतोगुण का राज्य सतोगुण के आचरण के प्रचार से ही सम्भव है। जितना ही तुम सत्त्वगुण का आचरण रख पाओगे, उतना ही उसका प्रचार होगा।

उसके बिना उपाय नहीं। कीचड़ कीचड़ से धोया नहीं जा सकता। निर्मल जल बहाकर ही उसे धोना पड़ेगा।"

नाभाग आश्चर्यचकित था, फिर भी मौन था। उसने कुछ भी नहीं कहा। सौभरि के एक-एक शब्द उसके हृदय में जुगनू की भाँति चमक रहे थे, चक्कर काट रहे थे, उड़ रहे थे, परस्पर घिर रहे थे, मिल रहे थे। सतोगुण का राज्य सत्त्वगुण के आचरण से ही सम्भव है। आकाश में सप्तमी का चन्द्रमा चला जा रहा था।

सौभरि ने फिर कहा, "नाभाग, पीड़ित तथा दुःखी मानव की सेवा ही एकमात्र मार्ग है। इसी मार्ग का निर्माण करो। इसी मार्ग से होकर सतोगुण का राज्य आवेगा। निवर होकर, निर्भीक होकर सेवा करो। यही भगवान् की पूजा है। यही निर्माण है और यही अन्याय, अनाचार तथा अज्ञान के प्रति विद्रोह भी है।"

नाभाग तब भी मौन था। ऐसा लगता था जैसे उसके पास के सारे शब्द खो गए हैं और वह विमूढ़ होकर चन्द्रिका के उज्ज्वल प्रकाश में अपने गुरु की ओर देख रहा है।

सौभरि कह रहे थे, "आत्मा के दर्शन करने वाला योगिजनों के लिए भी यह कार्य कठिन है। यह व्यर्थ भी प्रतीत होता है। परन्तु मुक्ति क्या एक के लिए ही हो? सबकी मुक्ति में ही अपनी मुक्ति है! नाभाग! जगत् के प्राणियों पर दया आती है। सेवा ही समाधान है। इसी सेवा के बीच भगवान् के सबसे सुन्दर रूप में दर्शन होते हैं। एकान्तवास की तपस्या से यह कहीं अधिक कठिन तथा दुरूह है, परन्तु यही तपस्या महान् है।"

सप्तमी का वह चाँद अपने मार्ग पर चला जा रहा था।

21

कुटीर के समीप सूर्यमुखी के पीले फूल लहलहा रहे थे। कुटीर की दीवारों का आधार लेकर सेम तथा अपराजिता की लताएँ ऊपर छप्पर पर चढ़ गई थीं। बाहर वैजयन्ती के रंग-बिरंगे फूल खिला करते थे। वहाँ तुलसी के पत्तों की घनी और तीव्र सुगन्धि मन में एक प्रकार की सहानुभूति के भाव के समान भर जाती थी। उसके बाद फिर एक संकीर्ण मार्ग था। कदाचित् वह सेवा का ही मार्ग था, पर भाव में कितना प्रशस्त? उसी मार्ग से होते हुए लोग उस कुटीर में आते-जाते थे। उस मार्ग से चलने पर किनारे-किनारे कास मिलते थे। आगे बालू का एक टीला था। उसके बाद आगे जाने पर सब कुछ छिप–सा जाता था।

उन चारों व्यक्तियों का निराला, निर्लिप्त, आनन्दमय तथा संक्षिप्त जीवन-क्रम

चल रहा था। उस जीवन में न वैर था न विरोध। सर्वत्र आनन्द-ही-आनन्द बिखरा पड़ा था। कष्ट का कहीं नाम भी नहीं। कष्ट तो मन से होता है। अपने मन में लोग कष्टों को निमन्त्रण देकर बुलाते हैं और उसे घाव की भाँति बचाकर रखते हैं। सर्वत्र इन लोगों को अमृत के समान जीवन बरसता हुआ सा प्रतीत होता। चतुर्दिक् प्रभु की लीला मुस्काती हुई दिखलाई देती। सर्वत्र सब-कुछ उसी भगवान् की लीला थी। वे मन में कामना नहीं रखते थे। फिर जहाँ कामना ही नहीं वहाँ कष्ट कैसा? यदि व्याधि आती, तो वे जानते कि शरीर ही उस रोग का भोग कर रहा है। आत्मा सबसे पृथक् है। शरीर से उस आत्मा का सम्बन्ध नहीं। वह अलग है, निर्विकार है। नाभाग को कुछ ऐसा अभ्यास हो गया था कि यदि कोई शारीरिक कष्ट आता, तो वह बराबर प्रभु का स्मरण दिलाता रहेगा और बराबर लौ लगी रहेगी। इसी प्रकार दिवस व्यतीत होते, इसी भाँति रात कटती। कुन्तला चलती थी तो लगता था जैसे कोई ज्योति चली जा रही हो। वह कितनी प्रसन्न थी, किस प्रकार तन्मय!

एक दिन भद्रा के मन में एक बात उठ आई। उसके नेत्रों से उस समय आश्चर्य का भाव प्रकट हो रहा था। उसने कहा, "बहन, साधना के जिस स्तर तक बड़े-बड़े लोग भी नहीं पहुँच सकते, वह तो तुम्हें जैसे अनायास प्राप्त हो गया है। इतना सब कुछ—अल्प समय में ही तुमने कैसे पा लिया?"

कुन्तला उस समय आम के पेड़ की छाया में उसी पेड़ के धड़ से टिकी बैठी थी। भद्रा की बात सुनकर वह मन्द मुस्करा पड़ी। कहने लगी, "भद्रा बहन, स्त्रियों में एक परम स्वाभाविक गुण होता है कि वह अपने सम्पूर्ण अन्तःकरण को नितान्त सरलता के साथ समर्पित कर सकती हैं। उस आत्म-समर्पण के बाद फिर कुछ भी पाना शेष नहीं रहता। और बहन, आश्चर्य न करो; मैंने भी पूर्ण श्रद्धा के साथ अपने आपको समर्पित किया है।"

भद्रा ने कहा, "न जाने क्यों, मैं कभी—कभी स्वयं अपने-आप के लिए बाधा बन जाया करती थी। ऐसा लगता था जैसे मेरे पास भी अपनी इच्छा-अनिच्छाएँ हैं। इधर, अब मुझे लगता है मानो मैंने भी कुछ प्राप्त किया हो। फिर भी ऐसा आभास होता है कि जो कुछ मिला है, वह केवल मुझसे ही मिला है।"

कुन्तला बोल उठी, "सब- कुछ तो अपने भीतर ही है, फिर वह बाहर से कहाँ मिलेगा? सूर्य का प्रकाश सर्वत्र है; पर उसे अपने ही नेत्रों द्वारा मनुष्य प्राप्त करता है।"

सहसा भद्रा को एक बात का स्मरण हो आया। उसे स्मरण हो आया कि कुन्तला दिग्विजयी सम्राट की पुत्री है। उसके सुखों का भला ठिकाना ही क्या! मन मोती की भाँति ढुलक जाता होगा। कमल भी कभी-कभी चुभ जाता होगा। वही कुन्तला आज पानी भर रही है, साधारण से भी साधारण समझा जानेवाला जीवन बिता रही है, इस

प्रकार का ऐसा जीवन बिताना इसके लिए कितना भयानक होगा? पर फिर भी यह उस दुर्वह भार को जैसे हँसती हुई लेकर चल रही है। क्या इसे अपना पूर्व जीवन का स्मरण नहीं आता होगा? उस जीवन और इस जीवन में भला तुलना ही क्या? भद्रा को सन्देह था कि उसे अपने विगत जीवन के प्रति अवश्य ही मोह आता होगा। कहाँ थी बेचारी और कहाँ चली आई? उसने कहा, "एक बात पूछती हूँ बहन; सच कहना। क्या तुम्हारे मन में अपने पूर्व जीवन की स्मृतियाँ सजग नहीं होतीं?"

कुन्तला ने कहा, "अपना अतीत किसे स्मरण नहीं होता? परन्तु तुम जिस असन्तोष के साथ अतीत को स्मरण करने की बात कह रही हो, वैसी बात नहीं। मेरा अतीत संसार की दृष्टि से नितान्त सुन्दर तथा ऐश्वर्यमय जीवन हो सकता है, पर इस जीवन में मुझे जो सुख है, जो आनन्द है, वह उस जीवन में नहीं था। आज तो मुझे लगता है जैसे मैं आनन्द के समुद्र में डूब गई हूँ। इस जीवन और उस जीवन में कोई तुलना ही नहीं। सूर्य और जुगनू के प्रकाश की बराबरी नहीं हो सकती।"

भद्रा ने पूछा, "क्या आज तुम्हें अपने वे ऐश्वर्य भी फीके लग रहे हैं?"

कुन्तला ने कहा, "निष्प्रभ ही नहीं, वह तो मुझे रंक का जीवन लगता है। जीवन वही है जहाँ कोई अभाव न हो। राज्य-प्रसाद का जीवन भयानक अभाव का जीवन है। वहाँ रहकर अभावों का अभ्यास करना पड़ता है। यदि कोई अभाव न हो, तो मन में किसी वस्तु का अभाव गढ़कर लाना पड़ता है। सच्चा ऐश्वर्य तो लोभ के परित्याग में है, यहाँ है, इस जीवन में है, अपने पास ही है। जो अपनी निम्न प्रवृत्तियों में जाग्रत तथा उद्यत हैं, उनके साथ सुख नहीं। जागृति में सपने खो जाते हैं, सपनों का अस्तित्व ही नहीं रहता। इस जागृति में जब सुख-ही-सुख उमड़ रहा है, तब सपनों के सुख की लालसा ही क्यों?"

भद्रा चुप हो गई। उसके मन में संकोच होने लगता था कि मैंने ऐसा प्रश्न पूछा ही क्यों? अपने मन में यह मुझे क्या समझ रही होगी?

कि इसी समय कुन्तला पूछ बैठी, "भद्रे, मैं नहीं समझ पाती कि तुमने यह प्रश्न क्यों पूछा?"

तब भद्रा को अवसर मिला। उसने अपने हृदय की ग्रन्थि खोली। कहने लगी, "मेरा जीवन सर्वदा दूसरे प्रकार का रहा है। उस जीवन से मेरा परिचय नहीं, जिस जीवन को छोड़कर तुम यहाँ पधारी हो। इसीलिए मेरे मन में कभी-कभी आता था कि तुम्हें अपने पुराने दिवस स्मरण आ जाते होंगे। जिन सुखों को तुम भोग चुकी हो उनकी स्मृति में उलझकर तुम्हें एक काल्पनिक आनन्द आता होगा?"

"बस तो?" कुन्तला ने खिलखिलाकर हँस दिया। बोली, "मेरा अनुमान भी यही था। पर मैं तुमसे कह चुकी हूँ जिसकी जागृति से ही सुख उमड़ रहा है जहाँ निरन्तर आनन्द की वर्षा हो रही है, वह अपने के सुखों की लालसा ही क्यों रखेगी? हमारा

यह जीवन महान् ऐश्वर्यों से परिपूर्ण है। आनन्द के ऐश्वर्य से बढ़कर संसार में अन्य कोई भी ऐश्वर्य नहीं।''

भद्रा ने कुन्तला के हास में अपनी मुस्कान मिला दी, जिस प्रकार जल की बड़ी धारा में छोटी धारा समा जाता है। पर फिर भी भद्रा के नेत्रों से संकोच की झलक आ रही थी यों अवस्था में भद्रा ही बड़ी होगी; पर कुन्तला को वह बड़ी बहन के समान श्रद्धा की दृष्टि से देखती थी।

इधर दीप-शिखा को छू-छू कर अन्य दीप भी प्रकाशित होते जा रहे थे। नवयुवक सौभरि को श्रद्धा की दृष्टि से देखते। देवता के समान उन पर भक्ति रखते। सर्वदा उनकी आज्ञा की बाट जोहते रहते। प्रस्तर पर पड़ी रेखा के समान उनके हृदयों पर सौभरि का प्रभाव था। यद्यपि ऐसे नवयुवकों की संख्या कम थी, परन्तु उनकी भक्ति कम नहीं थी। सौभरि को वे देवता के समान देखते। फिर भी उन नवयुवकों की अन्तदृष्टि विशेष उज्ज्वल नहीं थी। वे सौभरि को दिव्य अनुभव तथा आचरण से युक्त तो समझते; परन्तु उनकी धारणा थी कि ये योगी की तपस्या से च्युत हो चुके हैं। लोगों के मन में यह प्रश्न सरिता की धारा की भाँति बहता रहता, समुद्र की तरंगों के समान उछलता रहता। एक दिन उन्हीं नवयुवकों में से एक ने आकर हाथ जोड़ दिए। कहा, ''आर्य मेरे मन में एक जिज्ञासा होती है। कभी चाहता हूँ कि पूछ लूँ, फिर सोचता हूँ कि जानकर ही क्या होगा। पर यदि आप अभय-दान करें, तो मैं अपनी जिज्ञासा आपके सम्मुख रखने का साहस कर सकता हूँ।''

सौभरि ने कहा, ''वत्स तुम अभी कुछ दिनों तक मेरे समीप ही रहो। कम-से-कम एक ऋतु तक मेरे पास रहकर हमारे ही नियमों के अनुसार अपना जीवन बिताओ। फिर उसके पश्चात् जो कुछ भी तुम्हें पूछना हो, पूछकर अपनी जिज्ञासा शान्त कर सकते हो।''

वह नवयुवक अपने मन में इस बात का उत्साह लेकर आया था कि वह सौभरि से पूछेगा कि आप किस प्रकार अपनी तपस्या से च्युत हो गए? परन्तु यहाँ तो बात ही उलट गई। उसे अपनी जिज्ञासा को पूर्ण करने के लिए कुछ दिनों तक सौभरि के समीप ही रहने का आदेश मिल गया। एक ऋतु तब, या क्या जाने उसके बाद भी? पता नहीं, कितने दिनों तक रहना पड़ेगा। उसने कहा, ''आर्य, मेरी जिज्ञासा आपके वचनों से ही शान्त हो सकती है। फिर मुझे अपने साथ रहने का आदेश क्यों दिया जाता है?''

सौभरि के नेत्रों में मुस्कान की एक आभा खेल गई। उन्होंने कहा, ''वत्स, तुम भूलते हो। केवल बातों से ही जिज्ञासा शान्त नहीं होती। सच्ची जिज्ञासा की शान्ति तो विश्वास में है। संशय के साथ जो सीखा और समझा जाता है वह मन को पूर्ण सन्तोष नहीं दे पाता। इसी कारण मैंने तुम्हें अपने पास रहने का आदेश दिया है।

यदि तुम्हारी जिज्ञासा ठीक नहीं होगी, तो मरे समीप रहने पर वह निरन्तर बलवती होती जाएगी। यदि मैं तुम्हारी जिज्ञासा शान्त करने का उपयुक्त पात्र नहीं होऊँगा, तो मेरे समीप रहकर भली-भाँति तुम जान सकोगे कि मैं यहाँ व्यर्थ ही भटक आया।''

सौभरि की बात सुनकर उसे कुछ सन्तोष हुआ। उसके बाद वह कुछ प्रसन्नता तथा कुछ खेद के साथ वहीं उनके साथ ही रहने लगा। कठोर दिनचर्या थी। सेवा का ही जीवन था। सेवा ही विचार और सेवा ही व्रत था। कौन किस वेदना में है, कहाँ किसे किस प्रकार की पीड़ा हो रही है, किसको किस प्रकार की सेवा की आवश्यकता है; सौभरि सबकी खोज करते। सबके साथ समान भाव रखते। सबकी सेवा में वे इस प्रकार लिप्त रहते जिस प्रकार चिड़िया अपना अण्डा सेने में तन्मय रहती है। उस नवयुवक को यह कष्टकर प्रतीत होता। बार-बार आज्ञा भी मिलती रहती कि ईशदत्त, तुम वहाँ जाकर अमुक कार्य करो। ईशदत्त को सेवा का इतना अतिरेक अच्छा नहीं लगता। पर जब वह कभी सौभरि की ओर देखता, तो पाता कि इस प्रकार के व्यस्त सेवा-कार्य में उनकी प्रसन्नता बढ़ती जाती है। वह प्रसन्नता इस प्रकार बढ़ती है जिस प्रकार परिबा से लेकर पूर्णिमा तक चन्द्रिका में उत्तरोत्तर वृद्धि होती जाती है। वह मन ही मन आश्चर्य करने लगता कि जिसके मन प्राणों में यह दिव्य भव है, वह किस प्रकार तपस्या से च्युत हो सकता है? क्या उनकी सेवा की यह साधना तपस्या से किसी प्रकार कम है? फिर भी थकावट का कोई भाव नहीं। एक दिव्य शान्ति में चिरंतन रूप से लीन है। लांछना में भी निराशा तथा कटुता का भाव नहीं। कौन कह सकता है कि सौभरि तपस्या से च्युत हैं? यह तो उससे भी उग्रतर तपस्या में लीन हैं। इनका मुखमंडल ही इस बात का साक्षी है कि जिस भाव को मनुष्य समाधि में प्राप्त करता है, वही भाव इनके जागरण है। जिसे लोग समाधि में देखते हैं, वही सब-कुछ ये अनायास चर्मचक्षुओं से देख रहे हैं। ओह, केवल देख ही नहीं रहे है; बल्कि उसे वे देते भी जा रहे हैं। ईशदत्त को लगता मानो उसे भी इस आनन्दमय भाव का कुछ अंश मिलता जा रहा हो। वह नाभाग के पास जाकर इस बात की विवेचना करता कि आजकल वह अपने आपको बहुत ही हल्का समझा करता है। मन की कामनाएँ जैसे मर गई हैं। सर्वत्र जैसे किसी आनन्द को वह छलकता हुआ पाता है। इस बात को सुनकर नाभाग मुस्कुरा देता। कहता, ''हमारे गुरुदेव स्पर्शमणि हैं। जिस भाव को मनुष्य जन्म-जन्मांतर में भी नहीं प्राप्त कर सकता, उसे ये यों ही बिखेर जाते हैं। फिर भी संसार इनके महत्त्व को नहीं समझता।''

ईशदत्त किसी इन्द्रधनुष की रंगीनी में डूबने-उतारने लगता था। नाभाग फिर कहता, ''आज जब मेरे गुरुदेव की तपस्या महान् हो चुकी है, तब लोग उन पर लांछना ला रहे हैं कि ये तपस्या से च्युत हो गए हैं!''

ईशदत्त भी इस भाव को समझ रहा था। सन्देह के मेघ हट चुके थे। अब सर्वत्र प्रकाश ही प्रकाश दृष्टिगोचर होता था। उसके हृदय में होता कि बराबर इसी प्रकार बना रहूँ, सेवा को मूल-मंत्र बनाकर जीवन में चलता रहूँ। अब न उसके पास जिज्ञासा थी और न किसी प्रश्न को रखने की आवश्यकता। वह अपने आप में ही सन्तुष्ट हो रहा था। उसे किसी उत्तर की आवश्यकता नहीं थी। उत्तर उसने अपने आप में ही प्राप्त कर लिया था। तपस्या को जानने के लिए वह सौभरि के समीप पहुँचा और उसी तपस्यों के दिव्य प्रभाव में लीन हो गया। वह सोचा करता कि क्या इस जगत् में इससे भी अधिक आनन्द हो सकता है? वह सोचता कि अब यही रहूँगा, उसी प्रकार आनन्द में लीन रहूँगा। और इसी प्रकार सेवा में अपने आपको उत्सर्ग कर दूँगा।

कि एक दिन प्रातःकाल ईशदत्त से सौभरि ने कहा, ''वत्स, अब जो तुम्हें पूछना हो, पूछ लो; जो कुछ मैं जानता होऊँगा, बतलाने में संकोच नहीं करूँगा।''

पर अब ईशदत्त पूछे, तो क्या पूछे? प्रश्न ही अब कहाँ, वह तो स्वयं उसके उत्तर में घुल गया था। आश्चर्य से सौभरि की ओर एकटक देखने लगा।

सौभरि ने कहा, ''पूछो वत्स, जो कुछ भी तुम्हें पूछना हो, पूछ लो।''

ईशदत्त ने सिर झुकाकर रुकते हुए कहा, ''आर्य, तपस्या के बारे में कुछ जानने की इच्छा होती है।''

सौभरि मुस्कुराए। पूछा, ''वत्स, तपस्या किसलिए!''

ईशदत्त ने छूटते ही उत्तर दिया, ''आत्मा की मुक्ति के लिए!''

सौभरि ने कहा, ''आत्मा तो शुद्ध-बुद्ध चिरन्तन है। उसे कुछ भी व्यापता नहीं। वह किसी से लिप्त नहीं होता। वह तो मुक्त है ही। फिर उसकी मुक्ति क्या?''

ईशदत्त और भी अधिक निरुत्तर हो गया। वह फिर आश्चर्य से सौभरि की ओर एकटक देखने लगा। उसे ऐसा लग रहा था मानो वह किसी दिव्य प्रकाश के सम्मुख बैठा हुआ हो। पीछे एक अनन्त प्रकाश है। उस प्रकाश के अग्र भाग के रुप में सौभरि दिखलाई दे रहे हों। क्या वह सत्य था या भ्रम? लगता था जैसे समस्त संसार की कठिनाइयाँ धुलकर ज्योतिमर्य हो गई हों। उसी का उजाला छिटका हुआ है। सौभरि मानो उसी प्रकाश के एक प्रतीक हों। ईशदत्त को अपार आश्चर्य हुआ। अपने आप में खोया जीव जैसे कहाँ जाकर किस दिव्यता में खो गया था। इसका उसे स्वयं भी अनुमान नहीं था। कितना प्रांजल प्रकाश था वहाँ! किनी सरल दिव्यता थी वहाँ! अरे ईशदत्त, तू कहाँ भटक रहा है? तू क्या सोच रहा है? तपस्या का वह मापदंड ही नहीं, जो तू सोचा करता था। केवल अपनी मुक्ति के लिए तपस्या क्या? आत्मा तो मुक्त है ही। मुक्त को मुक्त कैसे किया जाएगा?...ईशदत्त को लगा कि यह सब ज्ञान का दिव्य प्रकाश है। इस ज्ञान में कर्म की अलौकिक शक्ति है और उसी का उजाला फैल

रहा है!...!!...!!!

सौभरि ने पूछा, ''तुम्हें और भी पूछना है?''

ईशदत्त ने सिर हिला दिया, ''नहीं आर्य, अब कुछ भी पूछना शेष नहीं है। जो प्राप्त करना था, पर चुका।''

सौभरि के होठों पर हास्य की फिर वही दिव्य ज्योति जगमगा उठी। उन्होंने कहा, ''जो कुछ तुम्हें पाना था, उसे तुमने एक भाव के रूप में प्राप्त किया है। उसे स्पष्ट रूप से ग्रहण करो।''

ईशदत्त सौभरि की ओर जिज्ञासा की दृष्टि से देखने लगा।

सौभरि ने कहा, ''अज्ञान बहुत कष्ट देता है। सब–कुछ स्पष्ट नहीं होने पर चारों ओर भ्रम का कुहरा घिरा रहता है। मैं भी इसी अज्ञान में लीन था। परमात्मा बारम्बार प्रेरणा भेजते, परन्तु मैं उस ओर आँख उठाकर भी नहीं देखता। अपनी उसी तपस्या को उग्र रूप से उग्रतर बनाता हुआ जैसे प्रभु से छूटा जा रहा था। प्रभु ने जैसे अपनी कृपा के सहस्रों करों से मुझे अपनी ओर खींचा।...उसके पश्चात् की घटनाओं को तुम जानते ही हो।''

ईशदत्त तब भी मौन था। चुपचाप एकाग्र, एकटक सौभरि की ओर देख रहा था।

सौभरि ने कहा, ''वत्स, जब बुद्धि से अज्ञान दूर होता है, तब समस्त कामनाएँ भी तिरोहित हो जाती हैं। कर्म के फल में आसक्ति नहीं होती। यद्यपि यह इतना ही है तथापि यह अवस्था बड़ी कठिनाई से प्राप्त होती है। मैं कहता हूँ कि जिस परम प्रकाश को मैं समाधि में देखता हूँ उसे संसार में ही क्यों नहीं देखता? जड़ जगत् में ही दिव्य छटा को देख लो, फिर तुम्हारे लिए कुछ भी शेष नहीं रह जाता। समाधि में जिसकी लीला देखते हो, उसी भाव में प्रत्यक्ष ही उसकी लीला को देखो। उसी आनन्द का अनुभव करो। जो समाधि में तुम्हें मिलता है। ज्ञान निर्मल है, अनन्त है। जैसे मैं उसके किनारे पर खड़ा हूँ। इससे अधिक मुझे कुछ भी नहीं मालूम।''

ईशदत्त ने कहा, ''आर्य, आपके समान ज्ञानी को एकान्त में ही रहना अच्छा होता है। उस एकान्त में जो ज्ञान आप उपलब्ध करते, उसे अपने शिष्यों के द्वारा जगत् में सुविधा के साथ भेज सकते थे।''

सौभरि ने कहा, ''ओह, तब तो मैं देख नहीं पाता कि जो भाव हमारे भीतर हैं, उसी भाव की कैसी प्रक्रिया जगत् में चल रही है। संसार में आकर साधारण से भी साधारण बनकर उस प्रक्रिया को सहज रूप से जाग्रत करना मेरा उद्देश्य है। शरीर मिला है, तो शरीरधारियों का भी कल्याण करूँ। इसलिए मैंने सेवा का मार्ग अपनाया हैं। जगत् के अज्ञान से लड़ रहा हूँ, इसी शस्त्र को लेकर।''

सहसा सौभरि ने देखा कि वहाँ पर भद्रा आकर खड़ी हो गई है। वह मौन है और कुछ कहना चाहती है।

सौभरि ने कहा–"भद्रे, कुछ कहना चाहती हो क्या?"

भद्रा ने निवेदन किया, "आर्य, कल जिस रोगी की सेवा में मैं नियुक्त की गई थी, उसकी अवस्था अब अच्छी नहीं है।"

सौभरि ने संक्षेप में कहा, "जैसी प्रभु की इच्छा!"

सहसा भद्रा ने एक लम्बी साँस लेकर कहा, "आह, जरा और मृत्यु से जगत् को कब छुटकारा मिलेगा?"

सौभरि ने हास के साथ उत्तर दिया, "भद्रे, जरा और मृत्यु वास्तव में उतने दुःखदायी नहीं, जितना कि अज्ञान। ज्ञान के प्रकाश में यह सब एक खेल के समान प्रतीत होता है। अज्ञान ही कष्टों का मूल है। इसी को दूर करने का प्रयत्न होना चाहिए। अज्ञान दूर करो। परमात्मा को पहचानो। फिर जरा-मृत्यु से न भय होगा और न कष्ट।"

और सौभरि की इस बात से ही भद्रा का मुखमंडल चमक उठा। उसे जैसी कोई भूली हुई बात याद हो आई। ओह, बार-बार भूल जाती हूँ। बार-बार उस एक ही बात को स्मरण में लाना होता। सरल बात भी कितनी गूढ़ होती है? भद्रा जिस प्रकार दबती-झिझकती सी वहाँ पहुँची थी, उसी प्रकार खुलकर चली गई।

उसी दिन की बात है। विकाल का समय था। आज सौभरि कुटीर में ही थे। इसी समय उन्होंने देखा कि बालू के टीले पर से होकर कोई व्यक्ति कुटीर की ओर चलने में उसे कष्ट भी हो रहा था। क्रमशः उस व्यक्ति ने टीले को पार किया। एक बार लगा कि वह ग्राम की ओर मुड़ जाएगा। पर फिर तुरन्त ही वह कुटीर की ओर आने लगा। सौभरि के सम्मुख पहुँचकर उसने भक्ति-भाव से उन्हें प्रणाम किया और बैठ गया। उसके चेहरे से भीषण थकावट का भाव प्रकट हो रहा था। उसके शरीर तथा वस्त्रों पर धूल लगी हुई थी। नेत्रों में खिन्नता का भाव स्पष्ट हो रहा था। उसके दाहिने हाथ में एक भारी सी वस्तु थी, जिसे उसने प्रणाम करते समय धरती पर रख दिया था। उसने कहा, "महोदय, आपका यश प्रकाश के समान चतुर्दिक व्याप्त हो रहा है। मैं इन्द्रप्रस्थ का निवासी हूँ। यहाँ आपके आशीर्वाद के लिए आया हूँ। किन्तु इस समय मैं थकावट से इतना विचलित हो उठा हूँ कि मुझे जो-कुछ निवेदन करना है, उसे विश्राम करने के उपरान्त ही कह सकता हूँ।"

सौभरि ने उसे विश्राम करने की अनुमति दे दी। आप स्वयं कुटीर से बाहर चले गए। समीप के ग्राम में कई कार्य थे। आजकल दस्युओं के आक्रमण की बातें भी यदा-कदा सुनाई दे जाती थीं। ग्रामीण-जन दस्युओं के आक्रमण के भय से भीत थे। इसके अतिरिक्त रोगियों को देखना था। एक परिवार में जाकर सच्चे जीवन-दर्शन का उपदेश भी देना था। इसलिए जब वे पुनः कुटीर में आए तो रात्रि हो चुकी थी। उस समय वह व्यक्ति दीपक के प्रकाश में बैठा हुआ नाभाग के साथ वार्त्तालाप कर

रहा था। जब सौभरि आए, तो नाभाग ने प्रसन्न होकर कहा, "गुरुदेव, ये महोदय इन्द्रप्रस्थ से चलकर यहाँ पधार रहे हैं। आपको दिखाने के लिय एक आश्चर्यजनक वस्तु भी साथ में लेते आए हैं। उस वस्तु को दिखलाकर ये आपसे आशीर्वाद माँग रहे हैं।"

सौभरि ने सहसा कहा, "दिखलाइए, आप इन्द्रप्रस्थ से मुझे दिखलाने के लिए कौन-सी आश्चर्यजनक वस्तु लेते आए हैं?"

उस व्यक्ति के पास जो वस्तु थी, वह सचमुच ही आश्चर्यजनक थी। उनके पास एक ऐसा अस्त्र था, जिसे छोड़ देते पर उससे अग्नि के वाण निकलते थे। उन पावक के वाणों का ऐसा प्रभाव था कि जहाँ यह छोड़ दिया जाता था, उसके आस-पास चार योजन के वृत्त तक सभी प्रकार के जीव-जन्तु जलकर भस्म हो जाते थे। उसने फिर झुकाकर बड़े आदर के साथ उस वस्तु को दिखलाया। फिर हाथ जोड़कर उसने निवेदन किया, "मैं इसी अस्त्र के लिए आपसे आशीर्वाद माँगने आया हूँ। यह अस्त्र मेरे गौरव की वस्तु है।"

सौभरि ने हँसते हुए कहा, "हाँ, यह अस्त्र तुम्हारे लिए गौरव की वस्तु हो सकता है, क्योंकि वह समय भी कभी आएगा जब भविष्य में तुम्हारी निर्दोष सन्तति का भी इसी अस्त्र से नाश किया जाएगा। यह अस्त्र तुम्हारे गौरव की वस्तु हो सकता है, क्योंकि इस अस्त्र के साथ-साथ अहंकार और स्वेच्छाचारिता का उदय होगा और इसकी छाया में पाप के पल्लव फूटेंगे। यह अस्त्र तुम्हारे लिए गौरव की वस्तु हो सकता है, क्योंकि इसमें नाश ही नाश निहित है। यह अस्त्र तुम्हारे लिए गौरव की वस्तु हो सकता है, क्योंकि स्वार्थी और पापी भी इसका प्रयोग कर सकते हैं। यह अस्त्र तुम्हारे लिए गौरव की वस्तु हो सकता है, क्योंकि जो सवार्धिक स्वार्थी होगा, वही कौशल से इसे प्राप्त करेगा और स्वार्थ के लिए, पाप और अज्ञान के प्रसार के लिए, भय और मृत्यु के लिए इसका उपयोग करेगा।"

उस व्यक्ति की आँखें अपार आश्चर्य से फैल गईं। हतप्रभ होकर उसने अपना सिर झुका लिया। उसने मन ही मन कल्पना की थी कि इस दिव्य चमत्कार को देखकर वे आशीर्वाद की झड़ी लगा देंगे। उससे कहेंगे कि तुमने जगत् के उपकार की अच्छी वस्तु निकाली है। परन्तु यहाँ तो ऐसी बातें सुनने को मिलीं, जिसकी उसे आशा भी नहीं थीं। उसने कातर शब्दों में कहा, "मैं इस अस्त्र के लिए बहुत दूर से आपका आशीर्वाद माँगने आ रहा हूँ।"

सौभरि ने कहा, "परन्तु इससे अज्ञान का नाश तो होता नहीं; सब कुछ का ही नाश हो जाता है। इसके द्वारा प्रेम तो फैलता नहीं, सर्वत्र मृत्यु फैल जाती है। इस वस्तु को मेरा आशीर्वाद नहीं मिल सकता।"

उस व्यक्ति ने निराश होकर कहा, "परन्तु इस अस्त्र का उचित उपयोग भी तो

हो सकता है?"

सौभरि ने कहा, "जब हत्या ही ठीक नहीं, तो फिर हत्या की वस्तु का उपयोग कैसे उचित ठहराया जा सकता है? इस वस्तु को मेरा आशीर्वाद नहीं मिल सकता!"

इतना कह लेने के बाद सौभरि रुके नहीं। कुटीर के अपने कमरे में चले गए।

दूसरे दिन जब प्रातःकाल हुआ, तो लोगों ने देखा कि वह व्यक्ति वहाँ से जा चुका है और उसका वह अस्त्र टुकड़े-टुकड़े होकर वहीं पड़ा हुआ है। सम्भवतः उसने ही अपने अस्त्र को तोड़ दिया था और वहाँ से चला गया था।

22

एक दिन सौभरि और नाभाग के बीच मेधनाद का प्रसंग आया था। वह व्यक्ति मानो काँटों से भरा कोई पौधा था जो भी उसके समीप जाता उसे वह चुभ जाया करता था। परण से सम्पत्ति के लिए उसका झगड़ा था; परन्तु वह तो सारे ग्राम से ही शत्रुता बढ़ा रहा था। सबके ऊपर कटूक्तियों के वाण चलाता और सब पर दोषारोपण करता। वह अपनी भृकुटियों को संकुचित करके कहा करता था कि समस्त ग्रामवासियों ने मेरी सम्पत्ति को षड्यंत्र के द्वारा परण को दिला रखा है। उसके चित्त में चैन नहीं था। व्यर्थ ही वह यत्र-तत्र भ्रमण करता रहता तथा प्रत्येक ग्रामवासी से कलह मोल ले लेता। परण को वह सहन ही नहीं कर सकता था। इसी ने समस्त ग्रामवासियों को मेरे विरुद्ध उद्यत कर रखा है। कापुरुष स्वयं तो सम्मुख आता नहीं, गुप्त रूप से केवल षड्यंत्र करता है। उद्धत के समान घूमता हुआ वह किसी को शान्ति से रहने नहीं देता था। परण की स्त्री पर वह कटूक्तियों के प्रहार इस प्रकार करता, जिस प्रकार साही शत्रु पर अपने शरीर के कंटकों को झाड़ देता है। परण के बालक की ओर रक्तिम दृष्टि डालता था और उसे शान्ति से नहीं रहने देता था। प्रच्छन्न रूप से वह परण के खेतों की ओर जा निकलता था और वहाँ के उगते हुए उद्भिज को नष्ट करके, न जाने, कहाँ गुम हो जाता था। उसके पश्चात् जब प्रायः कई सप्ताह व्यतीत हो जाते, तब वह पुनः अपने गाँव की सीमा पर मौन-मलिन चलता हुआ दिखलाई देता। उस समय वह किसी से भी वार्त्तालाप नहीं करता। यदि कोई उससे किसी प्रकार का प्रश्न करता, तो वह उसे उत्तर नहीं देता। केवल क्रुद्ध नेत्रों से उसकी ओर देख लेता फिर चुपचाप चला जाता। क्रमशः जब दिन व्यतीत होते, तब वह लोगों के बीच आवागमन आरम्भ करता। लोग कहते कि अब इसके हृदय में सुमति जाग रही है कि एक दिन फिर परण के खेतों की ओर चला जाता, वहाँ के पौधों को निर्ममता के नष्ट कर देता और पुनः कहीं चला जाता। लोग उसे परामर्श

देते, परन्तु वह किसी की बात का उत्तर नहीं देता और अपनी दुरभिसंधि में लगा रहता। अन्त में वहाँ के सभी लोग उससे विरक्त हो उठे। एक बार परण की खेती नष्ट करके कई दिनों के बाद पुनः जब अपने ग्राम में उसने प्रवेश किया, तो उसके प्रतिवेशियों ने उसका तिरस्कार करते हुए कहा कि अब तुम इस ओर आया ही न करो। हम जीवन में शान्ति चाहते हैं। कृपा करके तुम यहाँ से चले जाओ और अपना कलंकित रूप कभी मत दिखलाओ। परन्तु मेघनाद किसी परामर्श को माननेवाला ही नहीं था। उद्धत के समान अड़ गया। मेरा घर-द्वार, मेरी सम्पत्ति, फिर यहाँ से मुझे प्रताड़ित करने वाले तुम लोग कौन होते हो? पर इस बार उसके इस रोष का कोई भी प्रभाव नहीं देखा गया। सभी उससे असन्तुष्ट थे तथा उसे घृणा की दृष्टि से देखते थे। लोगों ने उसे बलपूर्वक गाँव से निकालकर बाहर कर दिया। साथ ही उसे इस बात की चेतावनी भी दे दी कि यदि तुमने कभी इस ओर अपना मुँह किया, तो तुम स्वयं इस बात का अनुमान कर लेना कि तुम्हारे साथ कैसा कटु व्यवहार किया जाएगा। हम लोग तो इस बात की कल्पना भी नहीं कर सकते कि तुम्हारे पुनरागमन पर तुम्हारे साथ कैसा व्यवहार किया जाएगा। कम से कम इस बात को अवश्य मान लो कि अद्यावधि इस जनपद में किसी के साथ भी जो व्यवहार नहीं हुआ, वही हमलोग तुम्हारे साथ करेंगे।

मेघनाद ने देखा कि अब उसके ऊधम का मार्ग बन्द हो गया है, उसकी दुष्टता अब किसी प्रकार भी नहीं चल सकती, तो वह समस्त ग्राम-निवासियों पर तीव्र लाँछना लगाता, कटु प्रतिवाद करता, चीत्कार-हुंकार की ध्वनि के साथ अपने ग्राम से निकल गया। पुनः जब वह एक मास तक नहीं लौटा; तो लोगों के मन को एक प्रकार का समाधान मिला। ग्रामनिवासियों ने निष्कृति की साँस ली। कहने लगे कि संकट अब दूर हुआ।

उसके पश्चात् मेघनाद का सन्धान फिर नहीं मिला। यह भी किसी को विदित न था कि वह कहाँ है। इस सम्बन्ध में अनुमान तथा कल्पना का ताना-बाना बुनते हुए लोग कई प्रकार की बात बतलाते थे। किसी का कहना था कि वह किसी तीर्थ-स्थान में है। उसे संसार से विरक्ति हो गई है और अब वह धार्मिक निष्ठा का जीवन व्यतीत कर रहा है। कोई कहता कि वह सुदूर पूर्व दिशा में जा निकला है, जहाँ गोमेद रत्न की पहाड़िया हैं, जहाँ के पक्षी और सर्प अति सुन्दर होते हैं। वहाँ वह व्यवसाय करता है। उसके मन से अब भी अपने ग्राम का मोह दूर नहीं हुआ है। वह इस बात का अवसर देख रहा है कि जब उसके पास धनरत्न अधिक हो जाएँगे, तब ग्रामनिवासियों का रोष भी दूर हो जाएगा। तब वह पुनः ऊँटों पर अपनी सम्पत्ति लादकर किसी दिन अपने ग्राम में प्रवेश करेगा और यहाँ एक उच्च अट्टालिका का निर्माण करके सर्वदा के लिए रह जाएगा। तब उसके प्रतिवेशी वृद्धजन इस बात

पर अपनी आशंका प्रकट करते कि उसे इस जनपद से सम्पर्क ही क्या? वह तो सदा विदेश में रहा। यदि उसे अपनी जन्मभूमि के प्रति तनिक भी ममता होती, यहाँ के निवासियों से उसका किंचित् भी सद्भाव होता, तो वह इस प्रकार सबसे लड़कर यहाँ से कदापि नहीं जाता। उसने तो इस स्थान में आने का अपना मार्ग ही रुद्ध कर लिया है। अब वह किसके पास आएगा? क्यों आएगा? उसके आगमन का प्रयोजन ही क्या होगा? जहाँ कहीं भी वह है, वहीं उसका यथोचित् स्थान है। यहाँ वह बेमेल-सा लगेगा, निष्प्रयोजन दिखलाई देगा। वह समस्त ग्राम को ही रुष्ट करके यहाँ से गया है। और सच पूछो तो उसकी यहाँ आवश्यकता ही नहीं। यहाँ उसका मन लगता ही नहीं होगा। सदा से वह स्वच्छन्द जीवन व्यतीत कर आया था। उसी स्वच्छन्दता के लिए उसने सबसे झगड़ा किया, सबसे रार मोल लेता रहा और एक दिन ग्राम से बाहर कर दिया गया। उसने सदा के लिए अपना नाता तोड़ लिया है। अब वह पुनः इस ग्राम में प्रवेश नहीं कर सकता।

परन्तु अपने प्रतिवेशियों की कल्पना के विपरीत वही मेघनाद आज बड़े वेग से दौड़ता हुआ अपने ग्राम की ओर आ रहा था। वह अपने ग्राम की ओर बेसुध दौड़ा चला आ रहा था। उसके मुँह से फेन निकल रहा था। वह अश्व के समान हाँफ रहा था तथा उसके नेत्रों में किसी भयानक आतंक का भाव परिलक्षित हो रहा था। लगता था कि यह बहुत दूर से दौड़ता चला आ रहा है। दौड़ सकने की अब उसमें शक्ति भी नहीं। परन्तु फिर भी वह अपने सम्पूर्ण पराक्रम के साथ दौड़ रहा है। जब वह बालू के टीले के ऊपर दौड़ता हुआ कुटीर की ओर आ रहा था। उस समय ऐसा लगता था मानो कोई उसे पीछे से खदेड़ रहा हो, यद्यपि पीछे की ओर कोई भी दृष्टिगोचर नहीं हो रहा था। सौभरि उस समय तुलसी की जड़ में जल दे रहे थे। वैजयन्ती के झुरमुट से सौभरि का मयर निकलकर चला आ रहा था और कटिप्रदेश पर घड़ा रखकर भद्रा जल भरने को जा रही थी। मेघनाद वेग से दौड़ता हुआ चीत्कार कर रहा था–"सावधान हो जाओ! सब सावधान हो जाओ! दस्यु आ रहे हैं!!"

सौभरि ने आश्चर्य से अपना मस्तक उठाकर उस ओर देखा। उन्हें ऐसा लगा कि मेघनाद अब गिर जाएगा।

मेघनाद की वाणी सुनकर कुन्तला भी कुटीर के भीतर से निकलकर बाहर चली आई। वैजयन्ती के झुरमुट से निकलता हुआ मयूर आ रहा था, पुनः वहीं घुसकर पौधों की ओट में चला गया। नाभाग के समीप ही जाकर भद्रा खड़ी हो गई और नाभाग ने अपने हाथ का फावड़ा छोड़कर अपने दोनों हाथ को कमर पर रख लिया और उसी ओर देखने लगा। देखते हुए नाभाग ने अपना अनुमान प्रकट किया, "यह तो जैसे मेघनाद है!"

सौभरि ने कहा, "प्रतीत तो वही हो रहा है!"

नाभाग ने अपनी शंका प्रकट की, ''परन्तु वह तो अपने ग्राम से जा चुका था?''

सौभरि ने कहा, ''परन्तु यह है तो वही। कह रहा है कि इस ओर दस्यु आ रहे हैं।''

भद्रा ने काँपती हुई ध्वनि में अपना आतंक प्रकट किया, ''दस्यु!''

दस्युजनों का आतंक अब पुनः प्रबल हो उठा था। जलप्लावित सरिताओं की भाँति ये दस्यु भी ग्राम तथा जनपद को चारों ओर से घेरकर प्रभंजन की भाँति घुस आते थे। ग्रामीणों को लूटते, युवती स्त्रियों का अपहरण करते तथा नृशंस हत्या से गाँव को भर देते। बालक तथा वृद्धों पर भी तनिक ममता नहीं थी। रक्तपात को देखकर इनका आनन्द उमड़ता था तथा मृत्यु को देखकर हो इनका हास। पशुओं पर भी कोई तनिक ममता का भाव रख सकता है पर ये दस्यु मनुष्यों पर भी रंच दया नहीं करते थे और इसी प्रकार ये सर्वत्र घूमते रहते तथा नृशंसता और रक्तपात का विस्तार करते जाते।

नाभाग ने कहा, ''यह दस्युवृत्ति भी कितनी भयानक है? उसमें विवेक तो क्या मानवता का भी तनिक अंश नहीं।''

सौभरि ने उत्तर दिया, ''जब हम राजाओं-सम्राटों का राज्य स्वीकार करते हैं, तो फिर इस दस्युवृत्ति की निन्दा किस मुँह से कर सकते हैं? ये सम्राट अपने राज्य को लूटते हैं, किसी को पनपने नहीं देते, किसी को आगे बढ़ने नहीं देते। सबको निर्बल तथा श्रीहीन बनाकर रखते हैं। जब प्रजा को ये पूरी तरह लूट लेते हैं, किसी के पास जब कुछ बचा नहीं रहता तब ये दूसरे राज्यों को विजय करने के लिए निकलते हैं। उस आक्रमण के समस ये कौन-सा नीच कर्म नहीं करते? समस्त कार्य ये वही करते हैं, जो दस्यु किया करते हैं और बहुत ही विस्तृत–व्यापक रूप में करते हैं। फिर जो दस्यु केवल गृह, ग्राम तथा जनपदों पर ही आक्रमण करते हैं, उन्हें हम दोष क्यों दें? एक सम्राट के मस्तक पर छत्र और मुकुट रखते हैं तथा उसे अजस्र आशीर्वाद से भर देते हैं; परन्तु उससे जो कम शक्तिशाली हैं, कम नृशंस हैं, उन्हें हम पतित, पामर और दस्यु की संज्ञा देते हैं। परन्तु दोनों के कार्य वही हैं। एक ही उद्देश्य; एक ही लक्ष्य। दस्युदल से कम से कम इतनी सद्‍बुद्धि अवश्य है कि अपने को वे शासक नहीं घोषित करते, शासन का मुकुट अपने मस्तक पर नहीं रख लेते। हाँ, अन्तर भी अवश्य है। सम्राट अधिक शक्तिशाली होते हैं और दस्यु कम।''

नाभाग ने खेद के स्वर में कहा–"परन्तु इस ओर जो दस्यु चले आ रहे हैं, यह ठीक नहीं।"

सौभरि ने अपनी बात में हास का पुट देकर कहा, ''जब दूसरों के ऊपर विपत्ति आती है, तो मनुष्य उनके विषय में तनिक भी विचार नहीं करता। परन्तु वही विपत्ति जब स्वयं उसके द्वार पर आ खड़ी होती है, तो वह कातर हो उठता है कि दूसरे लोग

भी इस विपत्ति में निष्कृति के विषय में क्यों नहीं विचार करते? मेरा विचार है कि मनुष्य का सबसे बड़ी विपत्ति यही है कि मानव जाति को वही खंड-खंड करके देखता है, समझता है तथा उसी विचार के अनुसार आचरण भी करता है। जब हम स्वयं धोखा देते हैं, तो समझते हैं कि यह आनन्द प्राप्त करने का एक खिलौना है; परन्तु जब हमें स्वयं धोखा होता है, तब हम नीति, सदाचार, धर्म तथा सिद्धान्तों का नाम लेने लगते हैं। जिस प्रकार मानव जाति खंड-खंड नहीं, उसी प्रकार उसका आचरण भी पृथक्-पृथक् नहीं होना चाहिए। यह नहीं हो सकता कि एक ही मानवता दूसरे प्रकार की हो और दूसरे व्यक्ति की तीसरे प्रकार की।''

भद्रा अपनी आशंका के बीच प्रकाश खोज रही थी। उसने कहा, ''हो सकता है कि ये दस्यु इस ओर आते-आते दूसरी दिशा में मुड़ गए हों।''

और वह अपना त्रिशूल लाने के लिए कुटीर के भीतर लपक गई।

परन्तु परिस्थिति उससे भी अधिक गुरुतर प्रतीत हो रही थी। मेघनाद आ गया था। उसके मुँह से 'त्राहि-त्राहि' की ध्वनि निकल रही थी। आते-आते वह मुँह के बल धरती पर गिरा। फिर सिर उठाकर उसने अपनी कातर दृष्टि नाभाग की ओर डाली। बोला, ''आज हमारी जन्मभूमि नष्ट-भ्रष्ट हो रही है। दस्यु इसी ओर आ रहे हैं।''

भद्रा तब तक त्रिशूल लेकर आ गई थी। उसने प्रश्न किया, ''वे कितनी दूर पर होंगे?''

''नहीं कह सकता!'' मेघनाद ने निराश भाव से उत्तर दिया, ''हो सकता है कि निकट भी आ गए हों। परन्तु मैं उन्हें दूर पर छोड़ आया था। जब से मैं चला हूँ दौड़ता ही आ रहा हूँ। प्राणसन से दौड़ लगाता चला आ रहा हूँ। परन्तु उनके आने में विशेष विलम्ब नहीं। शीघ्र ही वे आ चले। तब तक ग्रामीण जनों को अस्त्र-शस्त्र के साथ प्रस्तुत हो जाना चाहिए।"

कुन्तला की दृष्टि बहुत दूर पर देख रही थी। वह देखना चाहती थी कि दस्यु किस ओर आ रहे हैं। वह उसी ओर देख रही थी जिस ओर से मेघनाद दौड़ता हुआ आ रहा था। परन्तु बालू के उस टीले के बाद नीले आसमान के अतिरिक्त कुछ भी दृष्टिगोचर नहीं था।

मेघनाद ने चीत्कार कर कहा, ''आर्य शीघ्रता कीजिए; अन्यथा सर्वनाश हो जाएगा।''

सौभरि स्थिति पर विचार करने लगे। आत्म-रक्षा तो होनी ही चाहिए। पाप के सम्मुख सिर झुकाकर मर जाने की अपेक्षा पाप को दूर करने की प्रवृत्ति के साथ हँसते-हँसते मृत्यु को प्राप्त करना श्रेयस्कर है। परामर्श करके सभी लोग कुटीर से निकल पड़े। यही निश्चित हुआ था कि कुन्तला तथा भद्रा स्त्रियों की रक्षा करेंगी।

बालकों की रक्षा का भार भी उन्हीं दोनों पर होगा। इधर पुरुष दल का साथ लेकर सौभरि, नाभाग तथा मेघनाद आगे बढ़ेंगे और प्राणपन से ग्राम की रक्षा करेंगे।

बालू की टीले के उस पार अभी तक कुछ दिखलाई नहीं दे रहा था। केवल नीला आसमान ऐसा दिखलाई दे रहा था मानो किसी ने उस पर नीलम का लेप चढ़ा लिया हो। बादल का एक छोटा-सा झीना फटा टुकड़ा भी उड़ता चला जा रहा था। न अश्वों का चिह्न था और न मनुष्यों का। किसी कोलाहल की ध्वनि भी नहीं थी। अनुमान होता था कि दस्यु इस ओर आने के बदले किसी दूसरी दिशा में मुड़ गए। अन्यथा किसी प्रकार की ध्वनि अवश्य आती, कुछ दृष्टिगोचर अवश्य होता। परन्तु वहाँ कुछ भी नहीं था। अनुमान के समान परिस्थिति भयंकर नहीं प्रतीत होती थी।

सौभरि ने मेघनाद से पूछा, "वे लोग कितनी संख्या में होंगे?"

मेघनाद के मन को भी अब कुछ-कुछ सान्त्वना मिल रही थी। कदाचित् वे सचमुच दूसरी ओर चले गए हों। उसने कहा, "आर्य मैं गिन नहीं सका; परन्तु शत-प्रमाण तो वे अवश्य ही होंगे। मैंने देखा कि वे परस्पर कोलाहल कर रहे थे।"

सौभरि ने प्रश्न किया, "तुमने कैसे जान लिया कि वे इसी ओर आ रहे हैं?"

मेघनाद इस बात का कोई उत्तर देने जा ही रहा था कि सबके मस्तक के ऊपर से सन्न से कोई वस्तु उड़ती चली गई। ऐसा लगा कि जैसे कोई उड़ता हुआ सर्प फुँफकारता हुआ निकल गया हो। मेघनाद चिल्ला उठा, "सावधान! हम पर तीर चलाए जा रहे हैं।"

नाभाग ने कहा, "हाँ, हमें भी ऐसा ही लगा। कदाचित् टीले के उस पार कुछ लोग ओट में हैं और हम पर तीर चला रहे हैं।"

सन्-सन् फुफकारते हुए दो-तीन तीर उनके सिरों के ऊपर से और भी उड़ गए। नाभाग ने पुकार, "सो जाओ। सब इसी स्थान पर सो जाओ।"

और वह मेघनाद के साथ लड़खड़ाता हुआ–सा धरती पर मुँह के बल लेट गया। लेटे ही लेटे उसने भद्रा के हाथ पकड़कर उसे खींचा और सो जाने को विवश किया। भद्रा के हाथ में कुन्तला का हाथ था। वह भी भद्रा के साथ-साथ धरती पर लड़खड़ाती गिरती-गिरती सम्भलने लगी कि इसी समय एक अनहोनी घटना घट गई। कुन्तला ने उसे देखा और बेबस चीत्कार कर उठी।

...सौभरि की छाती में आरपार एक तीर आकर चुभ गया। रक्त का स्रोत बड़े तीव्र वेग से छूटा और सौभरि के मुँह से निकला हुआ आकस्मिक चीत्कार भी सम्पूर्ण नहीं निकल सका। वे वहीं लड़खड़ाने लगे, जिस प्रकार सुरापी मद्य पीकर लड़खड़ाता है। वे गिरने लगे कि नाभाग उठ गया और भद्रा ने शीघ्रतापूर्वक उन्हें गिरने से सँभाल लिया। उसने कुन्तला से कहा, "बहन, तू इन्हें सँभाल ले। मैं अब जाती हूँ। मैं अब चली। मुझे जाने दो। हाः हाः ..."

कुन्तला ने सौभरि को सँभाला। नाभाग तथा मेघनाद ने सहायता की। इधर सहसा भद्रा उसी ओर प्रमत्त की भाँति त्रिशूल नचाती हुई दौड़ चली; जिस ओर से उड़ते तीर चले आ रहे थे।

नाभाग ने पुकारा, "भद्रे!"

भद्रा ने यह पुकार सुनी। उसने पलटकर टुक नाभाग की ओर देखा। फिर वह त्रिशूल घुमाकर प्रमत्त के समान नृत्य करने लगी, हँसने लगी, सुधबुध खोकर उसी ओर वेग से दौड़ने लगी। वह अब चिल्ला रही थी और अस्पष्ट स्वर में कुछ गा रही थी। ऐसा लगता था मानो कोई पगली गीत में प्रलाप कर रही हो। जो अस्पष्ट कुछ सुना जाता, उससे यही आभास मिलता था कि वह कोई ऐसा गीत गा रही है, जिसमें कहा गया है कि काया नहीं डरती। काया को नष्ट करने वाले, तुम्हें मिलता ही क्या है?...केवल भय। सो मैं कहती हूँ कि मैं कदापि भय नहीं करूँगी। शरीर से लहुलुहान हो जाने पर या शरीर के नष्ट हो जाने पर भी मैं भय नहीं करूँगी।...

और वह उसी प्रकार उन्मत्त–प्रमत्त त्रिशूल नचाती स्वयं नाचती गाती बड़े वेग से बालू के टीले के उस ओर जा रही थी।

नाभाग ने फिर पुकारा, "भद्रे!"

परन्तु भद्रा ने इस पुकार को नहीं सुना। वह उसी प्रकार जाती रही।...चली गई।

कुन्तला की आँखों से आँसू की धारा बह रही थी। उसके अधर काँप रहे थे वह फफक रही थी...

मेघनाद तथा नाभाग ने सौभरि को कुटीर में पहुँचा दिया था। निःशब्द वे उपचार में लगे थे। किसी के मुँह से कोई बात नहीं निकलती थी।

सहसा सौभरि ने अपने नेत्र खोले। उनके मुखमंडल पर अगाध पीड़ा का भाव था; परन्तु नेत्र निर्विकार थे। रक्त अभी तक बह रहा था। छाती में लगा तीर आर पार हो चुका था। उसे निकाल सकना भी कठिन था।

सौभरि को खोलते हुए देखकर कुन्तला हा-हा कर उठी। पुकार उठी, "प्राणनाथ!"

सौभरि ने उनकी ओर देखा। उस दृष्टि में शान्ति थी। पर वे चुप थे। बोली नहीं निकलती थी। एकटक शान्त दृष्टि से कुन्तला की ओर इस प्रकार देख रहे थे मानो कुछ कहना चाहते हों।

कुन्तला ने रोते-रोते कहा "प्राणनाथ, मुझसे क्या कहते हैं?"

सौभरि ने बड़े कष्ट से कहा, "अज्ञान को परास्त करो।...लोभ का त्याग करो।... अपने द्वारा प्रभु की...इच्छा पूर्ण होने दो। पर...सेवा ही..."

फिर उनकी आँखे बन्द हो गईं।

नाभाग ने कातर होकर पुकारा, "गुरुदेव!"

नाभाग अब रो रहा था। अब उसका हृदय ही जैसे पानी बनकर आँखों की राह बहता चला जा रहा था। हाँ, जो महान् व्यक्ति तपस्या के महानता के सोपान से भी उतकर धरती पर चला आया था, साधारण जीवन बिता रहा था, वही आज निरीह की भाँति दस्यु के तीर से संसार को छोड़ रहा है। उसने रोते-रोते पुकारा, ''गुरुदेव!''

गुरुदेव ने अपनी आँखें खोलीं। इस प्रकार धीरे-धीरे उनकी आँखें खुलीं मानो उन्हें उसमें भी कष्ट हो रहा हो। इस बार उन नेत्रों में भी पीड़ा का आभास था। उन्होंने नाभाग की ओर इस प्रकार देखा मानो उन्हें कुछ भी दिखलाई नहीं दे रहा हो। उन नेत्रों में एक अवश विरक्ति-सी भर गई हो, जैसे सब आसार हो, जैसे असार को छोड़ वे सार की पूर्ण रूप से उत्सुक हो पड़े हों।

नाभाग ने रोते-रोते कहा, ''गुरुदेव, मेरे लिए क्या आज्ञा है?''

सौभरि का स्वर लड़खड़ाने लगा। रुकते-रुकते उन्होंने कहा, ''सेवा ही तपस्या... सेवा ही पूजा है...!

और उनकी पलकें झुक गईं। पलकें पूर्ण रूप से झुक भी नहीं पाई थीं कि आँखों की ज्योति समाप्त हो गई। प्राणपखेरू उड़ गए। केवल काया का पिंजड़ा सबके सामने पड़ा रह गया।

कुन्तला के रुदन में समस्त संसार की व्यथा उमड़ आई।

कुछ समय पश्चात् जब भद्रा वहाँ पहुँची, तो उसने देखा कि सौभरि का मृत शरीर कुटीर की दीवार से टिका पड़ा है। कुन्तला उनके चरणों के पास बैठी है। उसके नेत्र बन्द हैं और उन बन्द नेत्रों से आँसुओं का अविरल प्रवाह बहता हुआ गालों पर फिसल रहा है और टप्-टप् धरती पर चू रहा है। उसकी गोद में मुँह डालकर कुटीर का मोर चुपचाप बैठा है। उसमें मानो स्पन्दन भी नहीं, मानो वह कुन्तला के साथ मिलकर रो रहा है। नाभाग एक ओर दूर खड़ा है। जैसे उसका सर्वस्व चला गया, जैसे नाभाग अब नाभाग ही नहीं रहा, जैसे वह अपने से भी बहुत दूर चला गया हो और यहाँ केवल उसका शरीर ही खड़ा रह गया हो। उसका व्यथा-भरी आँखों में जैसे कुछ भी नहीं था और मेघनाद जैसे किसी सपने में पड़ा सिसक रहा था।

भद्रा ने बताया कि कतिपय दस्यु बालू के टीले के उस ओर खड़े होकर तीर चला रहे थे। जब उन्होंने मुझे आते देखा, तो साहस छोड़कर परे भाग गए। उसने कहा कि दस्यु-दल का पता भी नहीं चला। कदाचित् वे दूसरी ओर ही निकल गए हैं। या यह भी हो सकता है कि परिस्थिति के अध्ययन के लिए कतिपय दस्यु आगे बढ़ गए हों। फिर जब उन्होंने मुझे त्रिशूल के साथ उद्यत देखा तो समझ लिया कि इस ओर उनकी नहीं चल सकती। पर अपनी बात कहती हुई भी वह समझ रही थी कि वह सब व्यर्थ ही कहे जा रही है। उसकी बात पर किसी ने ध्यान भी नहीं दिया।

क्रन्दन, आँसू तथा व्यथा में डूबी हुई कुन्तला की कराह निकली, ''हा नाथ! हा नाथ!''

तब भद्रा ने परिस्थिति को समझ लिया। उसके हाथ से त्रिशूल छूट पड़ा। वह कुन्तला के बदन से सिमट गई। अब उनके नेत्रों से भी आँसू झरझरा रहे थे।

चित्रा नक्षत्र का आकाश दर्पण के समान स्वच्छ था। वक-पंक्ति ऊपर उड़ती जा रही थी। उनके बोलने की ध्वनि क्षीण होकर भी कुटीर में स्पष्ट आ रही थी।

23

सौभरि के शव के समीप कुन्तला बैठी थी। उसके नेत्र बन्द थे। उन बन्द नेत्रों से एक ओर तो अश्रु-जल प्रवाहित हो रहा था और दूसरी ओर उन नेत्रों के सम्मुख चित्र भी प्रकट हो रहे थे। धुनी हुई रूई के समान मेध उड़े जा रहे हैं। उन बादलों पर रंग-बिरंगी छाया पड़ रही है। वह छाया ही प्रकाश बन जाती है। उन मेघों के बीच एक अदृश्य विमान चल रहा है, जिस पर सौभरि बैठे हुए हैं। इस प्रकार वे बैठे हुए हैं, जिस प्रकार किसी बजड़े पर सम्राट बैठता है। कुन्तला उन दिव्य चँवर धारिणी अप्सराओं को देख रही थी, जो सौभरि के दोनों ओर चँवर झुलाने में तल्लीन थीं। उसने उस दिव्य प्रकाश के चक्र को देखा; जो सौभरि के मस्तक के चारों ओर तीव्र वेग से घूम रहा था। वे बड़े वेग से उड़ रहे है। सहसा चतुर्दिक चन्द्रिका का उजाला हो जाता है। सौभरि मुस्कुरा देते हैं। उस मुस्कान में तनिक भी रहस्य नहीं। वह सम्पूर्ण सरल हैं। उतने ही सरल, जैसे फूल खिल जाता है, जैसे बिजली चमक जाती है, जैसे पक्षी बोल देते हैं। वह इन्द्रधनुष के बीच से जाते हुए सौभरि को देखती है। देखती है कि आकाश-गंगा का प्रकाश पूर्ण पथ है और उस पर इन्द्रधनुष खड़ा है। सौभरि उसी पथ से दिव्य-मुस्कान की छटा बिखेरती हुए चले जा रहे हैं। बगुलों का वह तीखा स्वर मुरझाकर आता हुआ सुनाई देता है। सौभरि कुन्तला को देखकर हँस देते हैं। बादल सिमटने लगते हैं, इन्द्रधनुष सकुचा जाता है...।

''नाथ कहाँ चले?'' कुन्तला का विकल स्वर कुटीर में गूँज जाता है। भद्रा के नेत्रों से अश्रु-धारा और भी अधिक वेग से गिरने लगती है। वह सान्त्वना का एक शब्द भी नहीं कह पाती।

''नाथ कहाँ चले?''—कुन्तला फिर बोल रही थी।

उसके बन्द नेत्रों के सम्मुख नील गगन के स्वर्णिम तथा रक्तिम बादलों के रथ पर चढ़कर सौभरि मुस्काते हुए प्रश्न सुन रहे थे। ऊपर इन्द्रधुनष का मेहराव तना था। श्वेत राजहंसों के उड़ने से ऐसी ध्वनि हो रही थी जैसे कोई स्वाँस ले रहा हो।

रंग-बिरंगी अनुरूप किरणें बालिकाओं की भाँति खेल रही थी। सौभरि कुन्तला की ध्वनि सुनते हैं। उनके होठों पर हास मानो बिखर जाता है। वे तनिक ठिठक जाते हैं। लो, तब रंग-बिरंगी किरण जैसे निर्बल पड़ जाती है। सौभरि कुन्तला की ओर देखने लगते हैं। मानो उनकी उस दृष्टि में मुस्कान ही मुस्कान है। वे पूछते हैं, ''क्या यह सत्य है? क्या सत्य ही तुम मुझे देख रही हो?'' और कुन्तला के मुँह से वाणी निकलती ही नहीं। वह गद्‌गद हो रही है। वह अपना मस्तक हिलाती है कि हाँ, हाँ मैं आपको देख रही हूँ। सौभरि कहते है।–"क्या तुम बतला सकती हो कि कौन सत्य है? मुझे तुम इस इन्द्रधनुष के नीचे देख रही हो, यह सत्य है, या कुटीर में जो तुम्हारे सम्मुख शव पड़ा हुआ है, वह सत्य है?'' कुन्तला इस बात का कोई उत्तर नहीं देती। उसके नेत्रों से आँसू की धारा उमड़ने लगती है। भद्रा उसे पोंछती जा रही है। कुछ छाया, कुछ प्रकाश। बादलों का रथ है। राजहंस उड़े जा रहे हैं। चतुर्दिक् किरणों की रिमझिम बरसात है। रंगीन, बहुत ही रंगीन बरसात है। नीलमणि का मूयर अपने पंखों का छत्र बनाकर उल्लास भरा नृत्य कर रहा है। कुन्तला फिर सौभरि को खोजती हुई इन्द्रधनुष के नीचे से चली जा रही है। प्रकाश में कम्पन होता है और वही कम्पन एक बालक बनकर अपनी बड़ी-बड़ी आँखों से कुन्तला की ओर देखने लगता है। प्रवाह के मान उसके अधर हिलने लगते हैं। वह कह रहा है कि तुमने मुझे पहचाना ही नहीं। मैं वही हूँ। और वह अपने सम्मुख सौभरि को मुस्काता हुआ देखने लगती है। वे किरणों के तार बजा रहे हैं। प्रभा की रागिणी झर रही है। आभा की उस बरसात में मोहक रंगीन छत्रक उठे जा रहे हैं। अप्सराएँ नृत्य कर रही हैं। कुन्तला विमूढ़ के सामन देख रही है। सौभरि उससे प्रश्न करते हैं कि इसमें कौन सत्य है? यह प्रकाशपूर्ण दिव्य मैं या तेरे पास पड़े हुए शव के रूप में मैं? कुन्तला कातर हो उठती है। उसके नेत्र से अविरल अश्रु-धारा प्रवाहित होने लगती है। भद्रा उन आसुँओं को पोंछती जाती है। सौभरि उसे सान्त्वना दे रहे हैं, ''मन ही बन्धन है। मन ही मुक्ति है। मन के इन नाना रूपों को देखो। परन्तु सत्य वही है,केवल वही है।'' कुन्तला किसी महासागर को दखने लगती है। बहुत ही विशाल महासागर है, कल्पना से भी विस्तृत तरंग पर उतराते-बहते हुए प्रकाश में दो तिनके मिलते हैं। तनिक देर तिनको का मिलन होता है, फिर दोनों बिछुड़ जाते हैं। पर आश्चर्य तो देखो के दोनों बिछुड़कर भी एक ही हैं। दोनों प्रसन्न हैं। दोनों का रूप एक है। मिलते हैं, फिर बिछुड़ जाते हैं। यह खेल चल रहा है। कुन्तला के नेत्रों से बहते हुए आँसू रुक जाते हैं। वह प्रकाश के तिनकों को मिलता-बिछुड़ता देख रही है। वे एक नहीं अनेक हैं, अनेकानेक, फिर भी एक ही हैं, क्योंकि सभी प्रकार के तिनके हैं। वे मिल रहे हैं, बिछुड़ रहे हैं। कुन्तला को यह कौतुक-सा प्रतीत होने लगा। वह तन्मय होकर देख रही थी कि वे मिल रहे हैं, बिछुड़ रहे हैं। इसका एक क्रम है, नियम है। सब समझना कठिन है,

पर इसके भीतर कुछ है अवश्य। प्रकाश के महासमुद्र में, प्रकाश की लहरों पर तिरते-उतरते प्रकाश के तिनके मिल रहे हैं। यह क्रम जाने कब से चल रहा है, जाने कब तक चलता रहेगा। वहाँ तो महासमुद्र ही है प्रकाश का।...

कुन्तला का सर्वांग सिहर रहा था। यह रोमांचित हो रही थी। यद्यपि वह सौभरि को प्रकट नहीं देख पाती थी, पर उनकी मुस्कान सर्वत्र स्पष्ट थी।

जब कुन्तला उठी, तो वह स्थिर प्रतीत हो रही थी। वह नाभाग के समीप गई। वह विमूढ़ की भाँति कुन्तला की ओर देखने लगा। कुन्तला ने कहा, "जब तुम साकेत के राजमहल में जाओगे, तो वहाँ का पहला खंड पार करना। वहाँ तुम्हें मेरे पिता की मंत्री मिलेंगे। उनसे कुछ न कहना। तीसरे खंड में तुम्हें मेरे पिता दिखलाई देंगे। जब तुम महल के पाँचवें खंड में पहुँचोगे, तब तुम्हें मेरी माँ मिलेंगी। उनसे कहना कि आज कुन्तला सोलहों शृंगार करेगी। आज वह अपने पति के शरीर के साथ सती होगी!"

नाभाग कुन्तला की ओर आश्चर्य से देखता रह गया।

कुन्तला ने फिर कहा, "माँ कातर हो जाएँगी, विलाप कर उठेंगी; पर तुम उन्हें सान्त्वना देना। कहना कि प्रकाश के महासमुद्र में प्रकाश में दो तिनके मिलते हैं, फिर बिछुड़ जाते हैं। इसके लिए रोना क्या? शोक उचित नहीं। तुम उन्हें सान्त्वना जरूर देना।"

उस दिन सारा साकेत उसी स्थान पर टूट पड़ा। रथ और हाथियों के समूह से वह स्थान भर उठा। कुटीर के सम्मुख ध्वस्त खंडहर के समान मान्धाता खड़े थे और कुटीर के भीतर कुन्तला शृंगार कर रही थी। मुक्तला आदि उसकी बहनें कातर होकर रो रही थीं। सिर धुन-धुनकर रोने के कारण उनके जूड़ें खुल गए थे और चारों और केश बिखर रहे थे। कुन्तला मौन थी। वह सब देख रही थी, सब सुन रही थी; परन्तु किसी से कुछ भी नहीं बोलती थी। बड़े मनोयोगपूर्वक वह अपना शृंगार कर रही थी, मानो आज ही उसे सहयोग दे रही थी और वह तन्मयता के साथ अपना शृंगार करती जा रही थी। अंगरग की सुगन्धि वहाँ की हवा में बिखर रही थी और आभूषण के रत्न चमक रहे थे। आज उसे अपने प्रियतम से मिलना है। अब तक जो उनसे मिली थी वह सपना थी। अब कुन्तला अपने प्रियतम से प्रत्यक्ष मिल जाएगी। वह सार्थक होगी। वह धन्य होगी। कुटीर के उस कमरे में सिसकियों के अतिरिक्त और कुछ भी सुनाई नहीं देता था। जब वह शव के पीछे-पीछे चलने लगी तो इस प्रकार जा रही थी मानो नववधु अपने पिता के पीछे-पीछे ससुराल जा रही हो, मानो पृथ्वी पर राजहंसिनी उल्लास के साथ डग भरती सरोवर की ओर चली जा रही हो।

भद्रा बराबर उसे सहारा देती हुई चल रही थी।

अपने पति के शव के साथ चिता पर उल्लास के साथ कुन्तला बैठी है। निर्विकार मुखमंडल है। उसके शरीर से कोई प्रभा विकीर्ण हो रही है। बहनें रो रही हैं। उनकी

समझ में कुछ भी नहीं आ रहा था। वे रो रही हैं और केवल रो रही हैं। रोने के अतिरिक्त उन्हें कुछ भी नहीं सूझता। भद्रा चिता के समीप खड़ी है। उसका चेहरा गम्भीर है। नाभाग झुका हुआ है। वह धरती पर मस्तक रखकर अपने गुरुदेव को प्रणाम कर रहा है, एकान्त अन्तिम प्रणाम कर रहा है।

मुक्तला बिलख उठती है। रो-रोकर कहती है, "जीजी, कुछ भी तो तू कह दे। कुछ भी तो कहती जा!"

कुन्तला के अधर हिलने लगते हैं। वाणी प्रस्फुटित होती है। वह कह रही है, "अज्ञान को परास्त करो। लोभ का त्याग करो। अपने द्वारा प्रभु की इच्छा पूर्ण होने दो।"

चन्दन की चिता में आग जलाई जा रही है। अब माता इन्दुमती का हृदय कैसा-कैसा होने लगता है। उनसे सहा नहीं जाता। वे बड़े जोर से बिलख उठती हैं। कातर होकर वे अपना मस्तक धुनने लगती हैं और उनके केश हवा में बिखरने लगते हैं। वे पुकारतीं हैं–"बेटी कुन्तला, अब कभी भेंट नहीं होगी। अब फिर कभी भेंट नहीं होगी। मुझसे तो तू कुछ कहती जा बेटी!"

कुन्तला के अधर हिलते हैं। वाणी प्रस्फुटित होती है। वह कहती है, "अज्ञान को परास्त करो। लोभ का त्याग करो। अपने द्वारा प्रभु की इच्छा पूर्ण होने दो।"

उसकी ध्वनि आकाश से आती हुई प्रेरणा की वाणी के समान सुनाई देती है। ऐसा लगता है मानो वह वाणी किसी संगीत की लुप्त होती हुई झंकार हो। सभी स्तब्ध हैं। कुछ लोग फुसफुसाते हुए परस्पर कर रहे हैं कि प्रिय पति की मृत्यु से बिचारी कुन्तला का मस्तिष्क विकृत हो गया है। भद्रा का मस्तक आप-से आप झुक जाता है। उसका सारा शरीर दंडवत् धरती पर गिर पड़ता है। वह अन्तिम प्रणाम कर रही है। अब फिर कभी यह अवसर नहीं आवेगा। फिर कभी दर्शन नहीं होंगे। भद्रा का यही अन्तिम प्रणाम है। फिर कभी प्रणाम का अवसर नहीं मिलेगा। लो भद्रा का अन्तिम प्रणाम लो। इस शेष प्रणाम को स्वीकार करो।

और चिता की लपटें बढ़ रही हैं, प्रखर हो रही हैं, तीव्र होकर अपना मस्तक ऊपर उठा रही हैं। वाद्य बज उठते हैं। वह वाद्य ध्वनि तीव्र हैं, असंयत हैं, जैसे संगीत का मूल स्वर ही खो गया हो। शंख और भेरि की ध्वनि मानो हाहाकार करती हुई उस मूल स्वर को खोज रही हों। वाद्य की इस ध्वनि में सिसकियाँ और रुदन लीन हो जाते हैं।

सहस्रों अग्निफणों को उठाती चट्-चट् चिता जलती जा रही है। लपटें खेल रही हैं। खेलती हुई लटों से विचित्र-विचित्र चित्र बन रहे हैं। जलती हुई यह चिता ऐसी प्रतीत हो रही है मानो रूप और अरूप, साकार और निराकार, सांत और अनन्त के मिलने के दिव्य चित्र बन रहे हों।

सन्ध्या हो गई थी।

चिता शान्त हो चुकी थी। नाभाग को ढूँढ़ती हुई भद्रा ने देखा कि वह दूर जाकर एक पेड़ के नीचे तन्मयता के साथ गुनगुना रहा है, ''असतो मा सद्गमय। तमसो मा ज्योतिर्गमय। मृत्योर्मा अमृत गमय।''

भद्रा धीरे-धीरे उसके समीप जा पहुँची। उसका हाथ अपने हाथ में ले लिया बोली, ''चलो प्रिय, चलें।''

नाभाग उसके हाथ से हाथ मिलाए निःशब्द चल पड़ा। आकाश में शब्द करते हुए पक्षी अपने घोंसलों की ओर लौट रहे थे।

मार्ग में चलती हुई भद्रा कहती जा रही थी, ''वही एक है और वही अनेक भी है। पर उसकी लीलाएँ कैसी विचित्र हुआ करती है!''

इति!

●●●